滚滚淮河

赵丰超 著

中国文联出版社
http://www.clapnet.cn

图书在版编目（CIP）数据

滚滚淮河 / 赵丰超著 . — 北京：中国文联出版社，
2017. 4

ISBN 978-7-5190-2677-6

Ⅰ. ①滚…　Ⅱ. ①赵…　Ⅲ. ①长篇小说—中国—当代

Ⅳ. ① I247.5

中国版本图书馆 CIP 数据核字（2017）第 078814 号

滚滚淮河

作　　者：赵丰超	
出 版 人：朱　庆	
终 审 人：朱彦玲	复 审 人：王　军
责任编辑：刘　旭	责任校对：傅泉泽
封面设计：中北传媒	责任印制：陈　晨

出版发行：中国文联出版社
地　　址：北京市朝阳区农展馆南里 10 号，100125
电　　话：010-85923043（咨询）85923000（编务）85923020（邮购）
传　　真：010-85923000（总编室），010-85923020（发行部）
网　　址：http://www.clapnet.cn　　http://www.claplus.cn
E-mail：clap@clapnet.cn　　liux@clapnet.cn

印　　刷：北京市金星印务有限公司
装　　订：北京市金星印务有限公司
法律顾问：北京天驰君泰律师事务所徐波律师
本书如有破损、缺页、装订错误，请与本社联系调换

开　　本：710×1000		1/16	
字　　数：200 千字		印　　张：16	
版　　次：2017 年 6 月第 1 版		印　　次：2017 年 6 月第 1 次印刷	
书　　号：ISBN 978-7-5190-2677-6			
定　　价：48.00 元			

献给我的母亲

目录

第一卷

暮霭侵吞大地，光明正在消隐。平川沉睡在雪被之下，仿佛初生的婴儿，重又回到了洪荒。奔腾的淮河正在侵蚀着沿岸，像一条巨大的长虫盘旋在亘古不变的万里平原上，埋首向前，日夜不息……

一

　　暮霭侵吞大地，光明正在消陨。平川沉睡在雪被之下，仿佛初生的婴儿，重又回到了洪荒。奔腾的淮河正在侵蚀着沿岸，像一条巨大的长虫盘旋在亘古不变的万里平原上，埋首向前，日夜不息。沿岸被河流洗蚀出的陡峭土崖上屹立着一片被白雪覆盖的杨树林，树林中的村落已经沉睡。这便是山河尖，一个历史久远的村子。村里人都姓赵，据说是几百年前从山东迁居到淮河湾，他们最初定居在老龙窝，靠着一口老井繁衍开来，后来因为种种变故才迁居到山河尖来。

　　夜渐渐深了，四围一片宁静。此时，只有河堤下的栗树林里偶尔传出三三两两的孩童笑语，在静寂的黑夜中，此起彼落，悠远绵长……而黑暗包围着一切，只有村落尽头一间低矮的土屋中仍闪烁着一簇火光。野够了的孩子们陆续回来了，涌进这片火的光热中，拍打着身上的雪，他们沉浸在孩提的欢乐里，完全忘记了寒冷，靠近火盆这才发现全身近乎湿透了。老人们红铜一样的脸在火光里又厚又重，活像披着斑驳铜锈的雕塑，焦黄的手指夹着纸烟，烟丝燃烧时发出微弱的噼啪声，显得夜更静了。孩子们把一个个红薯投进火盆里，用燃烧着的木棍不时地挑拨着火焰，他们要把红薯烧透，然后在醇香中等着老人们的故事。

赵同是老人中年龄最大的，他活了七八十岁，像一本书，记录着淮河湾的兴衰变化，足可讲述百年的故事。孩子们都围在他身边，啃着散发出热气和香味的红薯，竖起耳朵听着。赵同把自己已经残废的双腿挪到火盆边，便娓娓地讲起他儿时的故事来……

赵同至今也没有忘记追赶白帆的那个下午。大人们都在忙着手里的活计，一股烤青豆的香味从远处的溪边飘来，夹杂着孩子们的笑语，愈发让人向往。他们穿着满是补丁的单褂，有的还穿着开裆的裤子，年幼的干脆连裤子也没穿。他们的口袋里塞满了带壳的青豆，围坐成一圈，无所谓干净或不干净，直吃到满腮都是豆壳因烧焦而残留的炭灰，黑乎乎的，倒像是唱社戏的大花脸。这时突然有人喊了一声："大船桅，大船桅。"所有的孩子便如一阵风似的向河边跑去。河里是一片令人炫目的白，又有一大群商船打这里经过。

赵同总是跑在孩子们的后面，该死的腿疼始终纠缠着他，啃噬着他的骨头，给他套上一具无形的枷锁，剥夺了他童年的欢乐。可是也正因如此，他反而成了村子里最长寿的人。那时，孩子们追着商船都跑了，只剩赵同一个人站在河堤上，他看着远去的白帆、光屁股的纤夫，还有风一样远去的小伙伴，嘴角虽挂着笑心里却一阵落寞，从那时开始，他就记下了这些故事。

夕阳铺洒在河面上，染红了河滩、水面、商船，那二三十条挂着高帆的木船，安静地趴在河面上，缓缓蠕动着。它们的倒影因为些微的水波而颤抖着，像一点点金子，撒欢似的跃动着，显摆着。孩子们总在想，是不是像大人说的那样，挂着高大船桅的商船上都住着像画里一样的仙女，只要上船就可以走南闯北，享一辈子福。虽然他们见过许多船，自己也有船，可是那些都是乌篷小船，更没有船桅，山河尖人从来都没有上过挂着白帆的大船。他们对大船知之甚少，却又无比向往，直到那年秋天的一个晚上，大家才对白帆船有了一点了解——可惜从那之后孩子们再也不相信大人们骗人的鬼话了，白帆船里不但没有仙女，还藏着噩梦呢。

那么多年来，白帆船第一次靠岸停了下来。因为将近深夜天色很暗，全村竟然没有一个人知道这件事，更没有人围拢观看，直到第二天中午大家才知道这件事。

那晚，不知来自哪儿的一伙强人洗劫了山河尖的三兄弟家，白帆船就是强人带来的。三兄弟家在山河尖算不上富裕，除了人口多，并无一点特别。老大赵长看、老二赵永瞧、老三赵远望就是所谓的三兄弟，他们还有六个姐妹，一共兄妹九人，再加上他们的老母亲，就组成了一个十口之家。强人的恶行是令人发指的。那晚，十三岁的老三赵远望也被打伤，家里仅有的一包清朝铜钱被提走，据说里面还有几块很值钱的银元宝。此外一头黄牛被牵走，还有一口过喜事时出借的大锅也被抬走了。赵远望母亲的讲述则更让人愤慨，她说那伙强人随意地揭掉了一张门神像，把供奉先祖的灵位推倒在地，又用铁锹在院子里挖了四个一人多深的洞，整个院子被翻得一片狼藉，最后却把一块白色的帆布留了下来。全村人听了这件事都把牙咬得嘎嘣响，对这种恶行表示痛心疾首，抢走一点钱财也就罢了，怎么可以推倒人家的祖宗牌位呢？而孩子们听了这件事，就再也没有追过河里的白帆，也不再相信大人们的鬼话了。

对于这种恶行，三兄弟是不会就此罢休的。当天晚上老大赵长看就跑到曾窝子，借了一匹骡子，加上自家的那匹，就有了两匹骡子。老大赵长看、老二赵永瞧，还有他们的堂兄赵想、赵记，四个人摸黑下了河，骡子在漆黑的河面上喷着涎沫，发出一阵阵激励人心的闷鸣。到了河对面，他们两人一骑，顺着淮河向关叉湖方向飞奔而去。他们带了砍柴刀，还有两把菜刀。为了安全起见，他们还约了其他整整十个人，在河对岸的树林里接应，这十人也都带着刀游过了河……

大人们把孩子哄睡之后就聚集起来讨论这件事情，他们围在柴草垛旁边，一直等到东天放亮，这才看见河里影影绰绰有人回来。还是十四个人，然而却只剩下一匹骡子。

"长看在后面，马上就回来了。"老二赵永瞧跳下骡子就气喘吁吁地说。

"这是谁？"大人们指着骡子背上横放着的一个人问。

"他就是那个推倒牌位的强人，被长看抓住了。"

这时，另一匹骡子在灰蒙蒙的曙光里从河对岸游了过来，在晨起的薄雾中甩着湿透的鬃毛，棕红色的身体渐渐清晰起来。这匹骡了很健硕，奔跑起来撒蹄如飞，它的迅猛足以冲破晨雾，可是这会儿，它却很孤单。所有人都盯着那匹骡子——只有骡子，却没有赵长看的影子。骡子上岸之后，直接跑到赵长看家门口，把头一低呼呼喘着气，继续喷着涎沫，就再也不动了，连耳朵也耷拉下来，好像做错了什么不可原谅的事情。大家发现在骡子的缰绳上，牢牢系着一只手，也只有一只手，生鲜的，还在滴着温热的血。那只手里还紧抓着一块撕破的白帆布，已经被血染红了大半。那是赵长看的手，赵远望是他的亲弟弟，当然认得。赵远望费了很大力气，累得龇牙咧嘴才把那只手掰下来。大家看着那只生鲜的手，纷纷摇头，有的连看也不敢看，而那匹骡子却始终没有动一下。

天亮之后，老少爷们都在村西头的树林里集合了起来。那个曾经推倒别人牌位的强人被倒吊着，两条腿都拴上绳子分别系在两棵合抱粗的大树上，两只手无力地耷拉在地上，他已经处于昏迷状态。十六岁的赵永瞧握着一根碗口般粗细的棒子，极其认真地从二十米外开始助跑，在离强人只有两三米的地方突然跳起来，棒子便狠狠地落在强人的裆部。他的双臂因为过度用力而青筋暴露，头上脸上都披着汗，谁都看得出来，他连吃奶的力气都用光了，就这样一遍一遍地重复着助跑和跳跃的动作。昏迷的强人又苏醒过来，苏醒的强人又昏迷过去……

后来强人的尸体被系上三块大石头，在一个伸手不见五指的夜晚，被抛进了滚滚的淮河，这件事就算结束了。

三天之后，是赵长看出殡的日子。三兄弟家虽然贫穷，赵长看的葬礼却并不草率。主持葬礼的阴阳先生是从远村请来的孙瞎子，他见过太多出殡场面，所以一切工作都驾轻就熟，从扎招魂幡，到送汤烧蒲草，半天工夫就完成了。按照山河尖的规矩，人死之后，他的尸身要在自家的堂屋里放满三天，才能下地入葬。这个规矩很严，哪怕没有尸身，只是一只手也不例外。赵长看的母亲说，就算只有一只手，也要给他穿上衣裳，让他整整齐齐地走。所以她连夜缝制了一个精致的手套，她给那只已经不再生鲜的手套上手套，将其放进一个大棺材里，简单说了声："盖上吧。"随后拿起拐杖坐在棺材前，任凭孙瞎子在棺材周围念念有词，整个过程中，这位年迈的母亲竟连一滴眼泪也没流，谁也不知道她在想些什么。

之后孙瞎子便领着一队人离开赵长看家，到老龙窝去选择墓地开始掘墓。孙瞎子拿着罗盘挑来选去，终于在一个黑乎乎的田鼠洞前停了下来。他说："据我看，这块地就是老龙窝的地脉了。"他指着那个田鼠洞对同行的人说，"别看这个小洞不起眼，这可不是一般的洞，它占据龙首，直指龙尾，是千年难得的龙脉，看来老龙滩上，淮河湾里要出大人物啊。"跟随他的人都听得晕晕乎乎，根本不知道他在说什么。只是问："可以挖了吗？"孙瞎子却说："等等，我来探探这个大人物多长时间才能出现。"说完他把手里的罗盘交给身后的人，伸出一条腿探进了黑乎乎的田鼠洞。刚刚伸到大腿根的时候，便已经到了底，可是孙瞎子眯了眯眼睛说："果不出我所料，全在龙脉上了，你们开挖吧。"说完孙瞎子就回到赵长看家，挑起高耸过树杪的招魂幡，大喊一声"走起"，出殡的队伍便缓缓离开了山河尖，一路向老龙窝进发。按照规矩，山河尖人都是没出五服的血亲，任何一家有了红白喜事，全村人都要到场，特别是丧事，所有的女人全都披麻戴孝去送葬。她们在棺材后面排成了长队，一听孙瞎子的喊声，便像得了圣旨一样齐声哭了起来。

全村人几乎都跟随送葬的队伍去了老龙窝，赵长看母亲和她的哑巴女儿却没去。这位年迈的母亲仍然坐在家门口，她灰白色的两鬓有些凌乱，散落的几绺头发飘在额前，不时挠着她的眼睛。哑巴女儿就站在她身后，一动不动。她说，这是白发人送黑发人，不吉利，哑巴也不会哭，就别去了吧。她老了，虽然她内心里不情愿，但她还是拿当年赵长看父亲出殡的情景跟今天的情景做了比较。其实不止赵长看母亲一人，全村人都做了比较，区别也很明显。一是当年棺材里装着一个人，现在却只装了一只手；二是送葬的人比当年多，葬礼比当年排场。当年连孙瞎子这个阴阳仙都没有请，确切地说是根本请不起。

许久之后，赵长看母亲起身走进屋里，拿来一把梳子，把哑巴女儿拉到身前，让她蹲在自己怀里，然后拿着梳子把她的两个大辫子重新梳了一遍。她一根根地梳，太认真了，仿佛细数着自己所剩不多的年岁。

秋天了，老鸹在屋前屋后叫个不停，天空一点云也没有，只要一抬头就能看得很远。她们母女两个就蹲在土屋的门口，静静地等着，等着死去的人入土，也等着活着的人归来……

二

事情总算过去了，山河尖与强人之间从此结下了梁子，一直持续了很多年。可是事情的真相并非那么简单，几天后赵永瞧经过多方打听，才知道这原本是个误会。那帮强人真正要抢的根本就不是三兄弟家，而是村里最有钱的赵国栋家。只因强人记错了地方，才使三兄弟家白白搭上了一头牛、一袋铜钱、一口大锅、一张门神像，还有赵长看的一条命。

赵国栋有钱是人人知晓的，不过真正知道内情的人还要数赵明。山河尖经过多年的发展，形成了一条十字街，十字街的最南端紧挨着淮河，赵明就住在那儿，离淮河只隔着一条长堤。赵明在淮河上做了三十年的艄公和渔民，发洪水时，曾为了追回一根毛竹游了二十里水路。山河尖只有他一家人常年住在河边上，日夜渡人打鱼，从不间断。据赵明回忆，有一次赵国栋在河边散步，曾见到一块金子，在沙石里非常耀眼，可是站在旁边的赵明却没有看到。赵国栋说："这就是命，命里有时，睁眼就能看到；命里无时，虽然在你眼前你也看不到。"赵国栋一脚把金子踢进了河里，赵明眼都直了："金子啊，那是金子啊，怎么一脚踢进了河里？"赵国栋却说："精屁股的东西，去，穿了衣服再来见我。"

第二天赵明收网的时候，意外地抓到了一条六十多斤的鲤鱼，这还是他第一次抓到这么大的鱼。收网时，鲤鱼一个劲儿地挣扎，竟把崭新的渔网挣出好几个洞。酒盅般大小的锦鳞被刮落下来，在河水里翻腾着，看着喜人。赵明花了很大力气，才把鲤鱼合身抱进了船舱。他兴冲冲地赶到十字街中间的小集市上，卖力地叫喊着。山河尖人都围拢过来，里三层外三层，铁桶一般。然而却没有一个人问价，他们不过是看看热闹罢了。这么大的鱼，普通人家哪里买得起？日近中午时，鲤鱼都奄奄一息了，也没有卖出去。按照惯例他只好给赵国栋送去，除了他家还有谁吃得起这样的大鱼？赵明推着独轮车，顺着十字街一直向东，就到了赵国栋家。在赵家大院子里，佣人当着赵明的面把鱼杀了，在鲤鱼的肚子里取出来一大块金子，和头天在河边见到的一模一样，赵明的眼又直了。赵国栋端着茶水坐在院子里，看都没有看就说，穿了衣服的东西还像个样子。从那之后，整个山河尖人都知道，赵国栋有钱是命里带的，谁也别想跟他比，就连强人想打他的主意也是次次失败。

赵永瞧知道内情之后，便想去赵国栋家讨个公道，强人明明是到你家打劫的，却来了我家，这一切你都要负责。可是赵永瞧母亲却不这么认为，她也不同意赵永瞧去赵国栋家讨公道。赵永瞧母亲姓曾，至于什么名字，却没人知道。村子里所有媳妇都是从曾窝子娶来的，都姓曾，都是赵曾氏，年轻的还有名字，年长的连名字也没有，只说谁谁娘大家都知道。山河尖人都说赵永瞧母亲了不起，不仅仅因为她识大体懂规矩，最重要的是她养育了九个儿女，而且个个吃得都不瘦。她以一贯的谨慎态度对赵永瞧说，强人到谁家去，都是命，谁能跟命争去？

但是赵永瞧并没有听从母亲的劝阻，他往腰里揣了一把刀，趁着天黑来到了赵国栋家。山河尖不大，共有百十户人家，按一个十字分布开，中间的十字是路，十字的南端是河，北端接着祠堂，赵永瞧家在西边，东边是一个小集市，赵国栋家就在最东边。赵国栋家的房子是村里少有的几家砖房之一，共有三层大院，两边还有两个侧院，几乎占去了半条大街，真够气派的。

赵永瞧摸到赵国栋家时，正碰上赵国栋的儿子赵恩铭刚从部队回来，整个大厅里灯火辉煌，院子里人声鼎沸，下人们都挤在门口看他们少爷的风采，而赵国栋父子则在大厅里高谈阔论。赵永瞧趴在院墙上猫了半天，也没有看出所以然，就大踏步来到前门，直接冲了进去，反正这是讨回公道，又不是做贼，怕什么。

"赵国栋，你还我哥哥命来。"还没有进院，赵永瞧就嚷开了。大院子里所有的下人都转头看着怒目金刚般的赵永瞧，这家伙莫非发疯了吗？赵国栋和儿子赵恩铭也从大厅里走了出来，琢磨了半天似乎没有明白其中的逻辑，只好问。

"赵永瞧，你这说的是什么话？你哥又不是我杀的，再说我们都是一个老赵家，我还能害你不成，即便你要报官，去找赵国梁就是了，来我这里撒什么野？"

其实赵国梁就是赵国栋的亲哥哥，赵国栋这话说得不无道理。可是赵永瞧却不管这么多规矩，指着赵国栋的鼻子就是一顿质问。

"你心里比谁都清楚，强人要抢的不是我家，是你家才对。是你害了赵长看，你得给我一个说法，否则……"

"否则什么？"赵国栋又说话了，"赵永瞧啊赵永瞧，即便是强人要抢的是我家，但是我又没有参与抢劫，凭什么来找我？这是命你知不知道？命里不该被抢，我敞着大门睡觉也没有强人来，命里该被抢，你拿三百把枪守着也挡不住。"

虽然赵国栋说得明白，但是赵永瞧还是不依不饶，赵恩铭就恼了，跑过来就是一巴掌，把赵永瞧打了个跟跄，他手一伸刚要拔枪，就被下人给抱住了。那时的赵恩铭已经二十三岁，还做了连长，是山河尖最有出息的人，平日里还没有人敢跟他顶嘴。

赵国栋看他儿子恼了，赶紧解劝说："别别，恩铭不要无礼，你跟连辈分都没有的人有什么好恼的？别让人笑咱闹家窝子。"

赵永瞧却奇怪了："什么连辈分都没有的人，你什么意思，转着弯骂人吗？"

赵国栋笑笑帮他解释："我没有骂你的意思，我是说你的名字里面没有辈分。"

　　赵永瞧在回家的路上一直在琢磨，到底为什么赵国栋家的人名都带辈分，而村里大部分人名都带动作呢？难道这还有玄机？回到自家门口，母亲就站在门边上，赵永瞧下意识摸了摸腰里的刀，低着头就往院子里进。母亲并没有喊他，可是她一眼就看到了赵永瞧腰里的刀，便说："你大哥都没了，还不够吗，你还要折腾到什么时候？"赵永瞧不知道该说什么，却突然想起刚才的问题，便问母亲："为什么我们的名字都是动作，没有辈分，赵国栋家的人却都有辈分？"母亲看了看赵永瞧，沉默了一会儿说："辈分就像钱，花完就没有了。你爷跟你爹就有辈分呢。"赵永瞧其实也听不明白，但他觉得母亲很有学问，却想不出为什么母亲会知道这么多。其实山河尖除了赵国栋等几家人，还没有人读过书呢，更不用说学问了。

　　不过话说回来，山河尖人的名字虽不像赵国栋家响亮，却也是有来历的。而且这些名字大多与赵永瞧的父亲赵恩钜有关，后来大家再找赵永瞧的母亲给孩子起名时，便延续了她家的风格，名字里多带动作。当初赵永瞧的母亲一连生了三个女儿，不见男丁，大家便嘲笑她是全村唯一的绝户。而且那几年赵恩钜又与赵明闹了矛盾，赵明便到处宣扬："兄弟多了有绝户，姊妹多了有穷户，像赵恩钜这样没有兄弟的绝户，一定是上辈子干尽了坏事。"赵恩钜听了，便赌起气来，将大女儿起名叫赵笑，原因是不想被人耻笑；二女儿出生时，直接起名叫赵问男，心想下一个该是男婴了吧，却不想男婴没有盼来，倒盼来一个哑巴女儿，于是便把三女儿直接起名叫赵哑。那个时候，赵明得了一个儿子，为了与赵恩钜赌气，他为儿子起名叫赵连瞧，意思是要眼巴巴看着赵恩钜绝户下去。却不想，赵恩钜第二年就得了大儿子，赌气说你连瞧我就长看，咱们骑驴看唱本——走着瞧吧。果不其然，赵恩钜连得了三个儿子，并相继起名为永瞧、远望。从此之后，那一辈的人名里便都带了动词。

　　那晚，赵永瞧把赵恩铭回来的消息告诉了母亲，母亲先是一愣，之后把枯黄的食指竖在嘴边，轻轻地嘘了一声，要他不要声张。赵永瞧睡下之后他的母亲一个人坐在院子里，面对秋天的凉月，她也感受到一丝透骨的凉意，后来她心里渐渐不安起来，拄着拐杖在院子里转来转去，佝偻的身躯被凉月拉得老长老长。大概她就是从这个夜晚开始老去的，她渐渐感到力不从心了。

　　夜已经很深，四围都是黑暗，山河尖的狗吠声在河谷里回荡，白日的热气都消散了，秋霜就悄无声息地慢慢爬上了草尖。此时赵永瞧已经熟睡，土筑的茅屋里昏暗，却也暖和，他的大半个身子都裸露着。这时他的母亲一手端着油灯，一手举着菜刀，神情凝重地来到他的床前，盯着熟睡中的赵永瞧，就像看着一个陌生人，认不出他的样子似的，盯了好半天时间。赵永瞧若在这个时候醒来，看到母亲的样子，一定会吓一跳。他的母亲能够听到他均匀有力的呼吸声，也能听到秋凉子喁喁的叫声。她用早已经准备好的醋泼在儿子的脚上，把菜刀高高地举起来，咬紧牙关，毫不吝惜地剁了下去，动作娴熟而生猛，就像杀一条命悬砧板的鱼，一刀就能剁下鱼头，任凭鱼身继续翻滚跳跃，她也毫不动容。当年生下赵永瞧的时候，虽也满头大汗却不曾像现在这么大汗淋漓，这么义无反顾。可这一刀也让她精疲力竭，说不出的累，与生俱来的本性也被抽干，仿佛她从来就不是一位母亲，而是一位称职的手法精练的屠夫。

　　赵永瞧"啊"的一声从睡梦中惊醒，看到母亲拿着鲜血淋淋的菜刀坐在自己脚边，他本能地要喊我的娘啊，却发现砍他的人正是自己的母亲。脚掌的前半部分连同脚趾已经被菜刀剁断，大概那柄菜刀很久没有磨过，太钝了，母亲像拉锯一样，正在努力割断脚底仍然相连的肉皮。她的脸上溅满了血，况且又紧咬着牙，样子自然恐怖。赵永瞧一时间忘记了疼痛，心底里涌出一股从未有过的恐惧，竟不知道自己身处一个怎样的世界。脚掌终于被切了下来，赵永瞧也已经昏迷过去。母亲帮他包扎后，又用一条绳子系着那块鲜血淋淋的脚掌来到大门前，她吃力地将那块脚掌挂在老槐树上，鲜血便顺着树干一直流淌到地上，浸入尘土。

赵永瞧醒来时天已经亮了，脚上传来阵阵剧痛。他迫不及待地挣扎起来，要向母亲问个清楚，到底为什么要剁掉她亲生儿子的脚，虎毒尚不食子，她为什么要砍掉自己儿子的脚？他刚一起来，就一跤摔倒在地。没有了一只脚，走起路来自然不方便，况且钻心的剧痛使他根本无法站立。不过他不知道，母亲的心里也不好受，或许比他更痛。天底下又有哪位母亲肯亲手剁掉自己儿子的脚呢？这时赵恩铭带着两个士兵已经来到赵永瞧家门前，刚好看到了那块血迹未干的脚掌，便皱了皱眉说："不会这么巧吧？"这时赵永瞧母亲的哭声从院子里传了出来，大概赵恩铭已经猜到是怎么回事，但是他仍不死心，非要问个究竟，"这是怎么回事？赵永瞧呢？"赵永瞧母亲一边哭一边说："我可怜的儿啊，你的脚咋就剁掉了，你咋这么不小心啊，你是娘的心头肉啊。老天爷怎么就这么毒啊，我已经没了一个儿子，又把我这个儿子弄成废人，还让不让人活了？"刚好这时赵永瞧爬到了前院，赵恩铭一眼就看到他的脚，少了脚掌的部分，就像一根圆滚滚的棒子，他便摇摇头带着那两名士兵离开了。

那天赵恩铭离开村子的时候，带走了赵明的儿子赵连瞧。赵明给赵国栋送了五十多斤鱼，带着哭腔在赵国栋面前央求了半天，希望能放过他的儿子，但是赵国栋却说："这是国家的需要，也是你们家的造化，换作别人想为国家出力都出不上呢。"赵连瞧终于被带走了，从那之后再也没有人见过他，赵连瞧也没有再回过山河尖。后来赵明得知赵永瞧母亲亲手剁掉了儿子的脚掌，从而避免了征丁，他不禁顿足长叹，声泪俱下地说："早知道，我就把儿子的腿给砍掉了。"

赵永瞧母亲的做法在山河尖被延续下来，从那时开始山河尖附近的废人就越来越多，几乎每家门前的树上都挂着手或脚，以相互炫耀的姿态证明自己有多么惨，多么废，多么无用。甚至刚生下来的孩子也有被剁脚的可能，如果谁家门前没有挂出手脚，那么这家一定有个年轻的寡妇。那些年，如果年轻的小伙子四肢健全，反而很难娶到媳妇，因为哪个姑娘也不愿意当寡妇。的确，那时淮河湾里到处都是年轻的寡妇。

三

赵长看出殡之后的第三天，是给他圆火的日子。孙瞎子又来了，因为整个葬礼到这一天才算结束，不等到这一天，孙瞎子就拿不到应得的报酬。可是令人不解的是，赵长看出殡那天还好好的孙瞎子，来的时候却拄了一根拐杖。仅仅三天之内，他的右腿明显缩短，与左腿极不般配，也不能和左腿搭配走路，只好又加了一条腿——拐杖。见到的人都跑过去问孙瞎子，这到底是怎么回事。孙瞎子支支吾吾地说："我泄露天机太多，前天我把这只脚伸进了龙脉，如今得了报应，还有什么好说的。依我看，淮河湾里有灾难了。"可是村里人都在议论着，或许没有这么简单。有人说有次孙瞎子搬家时，头天晚上曾梦到一个黄衣人要求他再等两天，黄衣人说他的孩子还在吃奶呢，这两天不方便。孙瞎子却没有当回事，第二天搬家时，他用木叉把柴草垛一推，草垛哗啦啦倒了，大家这才发现一窝嗷嗷待哺的小黄鼠狼埋在柴草里，竟活活被木叉推死了。孙瞎子这才明白那个黄衣人的来历，赶忙给这些黄仙都做了法事，可是罪孽积攒了下来，跑也跑不掉。也有人说孙瞎子看到不干净的东西总爱指出来，并且想尽一切办法让大家也能看到，以证明他的确是个称职的阴阳仙，因而泄露了许多不该让人看到的东西。更有人说这是孙瞎子太爱逞能的缘故，别人家过年炸油饼时，他使点伎俩，油锅里就闹开了，好像放爆竹，噼里啪啦响个不停，主人家只好拿上几个油饼送给孙瞎子，央他收了手法，油锅自然就没有问题了。大家猜来猜去，至少提出了十七八种可能，但谁也不敢肯定，反正孙瞎子是个奇人，在他身上发生的奇事太多，大家也都习以为常了。不过，从这时开始，大家不再叫他孙瞎子，而改口称他为孙瘫子。

圆火一般都在下午，所谓圆火不过是在死者的坟前烧些纸钱，再把那根高耸过树杪的招魂幡烧掉，顺便再为死去的人哭一场，据说凡是出殡那天送葬的人都要去，否则两下里不一致，前面热情后面冷，便容易遭灾。所以圆火的时候，山河尖人依然全部到场，他们排成队伍跪在坟前，等待孙瘫子的命令。孙瘫子站在赵长看坟前，就像一个俯视众生的神，猛然举起一个盛满火纸灰的酒碗，右手的菜刀手起刀落，干脆地把酒碗劈为两半，酒便洒落在坟前，相信赵长看必能因此大醉。山河尖的男男女女一听到酒碗破碎的声音，就像排演过很多遍似的，立即整齐地哭出声来，一点杂音也没有。不过有人觉得那碗酒还是太浪费了，因为这座坟墓里装着的尸体，连嘴都没有，更谈何大醉呢？

当时赵永瞧夹着新制的双拐，就蹲在坟边的草地上，他一滴眼泪也没流，只把他的脚伸出来，似乎在抱怨母亲，既然作假，何不趁便用上赵长看那只手呢？手与脚还不是一样残废？

所有哭泣的人中，要数赵笑哭得最凶。赵笑是大姐，平时跟赵长看是拍档，赵长看打鱼时，她则负责划船，因此赵长看出事之后，哭得最厉害，眼泪最多的就是赵笑。无论大家怎么劝也劝不好，她趴在坟上只是一味地哭。赵远望过去搀扶了好几次，可她就像没了骨头似的，只要一松手马上就瘫到地上去。最终大家决定把她抬回去，哭归哭，总不能一直哭下去，她的母亲就说过，家里少了劳力，以后有得哭呢，何必急于一时？可她的眼泪仍然收不住，她的声音歇斯底里："别拉我，这就是我的家，我哪儿也不去。"尽管大家知道她在胡说，还是觉得心里发毛，坟地可不是闹着玩的。可是赵笑还不算结束，她又笑了，笑得上气不接下气，腰也弯了下去，眼泪还在眼眶里打着转，她的笑声就出来了，白桀桀的牙齿碰撞在一起，发出咯叽咯叽的声音。突然她转回头对着赵远望说："你是谁？你怎么在这里？"赵远望眨了眨眼睛，却不知道该如何回答，而赵笑说完又哧哧地笑了起来。有人跑去掐她的人中，也有人嚷着给她灌醋，孙瘫子却说："都散开，让我来。"他拿出桃木剑，口中念念有词了好一会儿，赵笑还是没有停下的意思。赵笑倒没有什么，孙瘫子的额头反而渐渐冒汗了。大家无奈只好把她抬了回去。到家之后，她的母亲赶紧跑了过来。她什么也不说，"呸呸"两声，往指头上吐了口水，就往赵笑的脖子上揪了起来，不一会儿赵笑的脖子就成了紫色。左边，右边，前边，后边，甚至肩头上也没有放过，全部变成了紫色。母亲说，她是连哭带累，翻过去了，揪揪就能揪回来。赵笑喘着大气，看着母亲，倒不动了。

她的母亲放下心来，叹了口气，葬礼终于结束了。

关于葬礼的一切都结束之后，赵永瞧才安排赵远望把曾家的骡子送回去。赵远望拉着那匹瘦弱的骡子，就像许久以前拉着自家的老黄牛一样，闲散地走在河边上，他的手里拿着一条当初放牛时使用的鞭子，还有一颗老黄牛的牙。赵长看死后，占据赵远望内心的一直是那头老黄牛，老黄牛浑浊的泪眼总在他的眼前晃悠。他还清晰记得那年他迷路时，老黄牛把他带回家的事情。当他不乐意去放牛时，便用柳条鞭打它，可是老黄牛从来没有表示反对，它总是顺从地跟随着赵远望。他曾听母亲说过，在他出生的那个晚上，老黄牛就来到这个家了。

老黄牛在他的家里住了十三年，生了九头牛犊，更拉了一辈子的犁耙，到头来也是不得善终。赵远望记得母亲说过，生赵远望时，母亲没有奶水，便让他吃这头老黄牛的奶。是的，老黄牛算是赵远望的半个母亲。摸着手里的牛牙，赵远望似乎还能感受到老黄牛那柔软的乳房，还有温暖的牛毛，他们相处的时间真是太长了。想着想着，赵远望的眼泪就忍不住落了下来。老黄牛离家之后，还有青草吃吗？老黄牛离家之后，还有人鞭打它吗？它是不是像以前一样，离家的时候都会留下一摊浑浊的老泪……来到老龙窝时，赵远望停下了脚步，拴好骡子，找了个没有人能看见的土窝子。他刨了很长时间才刨出一个深坑，然后把鞭子、牛牙，都放了进去，就像埋葬自己的母亲一样，恭恭敬敬地磕了三个头，然后封土成坟。他本想像孙瘫子一样，在坟前说点什么，可是他不知道该怎么说，只好默默流了几滴眼泪。

四

曾窝子也在淮河边上，地处山河尖的上游，因为地势低洼，住户又都姓曾，大家便叫它曾窝子。曾窝子也有一户三兄弟，连名字也没有，老大就叫曾老大，老二就叫曾老二，老三就叫曾老三。赵长看借的骡子就是曾老二家的。

赵远望顺着淮河到了曾窝子，他翻过村外的一圈围堤，就看到了曾老二的房子。几间土屋隐在树后，低矮的院墙里露出一棵开着黄色花儿的金桂，秋早就深了，零星的花儿散落下来，落得到处都是。门前青砖铺就的一块地方，是口经年湿漉漉的老井。曾老二的小女儿正在井台上提水，她赤着脚站在青砖铺成的井沿上，为了不被井沿上的苔藓滑倒，脚趾深深抠进砖缝里。裤腿上湿了大半截，小腿也赤裸着。两条大辫子在身旁甩来甩去，虽然到了深秋，却忙得额头上都是汗。她的水桶里也落了几瓣桂花，随着她的走动，荡来荡去，花儿太香了，把整桶水都惹香了，熏得人头晕。这是赵远望与曾梅的第一次见面，不知为什么，他总觉得以后还会见的，好像冥冥中有人告诉他似的，那种感觉是那么肯定。其实他很早就见过曾梅的姐姐曾桃，而且她们姐妹俩几乎一模一样，不过赵远望还是不敢认，因为那时他只有十三岁，害羞，憋了半天也说不出一句话。

"这是你家的骡子，这几条鱼是送给你们的。"赵远望按照哥哥的交代说，这是憋了很久，连骡子都急了，在地上不停地蹭着蹄子，他才迸出这两句话。他放下了鱼，那鱼是赵长看在老龙窝底下的瓦瓦檐打来的，生鲜的"麻棱棍子"，满身是肉，几乎没有刺。这几条鱼在家里养了很久，赵长看说过，到了节日再吃吧，这么好的鱼，平日里吃了可惜。也真够可惜的，他再也没有吃上这几条鱼。

曾梅却没有言语，她指指井边的石台，示意赵远望把骡子拴在院外的枣树上，便又去提水了。赵远望得了赦令一般，慌忙跑过去把骡子拴好，又把鱼放在院门口上，那鱼还不舍似的偏拱了两下。赵远望起身就要走了，他抬眼又瞧见曾梅，看到她赤着的脚，还有她的水桶，水桶里荡漾着的花儿，以及花儿散发出的让人头晕的香味。他的心里忽而觉得一阵疲惫，一种慵懒犯困的感觉袭来，他便不敢看了，咬着嘴唇不知道该说什么才好，竟呆呆地立在了那儿。过了好一阵子，曾梅发现赵远望还站在那里，就客气地问："还有事儿吗？"赵远望这才回过神来："没，没有了。"说完便头也不回，一溜烟跑了，的确是头也没回的，而且从曾窝子到山河尖五里路，连一步也没有停，心里扑通扑通的。可是赵远望的心里很奇怪，他茫然地想到老黄牛陷在水草中的腿，还有牛腿下那柔软的乳房……

晚上，下起了暴雨，雷电也不肯放过这块多难的大地。天空昏暗低沉，就像一块大幕铺天盖地地压下来，几乎要与河面贴在一起，压得人喘不过气来。滚滚的淮河上波涛汹涌，冲刷着两岸的河滩，几条篷船停在那儿，乱七八糟的，雨点敲打着船帮子，鼓点似的催人，赵远望躺在船舱里再也睡不着了。

赵长看死了，赵永瞧的脚又不方便，家里的篷船自然交给了赵远望，他是家里唯一可以委以重任的男人了。他一个人睡在篷船中，听着外面的风雨声，翻来覆去也睡不着，到了后来不仅睡不着还很难熬，好像有人打着催命的小鼓一般，整夜都无法入睡。睡不着的时候，却又很恍惚，老黄牛那柔软的饱满的乳房总在他的面前晃动，他几乎控制不住自己，一股强大的欲望支配着他，他想要重新变成婴孩，去吮吸甘甜的牛奶。他感到自己需要一位能够真正给他奶水的母亲，才能够安然入睡。他把头枕起来，不行，太高了；把头放下去，太低；仰着睡，暴雨击打船帮子的声响刺激着他；侧着睡，滚滚的河水拍击船舷的声音困扰着他。他突然记不起平时是怎么睡的，再也找不到一种合适的睡觉姿势，也就睡不着了。直到午夜的时候，一连串的雷电把他惊坐起来，裹紧单薄的被子，把脸贴在船舷上往外看，整个淮河湾都被照得刷亮，硕大的雨点就像一群顽皮的孩子，在河面上你追我赶，一会儿稠密一会儿稀疏，最终都汇进了这滚滚的淮河，不知所终。赵远望再也没有一丝睡意，他坐在船舱里盯着河面，一股寒意吹了过来。可是赵远望这一看，却看到河里漂浮着一个人，一个很像女人的人。她的头发散在水里，整个面孔在雷电的照耀下惨白惨白，没有一丝血气。整个身子都似僵硬了，一动也不动。上衣已经被撕破，连裙子也没有穿，雪白的大腿都在水面上裸露出来。赵远望的心一下子提到了嗓子眼，前所未有的恐惧包围了他，而这恐惧不是因为深夜的女尸，赵远望对葬礼已经非常熟悉，也熟悉尸体的味道，他的恐惧完全来自白花花的大腿，那是一种怎样的恐惧呢？他无端想起了老黄牛，想起上午刚刚见过的曾梅，还有她裸露着的清凉的小腿。他被一股无名的力量推着，一定要把那个女人救上来不可，就算是为了老黄牛，他也要去救，他在错乱中下定了决心。当他冒着瓢泼一般的大雨，把篷船撑近，他终于闻到这并不是一具尸体，她还活着，他甚至听到了她嘤嘤的啼哭声……是曾桃，赵远望一眼就认了出来，可他又似乎认不清楚，因为曾桃是美的，赵远望老早就见过她，山河尖最美的女人，而这个女人却是丑的，她的脸上满是疤痕，就像皱巴巴的核桃皮，大概都是用烟锅子烫出来的，有的还在冒血。赵远望能闻到一股烧焦的喷香的味道，那味道太香，与他之前所闻到的任何味道都不同，比任何烤肉都要香。

曾桃是赵记的老婆，嫁到山河尖已有三四年的时间，大半夜怎么会在这里，在这滚滚的淮河里？赵远望根本没有时间去想。赵记也是他同门的哥哥，这个时候总要施以援手吧。赵远望跳了进去，跳到滚滚的淮河里，一点犹豫也没有。赵长看生前是村里最好的泅手，对水也特别熟悉，他曾经教过赵远望，怎样把淹死的牲口救活。赵远望学得很好，他曾用学来的方法救活过两只羊，没有一次令他失望。于是赵远望努力在脑子里回忆救活山羊时的每一个动作，他拖着曾桃的一条腿，在泥泞的土地上把她拉上了河岸边的斜坡，让她头朝下趴在地上。也不知是雨水，还是河水，从她的嘴里汩汩地流了出来，看上去好像老黄牛在倒沫一样。渐渐的，她的嗓子里有了喘息，有了呛水声。

赵远望的衣服也湿透了，深秋的河水和雨水都很冷，他的全身都像被针刺了一般，冰凉透骨，直打哆嗦，两排牙齿不断地磕碰到一起，发出嗒嗒嗒的声音。他蹲下身子看着曾桃，不时地打着寒噤，尤其是她嘴里流出的涎水，和她裸露着的饱满的大腿，甚至她嗓子里渐渐恢复的喘息，都刺激着他，让他越来越冷，快要冻僵了一般。

这一夜，暴雨和雷电从未停歇。

天快亮时，曾桃总算苏醒过来。赵远望已经把她拖进篷船里，盖在她身上的是一床单薄的被子，虽然很小，却给她带来一股温暖。雨仍在下，她睁开眼看看，篷船外还是滚滚的淮河，便失望地摇摇头，她看了看赵远望，又看看自己伤痕累累的身子，终于又闭上眼睛。她很冷静，绝不像历经大难的样子，她说："赵远望，你不该救我，你这是在折磨我。"赵远望听不懂她的话，而她也根本不想解释。

这一夜山河尖发生了三件事，上半夜时，曾桃跳进了滚滚的淮河，赵国栋娶了第三房姨太太；而下半夜，山河尖发生了有史以来最大的一件事，就连曾桃那天杀的丈夫也在当晚就死了，曾桃如果知道这件事，一定不会失望地又闭上眼睛。

五

赵记带着满身的酒气跨进家门时，刚巧看到在穿裤子的赵永瞧，而他的老婆曾桃却什么也没有穿。他在极短的时间里清醒过来，又在极短的时间里弄明白事情的真相，然后抄起身边的钉耙就去追赵永瞧，可是跛脚的赵永瞧仍然跑得飞快，他顺着十字街一路向西，到了家门口却没有进去，而是跑出村子钻进了树林。赵记一直追进那片杨树林也没有追上，况且赵记也有一只剁过的残脚，这时不合时宜地生疼起来，他只好悻悻地回了家。再次回到家里，他把所有的愤怒与羞耻都变成了拳脚，通通施加在曾桃身上。曾桃还能说什么呢？既然被看到了，还能说什么呢？顶上一层皮吧，她在内心里嘀咕着。赵记找来一条拴猪的麻绳，一头系在房梁上，另一头则系着曾桃的双手，好像屠夫的肉摊，把她高高地吊了起来。曾桃趁赵记去追赵永瞧的时间，本来已经穿好了衣服，这会儿却又被赵记一件一件地扒了下来，他的神情跟细数宝物似的，一边扒还一边骂："穿这么多干什么？脸都不要了，还穿衣服？干脆光着屁股见人好了。"他把自己铁饼似的巴掌一记记烙在曾桃身上，每打一记，都要骂上几句："让你当婊子，让你当婊子。"后来，赵记好像突然想到了一个好方法，咽了口唾沫继续嘶吼："对了，从今天开始你敢穿一件衣服，我就打死你。"曾桃拼命地抬起双腿来阻止赵记脱她的裤子，可是无济于事，她终于一丝不挂了。赵记那被烟熏黄的粗糙的大手系统地抚过她的大腿、屁股、腰，既有规律又无疏漏，最后终于停在乳房上，冷不丁掐了下去。曾桃苦苦地哀求着他，杀了她，剥了她，她全不在乎了。赵记却只是骂，骂完后他就提起赶骡子的鞭子，照着曾桃抽了开来，鞭子接触到身体的一刹那，总会绽开一两朵鲜活的花儿。曾桃终于放下心来，挨打原本就是她预料之中的事。

其实，很久以前赵记并不是这样的，当初他跪在曾家门口三天三夜才感化曾老二，把女儿嫁给他这个赌徒。那时候赵记嗜赌如命，只要有人赌博的地方，总少不了他的影子。只要吃过饭，几个人在树底下围成一堆，拿个大碗再加两颗石子，就能赌上一天。很多时候，赵记都是输光了钱，光着膀子回家的。他为了捞回一把本钱，曾把自己家的房梁拆下来做了赌资，他母亲在后面追了三里半路也没有拦住他。此后家里的锅也赔了进去，再后来他把母亲的针线包都输了。就是在那一年，他见到了二十岁的曾桃，也只是一面之缘，他便铁了心要娶这个女人。曾桃就像个鬼魅一般，一下子钻进了他的脑子里，越钻越深，再也抽不出来。很多个夜里，赵记都以为自己病了，相思病，恐怕再也见不到第二天的太阳了。很多人都不明白，曾桃美是美，简直美极了，可她的名声不好，别的女儿家到了十五六岁就有人上门提亲，而曾桃过了二十岁还在家住着呢。但是赵记不管，他说那都是别人的闲话，当不得真，她没出嫁，是因为还没有碰到我，我跟她就是天生的一对，不然为啥只看了一眼我就忘不掉呢？为了娶曾桃，他跪在曾老二门前，亲手剁掉了自己的右手小指，指着淮河发誓再也不沾赌，大家都为他的勇气而感动。他确实做到了，婚后的几年里他再也没有碰过任何赌具，这是谁都想不到的。

赵记本来是个特别小气的人，村子里所有人都知道，孩子们见到他就会唱：

> 尖头鼠，鼠头尖，蝇子叮他一个米，他把蝇子撵十里，不
> 是蚌儿扎着脚，再撵十里也不多。

可是为了娶回曾桃，赵记第一次那么大方，答应了一只羊，外加一丈粗布的聘礼，最终他风风光光地把曾桃娶回了家。那一晚，仍在尿床的赵记为了在媳妇面前挽回颜面，早和母亲约好，半夜时母亲喊他起来堵鸡圈，顺便他就可以起来小便了。不过赵记那晚的反应却出人意料，因为当他怀着一颗扑扑乱撞的心完成了人生第一次蜕变的时候，他发现生活欺骗了他，除了失落、空虚，他唯一得到的东西就是让他许多年间引以为恨的羞耻。母亲说过，女人第一次会流血，可是曾桃没有，这意味着什么？意味着这不是她的第一次，自己不是她的第一个男人吗？耻辱蒙蔽了他，就算爱到流血也不能证明曾桃的清白了。从那之后，赵记就喜欢上了酒。他时常抱住曾桃痛哭失声，就像一个委屈的婴孩，被人骗走了手里的糖果。不管曾桃如何解释，都改变不了赵记内心的印记，曾桃成了他一生的耻辱。

那时的曾桃已经不抱什么希望，她知道有些东西必须带到坟墓里去。她明白，秘密即是一切痛苦的源泉。

当年她疯了似的跟自己的叔叔在玉米地里折腾，以为只要淮河湾里

还有人种玉米，他们就可以继续沉浸在那能让人燃烧起来的火热感觉中。她渴望黑夜，热爱泥土，沉迷玉米的味道，幻想一年四季都可以种植玉米。她本能地以为大地会一直肥沃，玉米会像自己的身体一样，热恋泥土，穿过泥土，疯长下去。有时，她将耳朵贴近玉米的根部，几乎能听到它滋滋生长的声音。可是当她的母亲突然出现在她赤裸着的身体前，她懵了。她的脑海里忽然萌生出一个画面——母亲刚刚生下她，双腿还未来得及并拢，她就已经长大成人，直视着浑身赤裸的母亲。母亲呆了，她也呆了。她的身体像着了魔似的，开始萎缩，双腿弯曲并拢，双臂环抱，头深深埋下，蜷缩成圆球。她觉得自己犯了错误，跟出生有关，或者跟生育有关，但她从未感到一丝羞耻。

母亲把她关在家里，再也不许她出门半步。她的头发浓密，指甲尖利，皮肤越来越白。那时她的身体已经丰盈饱满，超过自己的母亲，连她自己都控制不了身体的变化。有时候她觉得母亲是出于嫉妒才把她关在家里，再也不让她接近玉米地。她从那时起就开始恨很多人，但她从不后悔自己的所作所为。以至于在土匪到来时，村里的姑娘全部跑了，只有她一动不动。从某种意义上说，是她救了全村的姑娘。可是她的所作所为并没有换来一点点尊重，相反的，所有人看她的目光都充满了鄙夷。人们说她骚，说她浪，可她从未反驳。渐渐的，她成了众人眼中的疯子。直到有一天，她一个人在河里洗头，被路过的赵记看到了。那是一个黄昏，夕阳铺洒在河面上，映出闪闪的粼光，曾桃披散着湿漉漉的头发，侧脸伏在水面上。她穿着白色的粗布裙子，裙子被水打湿，裹在她的身体上，她饱满的大腿、屁股便呈现出清晰的轮廓来。赵记本来只是路过，当他看到曾桃的那一刻却呆了，他以为那只是一个幻觉，忍不住揉了揉眼睛。淮河湾里有个传说，挂着高大白帆的商船里住着仙女，她们会在黄昏时掬起淮河水清洗身子，眼前的这一幕不正应了传说吗？赵记慢慢凑了过去，做出捕鱼前常做的动作，弓起身子，双手成爪，蓄势待扑，真的，他以为如果不在一瞬间控制住这个女人，她一定会凭空消失。所以他一下子就把她按进了河里，差点把曾桃呛死……

眼前赵记已经鞭打结束，拿出烟锅子坐在一边抽了起来，就像割完整田的麦子，需要轻松地休息一下。他的眼里是浑浊的泪水，粗重的呼吸吹动着烟锅子里红艳的火花，一闪一灭，一闪一灭。他摇摇头很无奈地把烟锅子摁在了曾桃的脸上，一手抓着她的乳房，嘶吼着："既然不要脸了，就把脸烧了吧。"恐怕他自己都感到疼痛了，甚至心疼了，是应该心疼的，可是他咬牙忍耐着，忍着强烈的疼痛继续往下烫，越疼痛就越烫，直到曾桃昏迷过去，她的脸上冒起浓浓的烟，还散发出一股特别诱人的烤肉的香味。他抱着她，她是他的。他继续烫着，乳房上，腰上，大腿上，他像是雕琢一件艺术品，仔细认真地做着这一切，任自己的眼泪流在脸上。最后他疲惫地把绳子割断，把曾桃放了下来，让她在地上扭动，就像一条剥了皮的蛇，她这才体会到什么是羞耻……

外面的雨更大了，雷声使整个村子都震颤起来，闪电也照亮了淮河湾。就在赵记做着这一切的时候，外面突然传来了一阵与雷电不一样的声音。许多年后，每当曾桃记起那个晚上，总会想，就是那声音救了她。当时赵记猫着腰闪进雨里，就再也没有回来，永远都没有回来。曾桃拼着最后一口力气，胡乱地穿上衣服，朝滚滚的淮河走去，雨地里她流了一条血线，很快就被雨水冲走，什么都没有了。冰冷的河水灌进她的嘴里，她记不起赵记的样子，也记不起赵永瞧的样子，满心都是羞耻，除了凉，什么都感觉不到。她只一心想着之后会怎样，死了会怎样，从未忆起她与赵记相处的几年时光，也从未忆起赵永瞧是怎样跟她调情，怎样勾引她来到滚滚的淮河边，做下羞耻的事情。她觉得滚滚的淮河可以洗刷掉一切，疼痛、羞耻，都会不复存在。

渐渐的，她感到了刺骨的寒冷……

六

淮滨县是离山河尖最近的县城，每年十月十五淮滨县城里都有一场逢会。逢会太热闹了，每到这个日子，十里八乡的人都赶到县城来，几里路的县城都被挤得水泄不通风雨不透。淮滨县的逢会与一般的庙会不同，它之所以这么盛大，是因为淮滨县的几户大姓，一到逢会时便比赛似的花钱，最后总要拼出几场真火。除了闻讯前来赶会的买卖人家，城里的两家大户还要请来对台戏，在城门口搭上台子，一唱就是半个月。只要吃过饭，两家的戏台上就擂起大鼓，那鼓足有碾盘那么大，击鼓的人腰里扎着生力带，双手握着鼓槌，一顿重擂，鼓声就似一阵阵春雷，滚滚地传开去，隔着三五里路都听得清楚。而鼓声一响，各色买卖商贩以及赶会的老百姓都一拥而入，小小的县城立马满满当当。支皮影的人背着箱子，在街角上架了小台子，一边学戏人说话一边吆喝收钱；耍把戏的把小腿盘在后脑勺，练起了大卸八块；放焰火的几个人爬到树上，用草团在树杈上扎了一个靶子，再回到人群里，把"地老鼠"点着，只听"唧"的一声响，一根焰火便甩着尾巴向靶子冲去……当然最卖力的还是那两台戏班子。东边是豫剧名班，专唱"穆桂英挂帅"，特别是那个扮穆桂英的，两手抓着翎子往腰里一掐，直把声音喊到了九霄云外；西边会唱黄梅戏，专唱"女驸马"，只见那女子浓妆艳抹，柔软的腰身款款摆动，每唱到好处，挤眉弄眼不知道迷倒多少人。这样一来，可喜了两座戏台中间的那些看客，东边唱到了妙处，他们便往东边看；西边唱到了佳处，他们便赶紧转过头去向西看。两座台上的戏子们也是费尽了功夫，一看观众转头去看对方，就想方设法把他们吸引回来，忙得不亦乐乎。

赵国栋的小儿子叫赵恩泽，十二岁，正是贪玩的年纪。他爱赶会，爱听戏，也爱吃，为了听戏他曾在老管家赵淮的陪同下在淮滨县转了三天，结果惹下一件大祸，在回山河尖的路上被一帮不知来历的强人绑了票，不仅丢了一只耳朵，还害他父亲花了几千大洋呢。可惜他性情不改，仍要看戏，每到十月十五的逢会，他还是要到淮滨县去转转的。每次赶会，戏还没有开唱，他就把城里转了个遍，糖葫芦、糖人、面人，每一样他都要尝一尝，就算不吃也要买了拿在手里，然后在人群中钻来钻去，就像捉迷藏。后来，不知跟谁学坏了，就钻到后台去偷看戏子化装，也就是在那儿第一次见到了唱"女驸马"的刘青儿，不知道为什么赵恩泽第一眼看到她，就有一种亲切感，就像看到亲生母亲一般。的确，那时候赵国栋的原配夫人——赵恩泽和赵恩铭的母亲，已经死了几年时间，十二岁的赵恩泽太想念母亲了，他渴望一个温暖的怀抱，虽然他听不懂戏文，见到刘青儿的第一眼却想要她抱抱。所以他跑回家央求父亲，无论如何要把刘青儿娶回家。

刘青儿是淮滨县里的名角，既年轻腰身又好，不知道多少富家子弟都是她的戏迷，要娶她还真要费一番功夫。但是赵恩泽很执拗，跟他父亲说过许多遍，最后他还拿出狠劲来，如果不把刘青儿娶回家，他就把另一只耳朵也割了。赵国栋听了这话差点笑岔了气，真是个奇怪的孩子——别人都是老子给儿子娶媳妇，你倒好，给老子娶起媳妇来了——多少有点包办的意思。可赵国栋疼爱他的儿子们，尽管他已经有了两房姨太太，却还是迎娶了刘青儿。不过他考虑到，自己也一把年纪了，纳妾的事情毕竟不好看，便差他的老管家赵淮代劳，带着彩礼赶到淮滨县，在一个深秋的雨夜把刘青儿接回了山河尖。除了自己一家人，他没有通知任何人，包括他的哥哥赵国梁，谁也不知道他娶姨太太的事。他没有举行任何仪式，一切从简，一家人在一起吃了顿饭，就算行了大礼。

可是这一夜并不算好日子，暴雨和雷电从未停歇。

也就在这个雨夜里，山河尖第一次响起了枪声。当时，赵国栋和他的三房姨太太，以及他的小儿子，还在吃着晚饭。那顿饭是很丰盛的，穷苦人家决计吃不起，况且还有一位美丽的女戏子陪着，她低眉间的羞涩，抬首时的微笑，都为这顿饭增添了无限回味。然而这一切却因突然传来的枪声变得索然无味……

枪声传来，村里的人都关紧了门，吹灭油灯，屏住呼吸，不敢发出一点声响，生怕一个不合适的喷嚏都会引来杀身之祸。赵记家就在十字街的中间，山河尖的一点响动他都能听到。当赵记冲出家门，马蹄声、马嘶声、枪声都从十字街东边的赵国栋家传了出来。一伙不知来历的强人在试探许多次之后，总算摸对了地方，直接杀进了赵国栋家，而且还带着枪。他们包围了赵国栋的大院，用一根烧焦的房梁正撞着大门。赵国栋家的下人们也不是等闲之辈，在管家赵淮的带领下，一个个拿着枪，蹲在院墙上和门外的强人激战。此时的赵国栋站在房顶上大喊："老少爷们都出来帮个忙，打跑土匪我赏你们大洋。"喊声在风雨里散开了，可是他喊破了嗓门，又有谁敢出来呢？大家都躲在屋子里，胆小的人甚至拉紧被子，把头紧紧蒙上，连枪声也不敢听。只有赵记，他摸到赵国栋家的侧墙外，观察着形势，这时正好听到了赵国栋的话，又被冷雨一浇，酒早醒了过来。也不知从哪儿涌出一股勇气来，他豁了出去，就像当初跪在曾老二门前时一样，勇气这个东西再次降临在他身上。他蹿上院墙，夺过一把枪就和土匪干了起来，那样子完全不像一个残废的人。

赵国栋发现再也喊不到人了，就从房顶上爬了下来，他让管家赵淮带着下人们在院墙上死守，自己则带着他的三房姨太太还有小儿子赵恩泽，一起躲进了最后一层院子。他打开一个柜子，抱出一个金光闪闪的香炉，就像命根子似的，紧紧搂在怀里，前院每响起一记枪声，他就要勒紧一分，到最后手指都勒出了血印。可惜强人太厉害了，一串激烈的枪声过后，他们不仅攻破了大门，还打死了很多人，除了赵淮因为晕死过去而逃过一劫，其他人都死在了前院里。强人们冲进后院时，赵国栋和他的姨太太以及小儿子正抱成一团，不知何时，他手里的金光闪闪的香炉已经不见了。强人们把他们五个拉到院子里，搜索了整栋房子，抬出几个钉着铜皮的大箱子，砸开之后，果然都是金银珠宝。若换作常人，哪里见过这些财富，吓也吓死了，可这帮强人的胃口太大，几箱财宝不但满足不了他们，反而勾出他们更大的贪念。他们用枪顶着赵恩泽的小脑袋，还不停拨弄着他脑后的小辫子，那根小辫子可是富贵人家的标志呢！一个蒙脸的强人说："我早就听说过，你家有四个大银人，跟真人大小一般，说，放哪儿了？"赵国栋早就吓坏了，还没等强人问完，他就晕死过去了。

赵国栋的小儿子——十二岁的赵恩泽死了，他脑后那根小辫子也散开了。虽然赵恩泽这个孩子不如赵恩铭出息，而且只有一只耳朵，面相也不算好看，可他毕竟是赵国栋的亲儿子，赵国栋醒来后，扑在儿子身上，哭成了泪人，他的三个姨太太也都扑在孩子的身上，一块哭起来。那时候，天已经快亮了，强人们早已不知去向，但是暴雨和雷电却未停歇。三个姨太太里，哭得最凶的还是刘青儿，如果没有赵恩泽这个孩子，她就做不了丰衣足食的姨太太，说不定还在淮滨县唱戏呢。她试图为这个孩子做点什么，可她实在想不出能做些什么，就伸出颤抖的双手把赵恩泽脑后的小辫子重新编了一遍，那毕竟是富贵人家的标志呢……

第二天收拾院子的时候，总共清点出十三具尸体，其中包括赵记、赵国栋的小儿子赵恩泽、八个下人，另外还有三个强人。女人倒都活着，几百年来，山河尖都是这个样子，女人总比男人长命。

山河尖发生激战的当晚，赵明刚好要到赵国栋家送鱼，尽管他远远躲了开去，却也身中两枪，但是没有死。事后赵明说他亲眼见到强人抬走了赵国栋家的四个银人，每个大概百十斤重，另外还有几口非常漂亮的箱子，至于装着什么，恐怕只有赵国栋和强人才知道。据赵国栋说，他在强人冲到后院之前，早派人把一个宣德年的金香炉扔进了院子后的大水塘里，那可是件好东西。十三个人入殓之后，他就宣布，谁要能把这个香炉找回来，他就赏谁三十块大洋。尽管那是一个方圆百米的大水塘，得到这个消息之后，村里的男人还是行动起来了。他们顾不上安葬死去的人，就带着水桶来到了塘边，百十个人一起下手，把塘里的水全部翻进滚滚的淮河，一直忙到第二天清晨，才算把塘里的水泼干。所有人都在污泥中摸索着，他们的脸上、身上，甚至嘴里都涂满了污泥，捕到三条重达百斤的大黑鱼，可是除了一把锈迹斑斑的马刀，什么金属也没有见到，更不要说宣德炉了。

说起这个香炉，那可是赵国栋一家的骄傲。当年他的曾祖父随大军出征，在新疆立下战功，从俄国人手里夺来许多宝物。金银饰品、白熊腋皮、玛瑙缠裹的军刀，应有尽有。大军凯旋时，他雇了两辆马车才把宝物装完。可是马车太重了，没有八匹马都拉不动。据说路过西安城时，把城门下的地砖都轧出两道深痕，至今还没有修复呢！回到家乡，或许是出于匹夫无罪怀璧其罪的担忧，他竟放弃了高官厚禄，宁愿解甲归田。只是他重修了大院，又置办了田产，终究成了远近闻名的乡绅，富甲一方。不过从那时开始，他就喜欢上了收藏。他见不得新式的事物，有恋旧的癖好。只要是上了年代的东西，他是一律照收的。若东家有块庙门上的匾额，他便用米去换；若西家有张破败的木雕，他则用钱去买。那时，刚好有一家没落的京城王族路过这儿，没有了盘缠，到处出售传家之物。因此，当他见到那个香炉时，直瞪了眼睛，品评许久，认定那是难得一见的宝贝，愿意把所有现银贡献出来，只换一个香炉。从此，那个纯金的宣德炉就成了他们家的传家宝。说也奇怪，自从有了它，家里人旺财旺，升官的升官发财的发财，直到传给了赵国栋，他家仍是富甲一方的。

可是现在却不同了，土匪洗劫了赵国栋家，扛走了金银财宝，赵国栋不但丢了传家之宝，小儿子也死了。他这才蹲在门口哭了起来，一边抽泣一边说，家有一宝便能聚宝，家有一物便出人物，现在连传家的宝贝都丢了，能不完蛋吗？谁都知道，土能克金，凡是金子做的东西，只要掉在地上，就会生出腿来，钻进泥土跑得无影无踪。赵国栋深信，宣德炉一定是遁进泥土跑掉了，这就预示着他家的财气、人气、宝气、旺气，一溜烟都跑了。果不其然，尽管赵国栋有三房姨太太，却再也没有生出一个儿子来。

赵国栋家就是从这个时候开始败下来的，赵国栋再也不对人说"这就是命"了，他几乎每天都要到村口看看，等着他的大儿子赵恩铭回来。他对村里人说，要是他的大儿子从部队回来，准会带回来一支全副武装的队伍，把那伙强人一网打尽，夺回家财，找回香炉。赵国栋就在等待中渐渐老去了……

七

十三口棺材一起出殡那天，赵远望母亲站在自家门口自言自语地说："照这样死下去，再多人也撑不住啊。"她不知道，这只是一个开始，山河尖的厄运还在继续着。她的儿子赵永瞧已经三天没有回家，在出殡的棺材里又没有他的尸体，这对于一个曾经失去儿子的母亲来说，是多么无奈的事情。可是赵永瞧的确失踪了，没有人知道他为什么会消失，唯一知道的人——赵记，在那夜的激战中死掉了。有人说他跑去当了兵，可大家都知道，他的脚已经跛了，部队是不会收留他的；

也有人说他跟了那伙强人，分到了整整一个银人。不管怎样，他的母亲全当没有了这个儿子，她曾说过："屈死不告状，穷死不当兵。"在她的心里，不管是当兵还是做了土匪，都不能算是活在世上的人。

那天孙瘫子拍着胸脯说："我就说过，山河尖会有灾难的，果不出我所料。恐怕后面还有更大的灾难呢，你们都小心点。"大伙儿瞪着他，什么也没有说，眼睛里却冒着仇恨的火焰，他们固执地以为孙瘫子一定对山河尖施了什么诅咒，不然哪会死那么多人？而孙瘫子却打心眼里高兴，他的手艺在这个年月成了最吃香的活，他几乎包办了山河尖附近所有的葬礼。离开山河尖时，孙瘫子又遇到了望眼欲穿的赵国栋。他拄着拐杖靠过去，对赵国栋施了一礼，宽慰他说："老爷子就放心吧，大少爷一定会回来的，不会远了。"赵国栋点点头："会的，会的……"

孙瘫子的好话从未实现过，坏话倒从未失灵。赵恩铭的确回来了，十一月的第一天，赵恩铭在几个士兵的护送下，真的回来了。不过赵国栋见到的却是一个精致的锦盒，上面还镶着赵恩铭的照片，另有几块勋章、一面青天白日的旗子，以及一封长长的信。他还没有反应过来是怎么回事，士兵就已经离开了。剩下赵国栋和他的下人们，在初冬的阳光里站着，冷冷的，好像天地风云都停顿了，剩下那些焦黑的枯枝在风里发出呜呜的低鸣。赵国栋抱着那个锦盒，就像被抽了骨头，慢慢软倒在地，慢极了，在他自己觉得就像一辈子那么长。他的管家赵淮在激战中有幸活了下来，这个坚强的老人是山河尖少数读过书的人之一，他拿着那封长信读了起来，边读边抹眼泪，就跟他自己的儿子死了一般。信还没有读完，赵国栋就失去了意识，他的三房姨太太全部哭死过去，横七竖八地躺在大厅里。下人们也都在垂泪，有的蹲在墙角抽泣，有的像簸箕一样张开双腿靠在墙上，还有的趴在井沿上就昏了过去。

那封信上写了很多东西，其中大部分是对赵恩铭的表扬，还有一小部分是对家人的宽慰。信上说，赵恩铭为抗击外寇献出了年轻的生命，他身上的二十四个弹孔就是最好的徽章。他是军人的骄傲，是国家的骄傲，也是民族的骄傲。赵国栋听着听着就听不到那些溢美之词了，尽管家人一字一句地把信读了一遍，他的耳朵却模糊了，一句也没有听懂。自家的大厅也陌生起来，他找不到桌椅，摸不着墙壁，在地板上爬来爬去，最后终于摸到那扇贴着"国恩家庆，人寿年丰"对联的木门，用手臂支撑着身体，挪到墙角便动弹不得了。

赵恩铭的骨灰一直放在家里，十多天时间过去了，也不见赵国栋有下葬的打算，大概他对入殓下葬这件事早就麻木了。大家都能猜到，既然是骨灰，又不会腐烂发臭，在家里多放些时日也不打紧的。那段时间，赵国栋每天抱着骨灰盒睡觉，看着骨灰盒吃饭，恨不得把骨灰冲进茶水里喝掉，再生出一个赵恩铭。况且这个时候，村子里都在讨论土匪的事情，他们怀疑祖坟出现了问题，正要重新选择坟地，正好给赵国栋争取了时间，让他能够多抱儿子几天，哪怕春节就要到来，他也毫不在乎。

八

自从赵恩铭的骨灰被送回村子，大家才彻底死了心，关于土匪，他们真的没有一点办法了。山河尖人这才意识到那帮不知来历的土匪是一个大问题，村里应该有所行动才是，否则无疑是坐以待毙。晚上，全村人都聚集在十字街北边的大祠堂里，开始了关于土匪的讨论。以往遇到这种事，都是赵国栋和赵国梁两兄弟主持，可现在却变了。只有赵国梁还说说话，至于赵国栋，他抱着那个精致的骨灰盒，就坐在祠堂的房檐下，不说话，也没有表态。事实上，对于土匪而言，赵国栋已经无所谓了。银人被劫，宝贝已丢，两个儿子相继离世，还有什么可怕的呢？当一个人一无所有的时候，他就会变得勇敢坚定，无所畏惧，所以赵国栋已经不再关心土匪的问题了，难不成他还会为那三个生不出儿子的姨太太而担惊受怕吗？

那晚，大家一直讨论到半夜。有人想说土匪的目的是抢赵国栋家的银人，抢走之后根本不会来了，大家又何必担心，但是碍着赵国栋也在场，这话说不出口。有人说土匪的钱花完之后还是会来，最好还是准备一下，比如在村口的大槐树上系个铃铛，只要土匪一来，就敲响铃铛，然后全村人集合起来共同对抗。不过谁都知道，即便敲响了铃铛，真正会集合起来的人又有几个？况且谁去敲响铃铛呢？通过一番讨论，最终的意见基本上分为两派，年长的认为顺其自然，年轻的却冒出一个特别怪异的想法，他们认为要对抗土匪只有以牙还牙，自己也组织"土匪"队伍，也去别的村子抢几次劫，这样就不用再怕那帮强人了。全族大会一直开到深夜，大家都困了，有的干脆歪在台阶上就睡着了，可惜最后大家也没有拿定一个主意，只好各按自己的意思行事了。

赵想是族里最年轻力壮的小伙子，而且他拥有完整的腿脚，无论力气与智谋，都是一个出色的年轻人。那晚出了祠堂，他就拉住他的两个堂弟赵谈、赵跑，向赵远望打听赵永瞧的消息。赵想有自己的计划，他想如果赵永瞧真跟强人走了，那么他们就可以去找赵永瞧，跟着赵永瞧准没有错，他够狠够精，没有人能打他的主意。可是，赵远望却说，他也不知道赵永瞧的消息，大家多少有点失望。最后他又问起赵长看死后留下的土枪，就是那支曾经打死过三百二十八只兔子的土枪。赵远望说，枪倒还在，只是放在母亲的房里，从来不许自己碰一下。

赵想一听有枪，立即兴奋起来。他想，有没有赵永瞧已经无所谓了，只要有枪，自己单干也是可以的。

夜深人静的时候，赵想带着两个堂弟跟在赵远望身后，猫着腰闪进了赵远望母亲的房间。低矮的茅屋里静悄悄的，伸手不见五指，就像一个深深的墓穴，没有一点活气。他们几个蹑手蹑脚，轻到连自己都感觉不到腿脚的移动，朝着那把土枪靠近，其实他们要的就是这种感觉，一种做贼的感觉，虽然还没离开山河尖，他们在黑暗里已经过了一把瘾。赵远望走在最前面，赵想和他的两个堂弟跟在后面，就快摸到土枪时，突然哧啦响了一声，一根火柴被点燃了。赵远望的母亲就坐在床头，一手端着那把土枪，一手举着火柴，脸上没有一丝惊讶，似乎已经等了许久。四个男孩惊恐地排成一排，挤在本就狭窄的墙角，瑟瑟发抖。赵想毕竟十八岁了，只有他的胆子还大些，他试探性地问了句："枪能借给我吗？"令他们意想不到的是，赵远望的母亲竟爽快地答应了，而且她还说："这把枪就送给你了，你不用还给我了，我们家再也不需要枪了。"赵想带着两个堂弟终于拿着枪闪进了夜色，只有赵远望被母亲留了下来。赵远望想问什么，却又不敢，母亲指着他的鼻子告诉他，一辈子都不要碰枪，他只能点点头。

第二天，赵想准备了一些干粮，又做了三把匕首，三兄弟全副武装。他们偷偷把家里的骡马牵出来，事先拴在村西的树林里。赵想又让他九岁的侄子偷来许多草料，把骡马都喂了大饱，而他们三人在家里吃着晚饭，就像没事人似的。可是晚饭后，赵想的侄子跑回来了，见到赵想就上气不接下气地说："骡子死了，骡子死了。"赵想带着赵谈和赵跑，一路跑到树林，竟发现骡马完好无缺，四条腿都倍儿有劲，一点要死的迹象也没有。他便朝侄子脸上甩了一巴掌，训斥他："说啥鬼话呢，再胡说，我撕破你的嘴，快滚回去吧。"他们三个就在树林里睡了一夜，第二天天还没有望亮，他们就在清晨斑驳的寒霜中离开了山河尖。

又过了两天，村里人才发现少了三个小伙子。一问之下，才知道他们做了土匪，已经离开了村子。赵想的母亲哭得死去活来，直追到曾窝子，又过了淮河，跑出五十多里路，连个人影子也没有见到，她只得悻悻地回到了山河尖。村里人有的替他们感到惋惜，这么年轻的小伙子，还没有娶过媳妇就走了；而有的人却替他们感到骄傲，毕竟山河尖有了与强人对抗的力量，有了三个真正意义上的土匪。尽管一切都注定这是一个喜爱葬礼的冬天，他们还是感到了微薄的希望。

可是赵想与他们的想法都不同，其实他们三人并不想与那伙强人打个你死我活，他们只想在遥远的村子里，用裤衩蒙住脸，吓唬吓唬那些老年人，顺便带点称心的东西回来，这也足够风光的了。当他们举着那柄杀死过三百二十八只兔子的土枪，骑着高头大马，带着称心的战利品，再回到山河尖的时候，全村人一定会以迎接凯旋大将的场面欢呼起来。到那时，三兄弟该是何等英雄啊！因此，他们放着大道不走，专拣些偏僻的小路，白天隐身在树林深处，只有夜晚才靠近村落。三天之后，他们终于在朱大寺附近寻到一个称心的老年人，于是他们匆忙用早已准备好的裤衩蒙住脸庞，搜了他的身，劫回一条棉裤，还有他的烟锅子，以及半袋烟叶。不过这些东西并没有被带回山河尖，而是在赵谈和赵跑埋葬赵想和他的骡子时，做了陪葬品。赵想成了山河尖第一个埋在异乡的人。

赵谈和赵跑回到山河尖的那个下午，天上下起了大雪，铺天盖地，仅仅一个下午平地就积雪一尺多，天地之间都在披麻戴孝，干枯的树枝也在寒风中号哭，曾经奔腾的淮河也结了一层薄冰。赵远望跑到祠堂，赵谈和赵跑两个人正跪在祖宗的牌位前，还有两匹骡子在院子里冻得瑟瑟发抖。赵远望这才相信，小孩子是不会说谎的，赵想的侄子说得没错，那匹骡子真的死了，只是晚了几天而已。这时，赵谈正在赵国梁面前忏悔着："我们在龙王镇……在龙王镇遇到了那伙人，他们把……他们把赵想打死了……"赵谈的脸上还挂着恐惧，他的鼻息里还有一股土枪的火药味，这火药味已经钻进他的皮肤、他的骨头，让他在呼吸之间颤抖不止。赵国梁听完他们的叙述，什么也没有说，只叹了口气，幸好这次不需要举行该死的葬礼……

第二次全族大会又开始了，还是在十字街北边的祠堂里。大家冒着漫天的大雪依然来了，他们都觉得山河尖出现这么大的变故，这么狡黠的厄运，一定隐藏着什么惊天的内幕，到底是什么原因呢？一如既往的讨论，永远也理不出的头绪，最终也不能统一的主意，一直进行到深夜。大雪覆盖了整个淮河湾的时候，祠堂里仍然亮着油灯，年龄小的人开始把红薯投进人群中间的火盆，散发出一阵阵香味；年龄稍长的也被某种欲望支配，急着回家做些要紧的事情；只有老年人还在抽着烟锅子，不为所动。也正因如此，这次大会最终意见出奇的统一，而且也揭开了山河尖厄运的惊天大幕，那就是赵家的祖坟出了问题，山河尖需要一次惊动人神的坟墓大迁徙。

人们最无助的时候，总会想到自己的祖宗。

九

村子不兴，瘫子兴。你不得不佩服孙瘫子的眼光，他说淮河湾有大灾难，大灾难就来了；他说灾难还没有结束，灾难就真的没有结束。当然，移坟的大事也得由孙瘫子主持。

这次再见到孙瘫子时，他的右腿已经明显短了一大截，必须倚靠拐杖才能行走了。即便这样，孙瘫子还是坦然接受了这个重任，带领全村人开始了这场声势浩大的移坟运动。他说："山河尖的祖坟本就不该设在老龙窝，知道这里为什么叫老龙窝，老龙窝下面为什么叫瓦瓦檐吗？因为这道河湾里住着一条大蛇，头顶田河间，尾圈山河尖，以前是凤凰地卧龙滩，可是现在，大蛇走了，下面全是空的，不就成了瓦瓦檐？"他一手拄着拐杖，一手指着淮河，分析了半个钟头，大家越听越觉得有道理，终于相信的确是坟地出了问题。于是，在孙瘫子的带领下大家开始东奔西走，四处寻找新的风水宝地。第二天，当他们来到娘娘庙时，孙瘫子终于停了下来，大家也都跟着停下了脚步。他在庙塘周围转了三圈，这才放下手里的罗盘，向大家解释："这里地势高向太阳，坡度大不存水；外有河堤护卫，内有娘娘保佑；左边淮河三道弯，是为青龙，右边是通往曾窝子的要道，可谓青龙；只要能保证庙塘水不干，这地方绝对是千载难遇的风水宝地。"大家听他念念有词头头是道，不得不佩服起孙瘫子，看来他还真有两把刷子。

坟地选好之后，便是划出界线，谁家的坟地谁去认领，当然最好的地方必须给赵国栋留着。赵国栋抱着儿子的骨灰盒，在坟地里驻足许久，才放下心来。他说在他为儿子举行葬礼之前，不许任何人私动新坟地，如果谁敢抢先移坟，他绝不会轻饶。他还说他要给儿子举办一场盛大的葬礼，比山河尖有史以来任何一场葬礼都要风光。当他说完这些话时，大家艳羡地看着他，真不知道这场葬礼会风光到什么地步，瘦死的骆驼比马大，看来赵国栋家还没有一败涂地。几乎所有人都盼望着这场葬礼的到来，希望在有生之年能一饱眼福。他让孙瘫子主持做两件大事，一是在赵家祠堂里举行一场祭祀活动，移坟这么大的事，不告诉祖宗是不行的；二是由赵国栋本人出资重建娘娘庙，还要在他儿子的盛大葬礼上给娘娘庙揭牌上香，想来不次于一场庙会。

其实山河尖每年都有祭祀祖先的活动，碰到收成大好的年份，赵国梁总要组织大家，有钱的出钱，有粮的出粮，有力的出力，请台社戏，置办些贡品，选个上好的吉日，把大伙叫到十字街北端的大祠堂里，听听戏，拜拜祖先。当然，组织祭祀的工作也不是白干的，他们兄弟两人总要从中受些好处的。可是这次不同，这次赵国栋是铁了心要把事情办大，为他死去的儿子摆谱，所以他也不在乎有没有好处了。祭祀活动选在了十一月二十日，因为据孙瘫子的推算，这一天尾火属虎，利北方，宜祭祀。赵国栋自己准备了猪头、果品、香蜡纸炮等一应祭祀用品，找来族内几个年轻小伙子，用木箱装好，一起抬到了祠堂里。他挨门挨户把山河尖的老少爷们都通知了一遍，要他们穿上最为正式的衣服，洗脸梳头，然后到祠堂里列队，等着赵国梁带领大家一致行礼。他还专门请了一个教书先生，为他写了一小篇祭文，大家全都拜倒在祠堂庭院里的时候，赵国梁站在房檐下，一手撩起长衫的下摆，一手拿着那张纸，以一种酷似金属的嗓音宣读起来：

> 呜呼显祖，岁遭殇节，时遇隆冬。不肖男梁、栋率孝子贤孙，但以浊酒一盅，素纸二两，龙涎三段以祭。不奉牲牺，思亲唯许两行泪；愧对列祖，招魂难撮一抔土……伏惟尚飨！

读到最后两个字时，赵国梁还真悲戚起来，故意拖长了嗓音，足有几分钟之久。然后他双手拈香，在祖宗牌位前恭敬地鞠了三个躬，再把香插在香炉里，转身对众人说："行礼。"不论男女老幼，大家都铆足了劲，磕得咚咚作响，好像祖宗真能听见似的。

对待祭祀这件事情，山河尖人确实很认真，赵国梁宣读起那篇祭文的时候，尽管他们一个字也听不懂，但他们却拿出了十二分的精神，全神贯注，连一个人也没有走神。

祭祀活动结束之后，赵国栋就紧锣密鼓地张罗起他儿子的葬礼来。娘娘庙已经重修完成，由原来的三间土屋阔增为两层院六间屋，庙前的池塘也被清理了一遍。孙瘫子曾说过，只要这个池塘的水不干，赵家就会一直兴旺下去，所以他们特意挖通了一条渠道，把淮河水引进池塘，他们想，这下子子孙孙都会兴旺下去了，池塘跟淮河连成了一体，淮河不干，赵家不败，滚滚的淮河都流淌千年了，怎么会干涸呢？

第二天赵国栋派人到淮滨县城里买来了一口上好的楠木棺材，据说这口棺材足够一个五口之家吃喝三年，它的价值也就可想而知了。赵国栋命人把棺材摆在院子中央，四围悬起灯笼，把整个院子照得亮如白昼。村里人听说之后，把赵国栋家围得水泄不通，只为一睹这口棺材的名贵。而赵国栋一看大家都到齐了，就命人抬来一口四人才能围抱的大铜盆，摆在棺材前作为烧纸钱之用。有钱人家就是不一样，就算到了地下也要过锦衣玉食的生活，赵国栋命人用马车拉来几车纸钱，这些纸钱各式各样，比人间的钱钞还要丰富，有的用金色皮纸制成，剪成一串串元宝状，闪闪发光；有的是由各色彩纸制成，剪成外圆内方的铜钱状，五色斑斓。他们相信，火是打通人鬼殊途的介质，纸钱一烧，死去的人就能收到了。赵国栋的三房姨太太又为大家分发白绫，不管何亲何故一例白赠，男人一丈七，女人一丈四，如果遇到个头小的，在脑后足足挽上五个疙瘩还能拖到地面呢！这些还不算什么，赵国栋又让人运来纸糊的车马，在院外一件件排列开来，直排出半里路去。远远望去，有昂首嘶鸣的大白马，有帘幕低垂的八抬轿子，有侍奉洗漱的童男童女，另外诸如盆架、衣柜、桌椅、床凳之类，数不胜数。村民们不由得感叹起来，这才叫葬礼嘛，比任何人家嫁闺女的嫁妆都丰盛。

从城里请来的戏班子也到了，赵国栋似乎要通过这些唢呐声来寄托哀思，他给吹唢呐的人都包了大洋，让他们围在棺材周围足足吹了一夜。这帮人是方圆百里内最优秀的唢呐手，能用唢呐模仿各种声音。因而，那晚山河尖的上空飘荡着各种声响，萧萧的马嘶声、隆隆的战车声、锵锵的枪战声，到了下半夜大家似乎还听到了欢快的喜乐。大家本以为赵国栋会狠狠教训这些不明事理的唢呐手，却不想他频频点头，似乎要在这场葬礼中，顺便为他未婚早逝的儿子娶个媳妇。

天快亮时，赵国栋打开了棺材，将锦盒里的骨灰一把把撒了进去。他将骨灰铺成一个人的形状，又请孙瘫子念了许多法咒，才放心盖上。同时，凡是拿到白绫的人都跟在棺材后，静静听着赵国栋宣读那封表彰信，大家虽然听不懂那些话，却也觉得那一定是极有派头的事情。终于出殡了，全村人都跟了出去，送葬的队伍一直排成二里长的队伍，孩子们争相去拿那些纸糊的小人，若谁能抬到那乘八抬大轿就算无上的光荣了，有几个浑小子为了抢到抬轿的机会，竟打了起来，差点把纸轿弄破。许多年来，娘娘庙也没像今天这么热闹。尽管天上还在飘着雪花，整个葬礼却像一场庙会，车水马龙，热闹非凡。

直到葬礼结束之后，大家还沉浸在庙会的热闹中，完全忘记了移坟的事情。只有赵国栋比较清醒，他将赵恩铭安葬好之后，就带着下人去了老龙窝。他想把所有关于坟墓的事情一下办完，既然举行了葬礼，何不让列祖列宗聚在一起热闹热闹呢？大家这才反应过来，该是移坟的时候了，他们也纷纷取来铁锨，组成一支庞大的队伍向老龙窝涌去。男人们排成一条长龙，举着铁锨，怀着满腔的热情；女人们跟在后面，奋力悲泣，哭声震天。漫天的雪花，仿佛在为那些无辜的尸骨披麻戴孝，那场面真是壮观极了。

赵国栋家的祖坟刚被掘开，大家就惊呆了。那堆骨头竟然是面朝下的，而且棺木里进了水，若不是上好的木头，恐怕早已经腐朽溃烂了。孙瘫子说，尸骨被翻了身，哪还能见到天日。他还说，当年老爷子下葬时就是他孙瘫子选的地，当时埋了许多陪葬品在里面，银器、铁器、瓷器都有的，恐怕是盗墓贼掘了墓才把尸骨翻了身，以致山河尖厄运不断。孙瘫子的话，给山河尖之厄运是祖坟问题这一说法提供了最有力的证据，大家顾不上寒冷，像寻到了宝藏一样津津有味地把骨头一块一块移走，由赵国栋亲自用双手捧着，送到孙瘫子安排好的新坟里。

这个时候的老龙窝就像一个战场，一群手执利器的人，饱含着激情，为了活下去而战斗。不到一个钟头，整个老龙窝几十亩滩地已经千疮百孔了。地上横七竖八地摆着棺材板，累累的白骨满地都是，一个个骷髅头在地上踢来滚去。可是谁也没有注意这些，终于造成了混乱，骷髅头与尸身混在一起不能分辨，更不能正确配对。最后大家竟争执起来，祖坟相邻的两个子孙多半会抱着一个骷髅头争吵，你说这是你的爹，他说那是他的爷，以至于为了争夺一个骷髅头竟大打出手。若不是赵远望父亲的坟墓被挖开时，发生了一件不可思议的事，恐怕这场争执还会持续下去。当赵远望用铁锨撬开棺盖时，周围的人都吃了一惊，干脆放下手里的骷髅围拢过来。只见一朵红艳艳的莲花在雪天里盛开着，在莲花的周围几条"打老癔"的长虫正一点点地蠕动，莲花是艳红的，长虫是艳红的，在一片银白的雪地里，特别刺眼。没过一锅烟的时间，那朵莲花就像着了魔似的萎蔫了，脑袋耷拉下来，茎也软了。周围的长虫都失了魂，受不了这么冷的天气，抱成一团任人打死。孙瘫子闻讯赶来，却懊恼地拍着他那本就短小的右腿，直呼天意。他说："这个莲花可不简单，盛世莲花二龙盘踞，连我都没有见过。淮河湾原本要出大人物的，现在好了，劲没使上，全跑了。"孙瘫子的话没再说下去，他怕大家会把移坟的罪过扣在他的头上。但是赵远望却没有在意这些，在大家的唏嘘声里，他毫不吝惜地将那朵莲花连根拔起，又用铁锨将那几条长虫挑开，只用了一个麻袋就将父亲的骨头、赶牛的鞭子、牛牙，以及赵长看那只尚未完全腐烂的血肉模糊的手，全部装了起来。一路上他背着那只残留着蛆虫啃咬痕迹的手，感到一阵阵恶心。他的手上、衣服上、胸腔里，都沾上了那股难以名状的令人作呕的恶臭，与之前沾到的曾桃身上那诱人的烤肉香味混合在一起，让他眩晕、欣喜、呕吐、麻木，甚至感觉不到自己的肉……

那晚所有人都曾看到，赵远望父亲的墓坑里冒了一夜的烟，那个浅浅的墓坑就像一个不知疲倦的烟囱，冒了整整一夜。黑的、白的、灰的，各样的烟都在广阔的淮河水面上消散开去，飘到不知名的地方。全村人都相信，那股烟是最重要的，大概赵远望这一家人这辈子都不要指望出人头地了。赵远望不相信这些，但是关于坟墓的一切，他又确实充满了兴趣。尤其是棺材，他对棺材有一种特殊的情感，简直可以用亲切来形容。

移坟的事情一直忙到大年除夕才算结束，这一年的年夜饭都带着点葬礼的味道。赵远望的母亲带着她仅存的七个孩子，围坐在饭桌前的时候，的确是下了很大的决心才拿起筷子。

十

移坟之后，山河尖真的平静下来了，很长一段时间再也没有发生过不幸。在此期间，大家安安稳稳地过了春节，虽然不像往年那样欢天喜地，但是山河尖的厄运总算告一段落，大家也渐渐踏实下来，谁也不愿再提那些不幸的事情。

刚过完春节，赵远望母亲就把心思都花在了大女儿赵笑身上，她即将出嫁，新郎就是曾老大的儿子。没了两个儿子的母亲，想让女儿有个更好的开始。所以她几乎动用了所有的家产，只为把女儿的喜事办得风光一点，漂亮一点，这可是她第一个将要出嫁的女儿，第一个往往也是最正式的，最用心的。为此，她问过那些老嫂子，姑娘家出嫁都有哪些规矩，咱一定要办全办细，一样也少不得。当然，所谓的风光，与赵国栋家是不能比的。她卖掉了家里仅有的那匹骡子，就是那匹驮回赵长看手臂的骡子，另外又卖掉了两只羊，四只老母鸡，先给女儿打了两床棉花被子，又将屋后的四棵老榆树砍掉，专门请了木匠，给赵笑做衣柜、木箱、镜奁之类的嫁妆。对于一个农户人家而言，这些嫁妆已经算齐备了，可赵远望的母亲仍不满足，她生怕委屈了女儿。因而她又派赵远望带着干粮，划着篷船走一百二十里水路，到淮滨县去给赵笑买布料，她要给女儿多添几件新衣。

赵远望已经是家里唯一的男人，承担着许多只有男人才能做的事情，可他却是第一次出远门，母亲将他送到河边，一遍遍地叮嘱着，你已经十四岁了，再往前翻几十年，十四岁的男人都能去打仗了。要在古代，十四岁的男人都能成家立业呢。她告诉赵远望，不要贪玩，买到布料赶紧回来，千万不要在路上耽搁。虽然很长时间没了土匪的消息，她还是隐隐有些担忧。赵远望点点头，他是一路询问才到了淮滨县的。不过他总算不负母亲的重托，三天后，他连夜赶回了山河尖。他带回来几块上好的布料，有的确良布，还有涤纶，据说涤纶布可结实呢，随便做件衣服，都能穿一辈子，老大穿过了还能传给老二，老二穿过了还能传给老三，新三年旧三年，缝缝补补又三年，可不就是半辈子了吗？除了给赵笑做了几件上好的衣服，她的母亲似乎特别疼爱那个哑巴女儿，亲手把剩余的布料裁剪好，做了两件对襟的褂子，哑巴女儿穿上身时，喜欢得不知如何是好，竟嗷嗷地哭了起来。

其实，除了布料赵远望还带回一样特别奇怪的东西。回到山河尖的那个下午，他的手里提着一个精致的木盒，形如磨盘，涂着朱红的油漆，还没进屋子，大家就闻到一股腻人的甜香，嘴里不自觉地泛出酸水来。隔壁的赵跑娘闻到了这股香味，从矮墙上探过头来，使劲嗅了嗅，她问赵问男："你娘做啥好吃的了，咋恁香呢？"赵问男自己也不懂，但她话多，她说："有好吃的也不告诉你，看你哈喇子都流过墙了吧。"

赵远望把那个漂亮的锦盒放在院中的碾盘上，那股香味便在山河尖的上空弥漫开来，全村人都闻到了那股香味，他们就像商量好了似的，都围了过来。据赵远望说，他在淮滨县买好布料之后，看到一个头特别体面的人，那人发梳得锃亮，穿着崭新的长衫，还戴着一副金边的圆眼镜，手里提着一个奇怪的盒子，就是赵远望提回山河尖的那个盒子。转角的时候那人不小心绊了一下，手里的盒子就掉到了地上，顿时一股甜香溢了出来，真的，赵远望本来无心停下来的，可是那股香味太诱人了，他的双脚就像灌了铅，动也动不了。那一刻他无端想起了曾梅的水桶，想起那些给他同样感觉的桂花瓣儿，它们在水桶里荡漾着、旋转着……当时赵远望就想，城里人掉了东西恐怕是不会捡的，不然就不够阔气。他便守在旁边，果然，那人懊恼地跺了跺脚，惋惜了一会儿就离开了。赵远望等到那人走远之后，见没有人去捡，这才跑过去把那个锦盒捡了起来，往背篓里一塞，飞也似的跑了。到了船上，他打开那个锦盒，一遍遍地抚摸着，太精致了，太漂亮了，山河尖的木匠无论如何也做不出这么好的东西，他的第一反应是把它送给曾梅，让曾梅用它提水，让那些熏人的桂花瓣儿在这个锦盒里荡漾，那该多好啊。

赵远望打开那个锦盒，里面有块圆形东西，摸起来软软的。村里人都挤过来，对这个不明来历的东西做了讨论。有人说应该是城里人用的磨盘，城里人就是高级，磨盘都是彩色的，还要用锦盒装起来。赵远望却摇头说没有磨盘重。也有人说应该是城里人插香火的炉台，不然怎么会下面大上面小呢？赵远望还是摇头，他指着顶部说上面连香眼也没有。连赵远望自己都不知道这是什么，这样一来大家就更不敢瞎猜了。

大家便都围着锦盒坐了下来，深入地思考和讨论着这件奇怪的东西。品评了一遍又一遍，根本没有理出一点头绪。赵远望再也忍不住了，便伸手去触了触，那股甜香太浓烈了，让人不由得身子发软。他放开胆子用指头挑了一点抹在嘴里，大伙隔着老远就开始喊："不要吃，你不要命了吗？"赵远望还是吃了，也没有被毒死。

那天下午，村里排了一个长队，小孩子排在前面，中年人排在中间，老人都排在后面。大家一路走过赵远望家门口，每走过一个，赵远望就会挖一勺锦盒里的东西放到他的嘴里。后来又减到每个人半勺，再后来直接用筷子掘一点尝尝也就算了，人实在是太多了。用了整整一个下午，这个队伍才算走完。到了最后，锦盒里的东西已经吃完了，只剩下那个精致的锦盒，排在队伍最后的几十个人就围着那个盒子舔了起来。最后赶来的赵国梁什么都没有尝到，不过当他看到那个锦盒的时候，指着人群大笑起来："你们连寿糕都不知道吗？真是没吃过好东西啊。"此时的赵远望已经听不到赵国梁的话，因为他在人群之中看到了一个熟悉的身影——曾桃，可是曾桃来得太晚了，她连寿糕的影子也没有见到。看到曾桃，赵远望就想起曾梅来，她们太像了。

那晚，赵远望是枕着锦盒睡着的。

一个十四岁的少年，在这个寒冷的夜晚第一次梦到了让他热血沸腾的事。梦里，他和一个人纠缠在一起，他几乎认不出这个人到底是谁，有时是母亲，有时是姐姐，有时又变成了曾梅，还有好一会儿像是曾桃那烧焦的脸庞。他觉得周围全是残留蛆虫痕迹的肉，分不出哪里是手，哪里是腿，有时他怀疑自己的腿在河边，而自己的手却在埋葬父亲的新坟里。而且到处都是腐烂的气味，还夹杂着诱人的烤肉香味，全都渗透在他的血液里。总之，他眩晕了，分不出哪里是自己哪里是别人，自己就像被老黄牛拉着一样，充满力气，就连那不自主的喘息都按捺不住。突然他的骨头里像是充了气，几乎要爆炸了，但就在这一刻，他飞了起来。第二天清晨，院子里张罗亲事的人都已经忙碌起来，赵远望才疲惫地醒来，一摸屁股底下全湿了，他以为自己又尿床了，便不敢声张，默默地起了床。可是昨夜的梦，却始终纠缠着他，一直纠缠了许多年。他渴望能够再飞一次，但是他又害怕那种分不出你我的混乱，以及那种不由自主就充满力气的失控感觉。

<h2 style="text-align:center">十一</h2>

天亮之后，妯娌嫂子们开始帮助赵远望母亲张罗起来，大概迎亲的队伍很快就会到了。孩子们挤在院子里要糖果，嫂子们在给赵笑穿新衣，年龄稍长的女人在厨房里准备犒赏迎亲队伍的茶点，赵远望在门外等着迎亲队伍一到就放响鞭炮，他的母亲腰里系着围裙，一边忙碌一边指挥着。所有人都尽心尽力地准备着，好像每个人都要出嫁似的，心里充满了期待。赵远望终于听到了河里传来的唢呐声，迎亲的队伍是乘船来的，他们已经到了十字街南头的码头边。赵远望赶紧点响了鞭炮，顿时，唢呐声、鞭炮声、孩子们的吵闹声，沸腾在村子的上空，本来寂静的村庄里，一下子就活泛起来，所有人都围在赵远望家门口等着看新娘子。

赵笑没有一点结婚的经验，完全不知道该做什么，头应该仰着还是低着，手应该放在哪里，能不能跟人说话，她一概不知。可她的心又跳得特别厉害，几乎管不住了，要跳出胸口一般。嫂子们把曾家送来的新衣都拿出来，先是品评了一番，一个个都投出羡慕的目光。有个才嫁到山河尖没两年的嫂子说："这料子，这样式，你看看你看看，谁有这样的手面，谁有这么排场，还得说咱赵笑有命。"可是一件件穿到赵笑身上之后，大家才发现少了一双鞋子，这可不是开玩笑，姑娘出嫁那天全身上下里里外外都要穿婆家的东西，要不然两口人就过不了一辈子，坏了规矩可不行。连赵笑也急得团团转，她的母亲说："现在再让他们准备也来不及了，干脆你就赤脚走吧，这也没啥丢人的，就算丢人，丢的也是他老曾家的人。"

嫂子们把红盖头往她头上一盖，她就感觉自己不再是自己了，在自己的屋子里转来转去，一点也摸不到头绪。嫂子们说："看把你急的，真是大闺女坐轿头一回呢。"她们把赵笑按回床上，你得老实待着，要人来请才能下床呢，不然就不是好姑娘，给人留下闲话的柄子。她的母亲在边上频频地点着头："她们都是过来人，说的话你要记着。"说到这儿她好像突然想起了什么，急忙进了另一间屋子，趴到床底下，摸出一个土黄色的布袋子，连吹了几口气，吹得满头满脸都是灰，这才把布袋打开，从里面拿出两只雕着古旧花纹的镯子。她对赵笑说："这双镯子是纯银的，从你奶奶那儿传给我，怕是有年头了。强人到咱家抢东西的时候都没有找到它，留到现在也是你的造化，给你一个，你可得好好留着。别看它黑不啦叽的，回头你用青灰一洗，包管亮闪闪的。"赵笑这才感觉到自己真要嫁出去了，母亲这是在做着最后的打发呢，她双手捧着那只雕着古旧花纹的镯子，竟掉下几滴眼泪来。母亲帮她擦干了眼泪，又将那只镯子戴在她的腕上，便出去忙活了。

这时候迎亲的队伍正堵在院门口，她走到外面，跟迎亲的队伍商议，走哪条路回去合适呢？接亲的队伍是不能走回头路的，否则就不吉利，预示着姑娘的婚姻不能一顺到老。迎亲的队伍告诉她，曾老大都已经安排好了，来时走淮河，回时走陆路，绝对没有回头路。赵笑母亲往后面一看，看到一顶挂满红布的轿子，这才放下心来。既然一切准备就绪，那就搬嫁妆吧，大家一下子沸腾了。吹唢呐的人模仿着公鸡的样子，腮帮子就像两只鼓足气的蛙，憋得满脸通红，吹奏着溢满喜气的《百鸟朝凤》。山河尖人挤过来要拦住嫁妆，表示对姑娘的不舍，曾窝子的人要抢，表示对姑娘的期盼，那场面真是太热闹了。大家都疯了似的，尖叫着，摇头晃脑地往前挤，就像自个要成亲一样。以至于全村的狗都在吠叫，他们也全然没有听到。

山河尖人几乎每家都养狗，加起来有一百多条，但是要论名贵，还要数赵国梁的黄毛狗。估计全村一百多条加起来，还不如赵国梁的一条值钱。那条黄毛狗真不愧是山河尖的狗王，它从十字街的东头一直吠到西头，凡它跑过的地方，其他狗也都跟着叫。这些狗为什么要叫？因为那帮不知来历的强人又来了，他们带着枪，是敲锣打鼓来的。但山河尖人太兴奋了，他们投身在赵笑的喜事上，完全忽略了周围的事物。患有腿疼病的赵同最不济事，根本挤不透层层的人墙，不管做什么，总是落在别人后头。黄毛狗来到赵远望的门前时，赵同在人群的最外围，正踮起脚尖往里瞅呢。黄毛狗吠急了，看人不理它，一口就扯住了赵同的裤腿，它迫不及待地要把强人来到的消息告诉他，可赵同不管，抬起那只不太疼的脚，朝狗屁股就是一记踹，黄毛狗被踹疼，哼唧一声跑了。它也不管了，跑到柴草垛后面临幸那些母狗去了。

就在这个时候一个尖锐的声音划破了天空，超越了鞭炮声、唢呐声、欢闹声，这个声音太刺耳了，这是枪声。山河尖人都呆住了，顷刻之间，就像被施了定身法一般，一动不动，一声不响，就连鞭炮也知趣地熄灭了。他们都还保留着原来的姿势，有的举着唢呐如公鸡，有的张开嘴巴，嘴里的糖果汁顺着嘴角流了出来，还有两个人正抬着衣柜出院门。强人们真是带着锣鼓来的，他们骑在马上，停止了吹打，静静地看着山河尖人，看着他们的猎物，一点也不着急。有那么几分钟，他们只能听到淮河的波涛声，溜河的风声，其余的什么都听不到了。

最后还是赵远望的母亲先反应过来，啊的尖叫了一声，打破了山河尖的静寂。顿时，山河尖人仿佛被解开了定身法，全村一片慌乱，能跑的全跑了，不能跑的也都蜷缩在地上瑟缩着。几个年轻人还想反抗，却被强人当场按倒在地。说也奇怪，强人的这次行动非常短促，比不上一场婚礼的时间，而且他们的目的好像并不是抢劫，结局也出奇的好，山河尖没有一个人死在强人的枪下，也没有一个人受伤。他们用脚踩着山河尖的年轻男人，拿枪指着那些拿着唢呐的一动不动的迎亲队伍，一点杀人的意思也没有。他们只想带走赵笑，带走这个即将出嫁的姑娘。

听到这个消息，赵远望的母亲跪倒在强人面前，她苦苦哀求着："你们已经打死了我两个儿子，就放过我的女儿吧。你们要杀，就杀我吧。你们要带走，就带走我这个老太婆吧。她身上有的我都有，她能做的我都能做。"说着她开始脱自己的衣服，一件一件，直到她那干瘪得已经贴在肚皮上的两个奶袋子露出来，强人们也没有任何动静。这个时候，连天也变了颜色，本来晴朗的天气，竟徐徐地飘起雪花来，雪花飘在赵远望母亲的身上，很快就融化了，她的身体也越来越冰冷，不过一会儿工夫，就结了一层薄霜。她浑身都在颤抖，已经哭不出声音，她的儿女们也都跪在一旁抽泣。

就连强人也觉得鼻子发酸，一个个都扯下脸上的蒙面布擦眼泪，正因如此山河尖人才得以看到这伙强人的真实面目，他们大概也和山河尖人一样，并没有三头六臂，只是他们的手脚都是健全的。

即便赵远望的母亲昏死在雪地里，那伙强人还是带走了打扮一新的赵笑，一大队人马飞也似的向河堤跑去，乘着他们的大船不知向什么地方去了，只留下那块鲜红的盖头，在雪地里被揉成一团，皱巴巴的，却又异常显眼。赵远望的母亲昏倒在地，她的儿女们跪成一团，迎亲的队伍立在风雪里一动不动。面对这种场面，谁也没有魄力告诉大家该怎么办，这个残局没有人能够主持。赵远望唯一能做的就是抱回母亲，给她穿好衣服，又给她喂下一碗热汤，母亲终于找回一丝幽幽的活气。她真的老了，而且并不是时光折磨下的无声无息的衰老，就在这一天之内，她就老了。她的眼睛昏花，视线模糊，手脚冰冷麻木，若没有儿女的搀扶简直站不起来。可她却把脚往地上猛地一跺，弹弹身上的泥土，擦干眼泪，继续指挥迎亲队伍搬运嫁妆。除了她还有谁能够主持这个场面呢？虽然新娘被强人带走，婚礼却仍要继续，淮河湾千百年来的古礼谁也改变不了。唢呐声再次响了起来，迎亲的队伍也重新忙碌起来，只是再次响起的唢呐声里尽是悲鸣，在寒风中传得老远老远。迎亲的队伍也不再昂首挺胸，一个个全都耷拉着脑袋。整个村子，除了唢呐的声音，再也听不到任何声响，直到婚礼结束，这些迎亲的小伙子，再也没有说一句话。

山河尖人无论如何也想不到，刚刚正月十六，这伙强人就按捺不住了。移坟带来的短暂安宁，也在这个充满喜气的日子里结束了，山河尖人再次焦躁起来。

十二

尽管天上飘起了小雪，曾窝子村里却特别热闹，全村人都聚集在曾老大家，他的儿子曾徒要成亲了，大家都替他高兴呢。曾老大家的大门上横挂着几仗红绫，中间挽成一朵巨大的花盘，既漂亮又喜气。院外摆着十几张大桌，满抱的大坛子上贴着一张写着"酒"字的斗方，看样子他们准备大吃一顿呢。

村里的女人基本上都在曾老大家帮忙，有的在配菜，有的在洗盘子，各有各的活计，谁也没有闲着。男人们则聚在村口，等着迎亲的队伍归来。

"新娘子来喽！"不知道谁的一声呼喊，把正在忙活的大家都惊醒了。炮声由远而近，夹杂着大伙的欢声笑语，使这个也曾被土匪劫掠的村庄一下子活跃起来。大伙像潮水一样涌到路口，来不及脱下围裙和袖套，直接抓起抹布擦了两把手就踮起脚尖向村口望去。知客远远地迎到村口，打杂的已经把饭菜准备停当，都放下手上的活计在路旁等着看新娘子。院子正门口已经摆好一张上好枣木的八仙桌，桌子上摆上了果盘和酒盅，新郎的父亲和母亲就坐在八仙桌的后面，摆出一本正经的样子，等着新郎新娘拜堂敬酒呢。而胸戴大红花的新郎背着手站在路旁，面上尽是期待的笑容。

轿子还没有抬到院门前就被几个孩子拦了下来，他们要求新娘子摸摸他们的牙槽。据说掉了牙很长时间长不出来的，只有让新娘子摸摸牙槽才能长出来呢。新娘子就大方地从轿子一侧的窗口伸出手来，朝孩子们的口中摸了摸，孩子们这才哄笑散去。

轿子终于来到了院子门口，在大家的哄闹声中，新郎羞答答地揭开轿帘牵着新娘的手，把新娘带到了八仙桌的前面。或许因为紧张，或许因为刚刚沾了孩子们的唾沫，新郎觉得新娘的手心里汗涔涔的。他就在新娘耳边小声地说："别紧张，一会儿就结束了。"

"新郎新娘拜堂喽！"新郎的叔叔曾老三当了这场婚礼的主事，他把新郎叫到一边嘀咕了一会儿，才提高了嗓门向四周喊着。顿时，表叔二婶子，懂的不懂的，都欢呼起来。

"一拜天地……二拜高堂……"爆竹声又响了起来。

爆竹声结束的时候大家都安静了下来，新郎的母亲手中端着儿媳刚敬上来的香茶，微笑着等婚礼进行最后一项。大伙儿也都瞪大了眼睛，挑衅似的朝新郎挤眉弄眼。新郎终于挑起了新娘的红盖头，很轻盈，一点也不费劲，就像吹开一把尘土一般。但是他马上发现一个问题，这个问题太严重了，他的心脏几乎蹦出了胸口。大伙儿原本就瞪大的双眼，这会儿瞪得更大了，跟新郎一样，他们的眼珠子都快要滚出眼眶了。在这本该欢呼的时刻，大家竟然特别安静，比没有挑起红盖头的时候还要安静，静得能听到烟锅子里烟草燃烧的滋滋声。也许有人想说话，却不知道该说什么。也有人想走，却不知道该不该走。笑容还挂在大家的脸上，但是没有人知道自己身在何处。好像在村口的稻草堆里说天气，又好像在玉米地里锄草，甚至有人想到了自己的理想，变成了一只大鸟在俯瞰着太阳下的草地，也有人想到自己在人堆里尿了裤子，而大伙正在看着自己……

新郎的手心里也汗涔涔的，他目光涣散，身体僵硬，想拨开脑海里的一团云雾，尽可能地寻找，寻找自己在哪个地方，在做着什么事情，寻找一扇根本不存在的门。但是他什么都找不到，尤其在这一锅烟的时间里，他被挤到了某一扇看不见的门外。不知什么时候有个人喊了一声："把新娘送进洞房，大家吃饭吧。"大家仿佛得到了一道释放命令，猛然间不知道从哪地方找回了自由，又开始回到自己的岗位上，烧锅的烧锅，烫酒的烫酒，该干什么就干什么去了。新郎筋疲力尽，感觉嘴巴也是多余的东西，话就更不用说了。他发现醒来后的自己看什么都变了，一切都长了眼睛，在监视自己。狗吠声中带着愤怒，握筷子的姿势带着傲慢，院门的转轴在忧伤且断断续续地呻吟。尤其那个红盖头，像极了一个可爱的鬼脸，正在冲他坏笑。

他牵着新娘的手慢慢走向洞房，新娘说："我替她来的。""哦没，我不知道。"新郎从失神中被新娘唤醒。他非常乏力，感觉不到时间，也不知道自己在哪儿似的，但是他又不能不这样，灵魂好像被抽走了，胸中都是气流不断进出，但跟自己没有丝毫关系。终于找到洞房了，他想……

事后，整个曾窝子都在议论着，为什么迎亲队伍接回来的不是原来订亲的大姑娘赵笑，而是二姑娘赵问男？那群迎亲的队伍，始终没有说出其中的原委，大家只好默认这件事情。许多年后，赵问男总会对她的儿子曾枪说："其实你们的母亲本应该是你们大姨。"可惜，孩子们无论如何也理解不了这句话。

十三

滚滚的淮河啊，

你流淌着我祖辈的血。

你的两手不空，

一手抓着遍布坟墓的土地，

一手抓着挂满手脚的村庄。

我儿的马蹄还未归来，

早嫁的女儿就已离开故乡……

十四

山河尖再次陷入恐慌，土匪的问题始终困扰着这个早已失去昔日光彩的村庄。

赵远望母亲坐在门前的老槐树下，她的哑巴女儿站在她身边，不知熬了多少个日夜，再也没有等到赵笑回来。她在门口支了一口装满麻油的大锅，每天清晨都会用蒸馒头剩下的面团，捏几个酷似土匪的面人，放进油锅里，看着面人不停地翻滚冒泡。当她将那些油炸面人放在嘴里咀嚼的时候，仿佛已经为女儿报了大仇，心里便会感到轻松一些。她执意要将所有的土匪全部下油锅，一天天过去，家里便不再蒸馒头，大家全靠吃面人生活。这样一来，家里的油就耗费很快，人也都渐渐胖了。可是她的眼渐渐花了，变得模糊，甚至看不到淮河的对岸，身体也日渐衰弱，必须依靠拐杖才能正常走路。但是摸到拐杖的那一刻，她确信自己的确老了。九个儿女，死了两个，嫁出去一个，还有一个生死未卜下落不明，这对一个双目失明的老人来说，是多么痛苦的事啊。她下定决心，剩下的五个儿女，决不能再失去一个，特别是赵远望，这个仅存的儿子，一定要好好地活下去。她把全部的心思放在了赵远望的身上，最后她做了一个决定——让他去学木匠的活计，因为在那个年月，生意最好的就是棺材铺，她希望赵远望学会了木工，可以开一间棺材铺，最好躲进院子做一辈子棺材，再也不要离开。

赵远望听从母亲的安排，带着四只公鸡到他的一个同门叔叔那儿学木匠，这个叔叔叫赵恩夯，人如其名，力大无穷，技术精湛，才三十多岁的年纪就已经远近闻名，很多人都以拜他为师为荣，但他轻易不收徒弟。赵远望去的那天，他丢了一块木头、一把凿子、一把斧头给赵远望，要他把那块木头变成一个小型棺材。赵远望的天赋很快就显露出来，做棺材是他的拿手好戏。那天下午，赵恩夯看着那件精巧的小型棺材，拍了拍赵远望的肩膀说："你要不学木工，连鲁班祖师爷那儿也说不过去。"自那之后，赵远望就学起了木工，他专攻棺材这一项，很快就成了闻名遐迩的好手。

赵远望终于有了事业，他的母亲很欣慰，几个月之后她的脸上终于又浮现出久违的笑容。不过她终究忘不了赵笑……

她曾派赵远望四处打听赵笑的消息。赵远望走遍了淮河南北二百里以内的所有村庄，见人问人，见路问路，始终没有得到赵笑的任何讯息。偏偏就在他心灰意冷，再也不抱任何希望的时候，他见到了一个当年给土匪划船的艄公，那个艄公已经很老了，瘫坐在地，听到赵远望的问题，他的良心似乎受到了谴责，竟呜呜地哭起来，他说："你看我这腿，报应啊，报应啊，我就是活生生的模子啊。"最后他告诉赵远望，赵笑早在被土匪抢走的那天，就已经跳河自尽了。她的尸体顺着滚滚的淮河，流向了遥远的东方，至于后来如何，他也不知道了。赵远望只好带着这个讯息回到了山河尖，这是一条让人心安的讯息，也终结了他母亲那汩汩不止的眼泪。听到赵笑跳河死了的消息，山河尖人都感到惋惜，但是这并不是最重要的，最重要的是土匪会不会再来抢即将出嫁的姑娘。在很长一段时间里，村里既不敢给大龄的男人娶亲，也不敢让年长的女子出嫁，除了葬礼，村里再没有什么红白事可办。大伙都在小心翼翼地等待着，一方面自己不能露出马脚，以防被土匪盯上；另一方面又盼着别人快点露出马脚，满足土匪的需要之后，土匪自然就不会来了。人们每天都站在河堤上观望，越是看不到土匪的踪迹，惶惶的人心越没有一点着落了。

过完夏天之后，赵远望的母亲已经双目失明了。可是有一天晚上，她却分明看到赵笑全身湿淋淋地从河底里上来，站在门口却不进屋，母亲央她进去，她却只要她的嫁衣，她说衣服是她的，不能给赵问男，将来赵问男也会有自己的嫁衣。她的母亲不知道如何回答，只好向她道歉，她说："闺女啊，咱不能坏了人家的规矩，你走了，你妹不去谁去呢，她总不能光着身子去吧。"一旁的孩子都以为母亲发了疯，可她还是自言自语，整夜不停，似乎要跟久别重逢的女儿拉拉家常，说说心事。第二天，她叫赵远望买了纸扎的衣服、鞋子，还有大红的双喜，一起拿到河边烧了。因为她听孙瘫子说过，这样的话，赵笑就能收到这些东西，就算到了另一个世界，她也会安心的。

但是那天晚上，赵远望的母亲却睡不着了，她觉得自己好像做错了什么，但又不知错在哪里，天快亮时，她那失明的双眼竟看到一束光，白亮如昼，刺人眼目，她知道自己的眼睛已经瞎了，也明白这只是一种幻觉。但从那晚开始，她就相信有一种来自淮河的奇怪力量即将到来，这股力量将改变山河尖的信仰。

十月的一天，可巧的是山河尖来了第一个外姓人。这个外姓人叫金台安，是一个地地道道的渔民，不过他去过太多地方，哪里有鱼他就在哪里停留。现在他带着老婆孩子和一艘破旧的渔船，停靠在山河尖十字街南头的渡口上。据赵明说，当时他正在河边打鱼，他看到一个矮小的男人从一艘破船里出来，把一个巨大的三齿锚死死钉在岸上，然后拍拍手上了堤坝，他看着沉寂的山河尖，操着一口河南话说："这个村子病得可不轻啊。"碰巧当时赵明的船漏了，用破布堵了几次也堵不住，河水顶开破布，直冲上来，形成了一个好看的水柱，他没法子，只好收了网把船拖上岸，看着破船叹气。金台安走了过去，他说："这样的洞很好修，我每年都要修几十次呢，你看我那艘破船，都漏过几百次了。你把黄麻剪碎，掺点石灰进去，用桐油一和，保管塞哪哪好。"赵明看他不像开玩笑的样子，果然照他说的做了，把和好的一团麻捻往漏洞里一塞，还真是严丝合缝，不要半天时间就凝固了。赵明不禁咧开大嘴冲金台安挑了挑大拇指，真不赖，不愧是老渔民。

赵远望的妹妹赵摇到河边挑水时，正碰到金台安和赵明在一块儿修船，忽而想起赵远望的篷船也有个洞，平时船舱里都备着瓢，划一阵泼一阵，如不及时把舱里的水泼出去，就划不到河对岸。她便请这个陌生人到家里去，那时赵远望正抱着大斧头在后院做棺材呢。赵远望的母亲似乎有所感觉，女儿还没有进院子，她就从槐树下起来说："是不是来生人了啊？"也许眼不明的人耳必聪吧，她的感觉总是那么准。她感觉到那股即将改变山河尖的力量已经来了，就在自己面前。

那晚金台安就留在赵远望家吃饭，他和赵远望母亲一直谈到深夜。金台安说这个村子的所有人都有病，而且有罪。他的到来会给山河尖人带来一种信仰，可以拯救这些有罪的人。儿女们都睡去的时候，赵远望母亲仍听得津津有味，从那晚开始，她信了基督，一个和祖宗不一样的神。她从未像现在这样彻底相信一样看不到的东西，也从未像现在这样对过去的所作所为感到后悔，她仿佛一下子扑进基督的怀抱，获得了梦寐以求的永生。那晚她找出了家里所有的香蜡纸炮，以及祖宗的牌位、孙瘫子留下的朱砂符、挂在墙上的寿星图、门上的门神像，包括叫花子在门前画的辟邪虎，全部彻底烧掉。又在金台安面前真诚地忏悔，她不该每年都给死去的亲人上坟，更不该移坟，不该相信孙瘫子，不该把一切都归根于因果，也不该对自己的祖宗敬若神明。她决心从此不再行跪拜礼，不再往门前放拦鬼棍，不再害怕老龙窝那种鬼地方，不再吃带血的东西。谁能相信，赵远望一家一夜之间就变成了圣殿，再没有一点点迷信的地方。金台安又在她家的房顶上竖起了一块红色的十字架，以为她的过去赎罪。当她收拾完家里所有不干净的地方，几条黄鼠狼无处可躲，慌张地跑出院子，金台安拿起扫把就追，嘴里还一边大喊："你们这些魔鬼的化身，终于无处可藏了吧。"赵远望母亲听后，更加放心了，在她心中永远记住了一点，所谓的黄仙就是魔鬼的化身，以后再也不用尊敬它们，只要听到它们的动静就可以抽打它们。在死了儿子、砍掉儿子的脚、失去女儿之后，她第一次感到了踏实的滋味，她相信自己终于找到了救赎一切的力量，她的内心忽然就圆满了。

金台安的到来，不但带来了信仰，也带来了大家从未听说过的星期日。在星期日，他带着赵远望母亲在全村范围内布道，力图拯救整个村子。功夫不负有心人，大多数寡妇都信了他的基督。他扶着她们的头，一个个给她们施洗，并告诉她们什么是基督允许的，什么是基督不允许的。赵远望母亲叫来她所有的儿女，包括赵远望，全部都接受了金台安的施洗。金台安很快就成为山河尖的精神领袖，每到星期天都会有一百多信徒聚在他的左右，听他讲述基督被钉在十字架上，是如何忍受痛苦，流尽最后一滴宝血，来为世人赎罪的。众人都以崇敬的目光，来仰望这位领悟了基督之伟大的传道者。不过这些人并不像赵远望母亲那样深信基督的存在，他们对看不到的事情总抱有狐疑。金台安也的确不能施行神迹，来向大家证明他的基督是至高无上，且无私伟大的。也因此有一部分人终究不能相信他的话，尤其村里残留下来的男人。当赵明的老婆烧毁家里的香蜡纸炮时，赵明揪着她的头发，把她一直拖到河边，把她的头按在水里说："你敢碰碰那些牌位试试，看我不活活掐死你。"她就再也没敢碰那些牌位，以及门神像等，她对基督的相信也只能局限在这一步了。

赵国梁也曾组织全族大会，以讨论到底要不要接受这个远道而来的神秘传道者，要不要相信他的基督能够拯救世人。当然他也习惯了全族大会的结果，极少能够得出统一的意见。此次大会，除了赵国梁本人以及男人尚健在的家庭极力反对金台安在山河尖的活动，其他人都没有表达意见。反对者认为金台安就是一个背叛祖宗的无耻之徒，竟然带着一个看不见的西洋神妖言惑众，不打死他就算对得起他了，哪里还能相信他那些拯救世人的鬼话。不过说归说，谁也没有去赶走金台安，而那些寡妇婆娘，都极力赞成留下金台安，并且按照他的要求建一个挂着十字架的教堂，当然，这个建议到许多年后也没有实现。意见终不能统一起来，因为这件事，村里几乎每天都有人吵架，有时是邻居之间，有时是夫妻之间，有时父子之间也会有面红耳赤的辩论。

不过无论怎样都改变不了金台安的决心，他不但凭着一手修船的手艺留了下来，还教会大家如何唱赞美基督的圣歌，如何在星期天禁食来笃守基督的戒律，以及如何跪在地上向基督虔诚祷告。山河尖人在他的带领下，似乎全部得救了，再也不会沉沦苦海，他们也渐渐忘记了关于土匪的一切。

不过对于这群刚找到信仰的人来说，一切都显得太突然，意外的事随时都会发生，令人措手不及。

十一月的一个早晨，赵摇到河边挑水时，看到十字街南头的老槐树上挂了一块奇怪的牌子，上面写了许多符号，但她一个也不认识。当然，那是字，赵摇一天书也没有念过，自然不认识。这件奇怪的事很快引来了村里的人，大家对于奇怪的事总是很敏感，稍有一点不对劲就会触动他们的神经。特别是赵明，他离河边最近，一抬头就看到了牌子，慌忙跑到赵国梁那儿去报告。赵国梁来到牌子下看了看，背着手踱了足足半个时辰也没有说话，围拢过来的老少爷们大气也不敢出一个，他们已经看出端倪，肯定出大事了，不然赵国梁才没有这个耐心。但他们都猜错了，赵国梁踱了半天之后，竟淡然一笑，轻描淡写地说："还好啊，我没有孩子。"

直到这天晚上，大家才算弄明白这件事情——土匪在十字街南头的大槐树上贴了一张告示，挂牌招亲，告诉全村人必须在一个月内准备一位没有出嫁的姑娘，也就是处女，等着他们择日迎娶，否则就要夷平山河尖。消息一经传开，山河尖就像炸开了锅，全都放下了手中的活计，集中在老槐树下讨论起来。有人从曾窝子回来，在那里也见到了同样的告示，大概土匪出于保险起见，一次性投出了好几张告示。山河尖人真要哭出来了，这群土匪到底是何来历，阴魂不散，始终纠缠着山河尖？特别是赵笑被抢之后，他们原以为那些土匪早已经销声匿迹，不想他们却以这么文明的方式卷土重来……

山河尖过半的人家都有女儿，第二天他们组织起来，围堵在赵国梁门口："你是保长，出了这么大的事儿，你不管谁管？"赵国梁没有办法，只好召集了全村人，他首先询问是否有人看到，到底是什么人在什么时候贴的告示，那人长相如何，来自哪里，结果一点收获也没有。大家异口同声地说："如果我们知道，还用找你吗？"赵国梁想想也是，之后他带领大家在槐树下坐下来，轮替换班地唉声叹气，一个比一个叹得长，一个比一个声音大，一直叹到太阳下山，也没有人再说一句话。他们太累了，在砍掉儿子们的手脚之后，谁又愿意告诉别人自己还有个待嫁的女儿呢？本来山河尖有的是寡妇，随便派出一个也可以，但是强人们写得明白，只要没有出嫁过的处女，这无疑是在这些人的伤口上撒盐，看来这一番叹气丝毫没有意义，也永远得不出令人满意的结论。

这时上岸布道的金台安刚好来到了槐树下，一看这么多人聚在一起，眼睛便是一亮，真是一个难得的机会，如果在这开展一场布道演讲，肯定胜过十次礼拜。所以他手托着《圣经》，来到众人面前，朗声说道："神爱世人，不惜差遣他的独生子降生世间，被钉死在十字架上，流尽宝血来替世人赎罪……"他的话还没有说完，所有人的眼睛均是一亮，喷发出一种狂放的热情，就像濒死的人忽然抓住了救命稻草。金台安一看，不由得一乐，众人悔改，大道将行，这是多大的功德啊。但山河尖人却不是这么想的，在他们看来，金台安是被上帝拣选的人，他的基督都为拯救世人而甘愿受死，难道他不能拯救村里的姑娘吗？他们终于相信基督的确是为了拯救世人而来，金台安也的确是为了拯救山河尖而来，要不绝不会在这个时候突然出现。包括原来不相信金台安的男人，现在也都对基督深信不疑。他们仿佛找到了救世的秘诀，紧锁的眉头渐渐舒展开来，本来紧张的气氛也渐渐有了笑声。不等金台安说话，大家就围着他问起基督受难的问题。基督是如何伟大，如何为了拯救世人舍弃生命，如何用自己的牺牲来证明上帝的大爱。当然，金台安高兴极了，他以饱满的热情，谦恭的态度，不分巨细，替大家解答所有问题。讲到高兴的时候，他还挑了挑眉毛，用眼神与大家交流，他对自己的布道充满了信心，为自己取得的成果感到自豪，这样的结果比他抓到几百斤鱼还要高兴……

但是山河尖人话中有话，他们很快就说到了土匪招亲的问题上来，那一刻，金台安总算听懂了他们的意思。

十五

金台安回到自己的船上，第一次对基督产生了怀疑。他想起当初在蚌埠港东边打鱼的事情，想起他死去的儿子，想起那位了不起的神父是如何教导他。他觉得自己的命都是基督给的，他必须带着基督的使命走遍天下，把基督的道传遍四方。他把自己的一切都交托给了基督，为了基督他也可以交托出一切。可是现在，怎么会有一件这么难缠的事摆在面前？他一面想着亚伯拉罕是如何献出自己唯一的亲生儿子作为燔祭，一面却又想着自己的女儿将要面对怎样的生活。他仿佛走进一个偌大的迷宫，既因前路而迷惑，又为后路而无奈。不管多么费心地去摸索，却总在自己的臆想里兜圈子，这一切原本就在玩弄他，于是他恼羞成怒了。

那晚他辗转反侧难以入眠，他希望自己没有女儿，或者根本就没有自己，又或者没有基督，他也不曾那么相信并侍奉基督的名。他终于后悔了。那晚他在子夜时分起来，起锚，升桅，让那艘破船顺着河流悄无声息地漂流。他决定带着自己无辜的女儿离开山河尖。船儿在滚滚的淮河里疾行，两岸的树林在静夜里向后飞逝，孩子们在船舱里熟睡，他们依然是基督的孩子，沉醉于基督的怀抱。金台安站在船头，就像逃离埃及的摩西，怀着对基督的敬畏与怀疑，他尊重基督也要逃离基督。不过当船行到山河尖下游两三里路的时候，他终于相信基督抛弃了他，他绝没有摩西的大能，能让大海为他让路。

山河尖人这一夜都没有睡，他们在淮河的上游和下游都布置了人，似乎他们早就知道金台安会逃走，他们则更像万能的基督。金台安望着黑压压的人群，无力地放下手中的船桨，他有一股想哭的冲动，浑浊的老泪便溢了出来。

山河尖人不知哪来的勇气，在赵国梁的带领下冲上了金台安的船，连推带拽把金台安的女儿绑了起来，尽管她拼命哭喊，也没有软化山河尖人。他们怎么会把这唯一的救星放走呢？如果基督走了，谁还来拯救他们啊？他们把金台安的女儿拉到了十字街南头的大槐树下。经过商量，赵跑的母亲慷慨地让出一间房子，以供金台安女儿使用。赵国梁还挑选了十二名年轻的小伙子，在赵跑的院子外面巡逻，严禁任何人踏入院子半步。那段时间，山河尖人就像伺候姑奶奶一般，把金台安的女儿当成救命恩人，捧在手里怕飞了，含在嘴里怕化了。他们自发地凑齐吃喝物品，供养起金台安的女儿，也供养金台安一家。快到月底的时候，他们还凑了足够的钱给金台安的女儿采办嫁衣、妆奁，就像对待自己的女儿，等着她风光大嫁。然而金台安一家人却整日以泪洗面，他的心中总有一句话回响，萦绕在心际，挥之不去。那就是《圣经》里说的：你们的日子近了。金台安找到赵国梁苦苦哀求了许久，只想见女儿一面，赵国梁却负着手，把嘴瘪了瘪说："不是我不让见，作为一名传道者，就像你说的，为了拯救世人要不惜一切嘛，哪怕是自己的独生子流尽宝血，也不能退吧。这可是你说的，你说对不对？"金台安本来准备了很多话，却被赵国梁的一句话全憋回去了。

十二月的第一个安息日，这个日子也很特殊，如果不是金台安来到山河尖，山河尖人一辈子也不知道什么叫安息日。这一天，山河尖人按照土匪的要求把金台安的女儿打扮一新，盖上鲜艳的红盖头，尽管随着她的抽泣，红盖头也在不住颤抖，但她仍然美得让人激动，让人忍不住要多看几眼。她娇小的腰身恐怕只有盈盈一握，鲜红的裙子裹着她瘦小的身子，几日的哭喊已经让她精疲力竭，便更加瘦小单薄，与那条束缚她命运的绳子相比，实在是不协调。她被绑在村口的大槐树上，等待着命运的安排。而把她绑好之后，山河尖的所有人都躲进了屋里，包括金台安一家。赵恩夯力气大，赵国梁就安排他一定要看牢金台安，千万不能出声，否则就用他的女儿来代替金台安女儿。大家都在等待着，胆大的人趴在窗口上窥视着外面的动静，就像窥视一个赤裸的姑娘洗澡，心惊胆战，但是无论如何也抑制不住内心的悸动。而胆小的人早已经躲进了被窝，用被子蒙起头来，连大气也不敢出一个。不过等待总是漫长的，直到赵恩夯捂着金台安嘴巴的手都麻了，才瞧见几条船缓缓地驶近了山河尖，那船太慢了，就像游山玩水的闲人，一点也不着急。但是趴在窗口窥视的山河尖人却把心提到了嗓子眼。

强人们陆陆续续上了岸，他们依旧用黑布蒙着脸。可是这次与以往不同的是，他们还带来了一个老妈子，这个老妈子可没有蒙脸，大家都看得一清二楚，老妈子就是西河湾的媒婆大匣子。只见她摇摆着大屁股和手里的帕子上了坝子，直奔十字街南头的大槐树，但她的头却一直低着，不像给人说媒，倒像奔丧吊孝的人一样。山河尖人都困惑了，难道强人还要找来媒婆做媒，明媒正娶吗？不过事情并不像大家想象的那样，只见大匣子来到大槐树下，先揭开金台安女儿的红盖头看了看，转头望着强人们却没有说话，直等强人点了头，她才又把盖头盖上。金台安的女儿满眼都是泪，却连头也抬不起来，脖子似断了一般，或是一根软绳，根本撑不起那颗漂亮的脑袋。接着，媒婆大匣子又蹲下身，掀起金台安女儿的裙子，又伸手脱了她的裤子。山河尖从来没有这样的规矩，难不成还要脱掉衣服娶亲吗？凡是偷看的人都纳闷了，但是每个男人好像都在为大匣子使劲，使劲扒下那条崭新的裤子，然而女人们却又不自觉地替金台安女儿使劲，使劲夹紧自己的双腿。

不管金台安女儿如何扭打，如何啼哭，她的裤子终究被大匣子脱了下来。她像是做梦，不知道面前到底发生了什么，她甚至在想，自己不是已经死了吗？这大概是下地狱的一个过程，一种仪式，就像过奈何桥，喝孟婆汤一样。

大匣子面无表情，就连这脸皮最厚的媒婆也害了羞，她趴在金台安女儿的裤裆里看了看，又用手拨了拨，甚至还凑过去用鼻子闻了闻，终于转头向强人们点了点头。强人却好像不放心似的，用土枪顶着她的头，不停地催促，示意大匣子继续。大匣子只好把金台安女儿按在地上，过了一会儿，大家都听到了大匣子的呼喊声："大姑娘尿尿一条线，小媳妇尿尿一大片，你们也看到了，这是正儿八经的大姑娘，还有什么不放心的？"趴在房里偷看的人们这才明白是怎么回事，大家都知道，有经验的媒婆和接生婆，只要一看一摸就知道一个女人是不是处女，到底有没有男人。强人们终于放下心来，把金台安女儿抬到了船上，在明媚的阳光里离开了山河尖。其实大家都看到了，金台安女儿被抬上船时，她回过头看着这个古老的村庄，满眼都噙着泪水，低垂着的头告诉大家，她浑身都充满了绝望，尤其是她光着的屁股。而她那绝望的眼神，又好像在说："是你们，是你们一起强奸了我。"

直到强人都离开后，山河尖人才匆忙跑了出来，大家欢呼雀跃着，仿佛打了一场胜仗，逃过一场宿劫，全都轻松起来。然而这件事情结束之后，金台安却在村口哭了三天三夜。不管村里的女人为他端来什么，他都一口不尝，他就那样哭着，直到眼睛干瘪，神情呆滞。他始终看着眼前那滚滚的淮河，一言不发。

从此之后，山河尖竟然真的安宁了，安静得仿佛没有人烟。大家只是做着自己该做的事情，去履行应有的宿命罢了。

十六

山河尖人好像都很健忘，尤其对于死去的人，过不了几个月，大家就把他忘得无影无踪，就像那个人压根就没存在过一样。有人说这是好事，健忘的人都很快乐，就算一面擦着眼泪，转脸就可能笑出声来，而忘记了刚才为何流泪。但是老人们却总是担忧，担忧一旦自己死了，被人遗忘，就好像没来过这个世界一样。担忧健忘的年轻人忘记祖宗，隔上三两代，就无从考究祖辈的名字。那样的话势必发生混乱，特别是婚配方面，难保不会出现乱子。

唯一不健忘的，恐怕就是赵远望了。他少言寡语，不爱说笑，或者说他根本不会说笑，但他的记性非常好，凡他经历和听来的事情，都装在他的心里，他想得也很多，只是不说罢了。过完年，他已是个十五岁的小男人，跟着赵恩夯学了一年的木匠，早已掌握做棺材的窍门。正月的一天，他来到师父面前，往地上扑通一跪，请求出师。出师就意味着离开老师，自己接活，可他只有十五岁呢。赵恩夯弄不明白，你是个木匠天才，该学的东西还多，你可别小看了咱们的手艺，祖师爷传下这门技术，也是大有学问的。榫卯插接你会吗，雕刻剜刺你会吗？有些家具你见都没见过呢，怎么能出师？赵远望却不管，他执意出师，母亲告诉过他，只学一样——做棺材，不怕百招会，就怕一招精，在那个年代，学好这一样足够生存了。赵恩夯无奈，只好放了他，临走的时候送给他几样工具，也算对两个人的师徒之谊有个交代。

从那时开始，赵远望就躲进了后院，做起了他一生的事业。他从树林里砍来过抱的圆木，再以锯、斧、凿予以加工，一副副精美的棺材就成了形。他的母亲很欣慰，赵远望不但有了事业可做，而且正如她所愿，躲进了后院里，绝不随便出门。

便是那时，曾桃的事情又在村里传扬开来，沸沸扬扬，甚至盖过了金台安女儿被抢的讯息。

有一天，赵跑母亲和赵远望母亲坐在一起叙话时，提到了曾桃。她一手捂着嘴，掩饰着她带着鄙夷的笑，小声地对赵远望母亲说："老嫂子你听说没，曾桃又跟着新男人了。这个烂货真是少了男人不能活啊。"后来她又说了许多关于曾桃的事情，据说赵记死后，曾桃笑了整整一个下午，她的笑声似乎长了针，能穿透每个人的耳膜，所有听到她笑声的人都感到浑身发毛。之后她便像获得了新生，重新振奋起精神，挺起她饱满的胸脯，一点也没有害臊的意思，整天在十字街上溜达。赵远望母亲已经信了基督，对于这样的事，根本不置一词。当时赵远望就站在旁边，听了赵跑母亲的话，心里还真有股说不出的酸涩滋味，也不知是出于惋惜，还是出于什么。

赵跑母亲还说，曾桃的新男人就是赵国梁。

赵国梁是山河尖的保长，也是山河尖唯一会把戏的人。他没有孩子，有大把的时间挥霍，平日里无所事事，就学了几腔戏，养着黄毛狗，还养了一对鹌鹑。他的鹌鹑很灵气，据说能给人算卦呢。拿几张纸条，在上面写上数字，只要跟鹌鹑说算算他家几口人，算算他能活多久，鹌鹑马上就会从纸条里啄出一张来，一看纸条上的数字，包管准确。反正正月里不下地，也不下河，山河尖人都聚在十字街上拉闲话，有天下午，赵国梁来了兴致，提着他的宝贝鹌鹑卖弄起来。他帮很多人算了卦，也都一一应验。当时曾桃嗑着瓜子，摇摆着她的大屁股也去凑热闹，不一会儿就被赵国梁的鹌鹑吸引了，她嗲声嗲气地说："帮我也算算呗。"赵国梁看了看她，露出一副登徒子的神色来，挑着眉毛说："好啊，我看你也不用算人口，也不用算岁数。"说到这儿他故意提高了声音，以极快的语速说道，"就算算你这辈子有几个男人，哈哈哈。"他的笑声还没停下，那对儿鹌鹑就叨出一张纸条来，大家一看，上面赫然写着一个"五"字。赵国梁一看，笑得更是厉害，差点没笑出眼泪来。曾桃可不依了，她扭着屁股，半嗔半怒，作势要抓赵国梁的脸，一面还说："哟，你这当长辈的，哪有长辈的样子呀。"赵国梁不说话，提起鹌鹑就往回走，曾桃好像不捞回便宜不肯罢休的样子，追着他就往十字街东头去了。大家哄笑着散开了，但是几天后山河尖就传出了谣言，说那晚曾桃进了赵国梁的院子，一直没有出来，而且之后也很少出来。一个月之后，山河尖的所有人都知道，曾桃给赵国梁填了小房。

关于曾桃的消息越传越多，到后来连听到消息的人都觉得害臊了。大概赵跑是山河尖最皮实的孩子了，他喜欢爬高上低，东奔西闯，很多消息都是从他嘴里出来的。据赵跑说，有天晚上他爬到赵国梁家院墙外的一棵大树上采莪子，亲眼看到曾桃和赵国梁的原配以及赵国梁，三个人睡在一张床上，赵国梁躺在中间，曾桃和原配一边躺着一个，全是一丝不挂的。有一次他们三个纠缠在一起，翻来覆去滚了半夜，就像长虫一般，长着颜色相同的皮，根本分不出谁是谁。之后，一些好事的小子跑到那棵树上，专等着偷看他们三人的折腾。不过赵国梁好像发现了什么，没过几天他就不再点灯，晚上睡觉时屋里黑压压一片，就算爬到树梢也看不见什么东西了。

那时的山河尖早已没了信仰，祖宗的牌位虽在，移坟却救不了大家，金台安的基督虽好，却救不了他的女儿，所以大多数人都觉悟起来，他们什么都不信了。也正因如此，曾桃卸掉了一切包袱，感到前所未有的轻松。从那之后她像变了个人似的，不像当年的含羞害臊，也不再以泪洗面。从玉米地的折腾到赵记的苦苦相求，从赵记的拳脚相加到赵永瞧的言语挑逗，从淮河边的偷偷摸摸到鹌鹑面前的光明正大，她越来越轻松，越来越自信。谁能想到，经历过许多巨变的曾桃，活得竟如此快活呢？对于一个三十多岁且没有孩子的女人来说，能够做到这一点的确是难能可贵的。她不再回避众人的目光，高傲地挺起她那令女人们嫉妒的胸脯，扭着她的饱满的臀部，任村里的女人们流言蜚语，她也能大方地走过十字街，反正她是一点也不在乎了。有一次她走过河边，面对一群洗衣服的婆娘时，她还故意拔高了胸脯，把屁股扭了扭，大摇大摆地进了篷船去县里潇洒。这样一来，那些女人反倒不好意思起来，见到曾桃都不自觉地脸红，不敢抬头，本就不大的胸脯就垂得更低了，流言蜚语反而不见了。

说也奇怪，曾有过几个男人的曾桃从未怀过孕，进了赵国梁家才几个月竟然怀孕了。这下可乐坏了赵国梁，当年他从父亲那里分到不少家业，又因为识字的关系做了保长，唯一遗憾的就是过了五十岁还没有子嗣。得知曾桃怀孕之后，他从床上跌落在地，完全没有感到疼痛，赤着脚在十字街上跑了三圈，就连脚底板上磨出几个大水泡也浑然不觉。回到家里，他对仆人们说："以后曾桃才是夫人，凡事都要听她的，她要吃龙肝凤胆，你们也得给我去挖。"到了夏天的时候，曾桃的肚子已经明显隆起，她经常摇着蒲扇，腆着大肚子，到十字街上乘凉，那时候她像得了什么法宝似的，在村子里到处显摆。

但是赵国梁的原配夫人也不是省油的灯，她可以接受曾桃，却接受不了曾桃变成夫人的事实。原本她是大，曾桃是小，就算三个人睡在一张床上，拿件衣服倒杯水，都是曾桃去干。可现在呢，曾桃怀孕了，被赵国梁称为夫人，变成了曾桃是大，她是小，她怎能忍下这口气呢？她对赵国梁说起过许多次，明媒正娶的夫人，凭什么伺候起曾桃这个烂货？但那时赵国梁早被曾桃肚中的胎儿摄了魂，哪里还听得进去，非但没有恢复她应有的地位，还因她骂了曾桃而赏她几记巴掌。她内心的仇恨便燃烧起来，胎儿胎儿，都是胎儿，看我怎么收拾你。果然，她趁赵国梁去县里办事的空当，闯进曾桃的房间，就是一顿暴打。曾桃本来也是泼辣的性子，可那时她已有了七八个月的身孕，连活动手脚都难，更何谈打架。她只能跑，为了护住孩子拼命跑，后院跑到前院，出了院子又顺着十字街跑，从东头跑到西头，从西头跑到东头。赵国梁的原配夫人跟在后面，她的黄毛狗也跟在后面一路穷追，她就是要曾桃失魂落魄，如丧家之犬，要曾桃知道，她才是这个家的女主人。

终于，在十字街的最西头，赵远望家的院墙外，她追上了曾桃。她一把揪住曾桃的头发，将她拽倒在地上，拔萝卜似的，拖着她往十字街西边的树林走去。到了树林里，她毫不犹豫地扒下了曾桃的衣服，一边喷着唾沫，一边说："我非要看看你的烂货长啥样，咋就这么吸引男人。"说着她还举起拳头，擂鼓似的击在曾桃的肚子上，一记一记，发出咚咚咚的声音。曾桃赤裸着的下体开始流血，汩汩有声，越来越多，完全没有停下的意思。她不住地哀求着，远比当初哀求赵记时还要虔诚，还要低贱。但赵国梁的原配夫人不管，她要把一肚子毒气出完，打完了肚子，又伸开巴掌，往曾桃的脸上掴去，直打到她的脸肿如馒头，话也说不出来，她仍不住手。她的黄毛狗领着几只母狗，在一旁没命地狂吠，给它的女主人助威打气，同时也宣誓着谁才是它真正的女主人……

十七

赵远望迷上了做棺材，这对一个以渔农为生的村庄来说，是件不可思议的事情。很多人都认为他不务正业，就连他的师父赵恩夯也这么认为，但对赵远望来说，做棺材实在是份好事业，不但给家里带来了收入，也让他的母亲更加放心，这个儿子一定会好好活下去，谁会把一个整日连门也不出的棺材匠怎么样呢？很长时间，他都把自己关在自家的后院里，除了吃饭，从不离开院子，晚上就睡在棺材里，白天就在院子里忙着做棺材，几乎与世隔绝了。在他的生活中，除了锤子、锯子、刨子，以及纠缠他多年的梦，便什么都没了。整个院子里都放满了棺材，有的已经被漆成黑色，而有的尚未完工。他对自己要求也越来越高，很多时候，为了做好一口棺材，他要测量很多遍，修正很多遍，最后才满意地上漆风干。

做棺材的时候，他的脑子却不闲着，他想过许多事情，关于土匪，关于婚礼，关于梦里的纠缠，关于滚滚的淮河，他甚至统计过最近两年内山河尖陆续死去的人们。他发现总共死了五十六个人，只有赵笑一个女人，其余全是男人。其中有五十个是年轻人，自然死亡的老年人只有五个，即便剩下来的人，不是年轻的寡妇就是残废的男人。没有了能够劳动的男人，女人就成了山河尖的顶梁柱，不过山河尖还是渐渐贫穷了。想到这儿，他不禁停下手里的活计，抬眼看天，他感到一阵沉闷，难道山河尖就这样完了吗？

就在这时，他敏感的鼻子突然闻到一丝特别熟悉的味道——肉味。紧接着，他听到院子的破门外有人呻吟，他的神经顿时紧张起来，脸也红了，心跳得飞快。又是曾桃，当赵远望打开那扇破旧的木门，一眼就看到了曾桃。她赤裸着身体趴在地上，脸色煞白，头发披散在地，豆大的汗珠子在额头上滚动，白皙的皮肤在夏日的阳光下，显得特别耀眼。在她的身后，一道宽约盈尺的血印一直延伸到树林里，很显然，她是从树林里爬过来的。鲜血仍在流着，血水顺着斜坡慢慢流向林边的池塘，与池水交融在一起，失去了它本来的色彩。赵远望呆了，他从未见过这么多血，也从未见过完全赤裸的女人，他的脑子里一片空白，好不容易才缓过神来，终于想到一件事——止血。于是他慌忙去扶曾桃，翻过她的身体，去寻找出血的伤口，他的直觉是找到伤口，把它堵上。但首先映入他的眼帘的，却是一对白鸽般的肉团，他的心跳更快，脸更红了，那种原始的、蠢蠢的，以及羞耻的、恐惧的感觉都来了，他慌忙缩回了手，像木头一般呆立在一旁。这时曾桃幽幽地缓过一口气来，她叉开双腿吃力地说："我的孩子，我的孩子。"赵远望这才看到伤口在哪儿，鲜血从哪儿来。一个庞大的血盆，向他敞开着，仿佛要吞噬眼前的一切。赵远望因为恐惧而眩晕了，他无力地喊了一声："我的娘啊。"至于要表达什么，该做什么，他全然不知。过了一会儿，他突然想到：我的娘啊，对就是娘，赶快去找母亲。于是他飞快地跑到前院，把他所看到的一切都告诉了母亲。

那天晚上，曾桃在赵远望家生下了一名死婴，男孩，九斤重。她几乎流尽了全身的血，但她还是活了下来。当她看到男婴的那一刻，她的眼泪就像断线的雨珠，啪嗒啪嗒，以极快的速度打湿了头发，打湿了枕头。她咬着嘴唇，嘴唇也被咬破了，鲜血便流了下来。

母亲为曾桃接生的时候，赵远望回到了后院，他趴在一口崭新的棺材上，不断呕吐，直呕到肚腹空空，才定下神来。他曾许多次看到一个人死后的去处，却还是第一次亲眼看到了一个人的由来，那种没有来由的恐惧，使他对人这种生物产生了一种本能的厌恶，就连自己也不欢喜。

曾桃的孩子没了，按道理她应该对赵国梁的原配夫人充满仇恨才是，但是此时，她竟没有一丝仇恨，除了悲伤，她没有任何感觉。她也曾想到赵国梁那儿告状，可她想想自己的孩子，眼泪来了，便把所有事情都抛在了脑后。赵国梁的原配夫人也很奇怪，她原以为赵国梁回来后不会轻饶她，可赵国梁呢？他听到曾桃生下死婴的消息后，慢慢仰靠在太师椅上，没有打也没有骂，一副垂垂老矣的神态。他只说了一句话，难道这是命吗？之后就再也没有提起过这件事，他没有责骂原配夫人，也没有接回曾桃，连鹌鹑也很少玩了。

生过孩子的曾桃虚透了，经不住一丝风的摧残，只要天气稍寒一点她就忍耐不住，还未出九月就披上了棉袄。她曾一度引以为傲的身体变了形，乳房干瘪，皮肤褶皱，原本灵活的腰身也臃肿起来，从那之后曾桃再也没有拔过胸脯，甚至都没有抬过头。她连坐月子带养伤，在赵远望家住了整整三个月。直到冬天来临的时候，她才回到了位于十字街中心的赵记的家，毕竟那儿曾是她真正意义上的家。曾桃离开赵远望家的那个下午，赵远望刚好从树林里砍木头回来，看到了她的背影。她的衣服都被赵国梁的原配夫人撕碎了，住在赵远望家的几个月里，她一直穿着赵哑的衣服。可是赵哑的衣服穿在她高挑的身体上，总会露出半截胳膊或半截小腿。赵远望看到了她的小腿，那时已经进入冬天，她的小腿被冻得红一块青一块，在冷风里显得特别细瘦，像根麻秸秆。不知为什么，赵远望想起了她的妹妹曾梅，想起曾梅赤裸的小腿，也想起曾梅的水桶，水桶里荡漾的花瓣儿。有那么一两刻，他犯起迷糊，以为她就是曾梅，毕竟她们姐俩太像了，他差点就喊住了她……

曾桃还是走了，之后的很长一段时间谁也没有见过曾桃，她躲进那几间茅檐低矮的土屋，谁也不知道她在土屋里干什么，也不知她吃什么，反正她再也没有出现在十字街上。

赵远望再次见到曾桃的时候，已经是第二年的夏天，那时他已经是个十六岁的小伙子了。

那个下午特别闷热，赵远望脱下衣服，赤裸着上身，正在后院里做棺材。这时曾桃拿着一张三条腿的板凳推开了那扇破旧的木门，赵远望愣了一会儿，他的第一反应是曾梅怎么来了，因为谁都知道，曾桃早已躲进了土屋里，再也没有出来。可他仔细地嗅了嗅，立即闻出那股特别的、细微的烤肉香味，那是曾桃独有的味道。

曾桃很从容，或许正如人说的那样，时间能抹平一切伤口，很显然，她已经没了刚失去孩子时的悲伤。她施施然地坐在一块棺材板上，指着那张三条腿的板凳对赵远望说："你不是木匠吗，能不能帮我修好它？"赵远望又犯了迷糊，她与曾梅太像了，就连声音也几乎一样。他不自觉地拿起工具，按照曾桃的指示修起板凳来。他很认真，连头也不抬，长年的劳动使他锻炼出一身健硕好看的肌肉，在闷热的午后，汗水顺着他清晰的肌肉线条流淌下来，赤裸着的上身发出一种油光。曾桃就坐在旁边，静静地看着他，看着他认真干活的样子，连她也犯起了迷糊，她突然觉得面前的这个人很像赵永瞧，就是赵永瞧，这让她想起玉米地，想起淮河滩，想起赵国梁的鹌鹑，想起鹌鹑叼出的那张纸片。或许赵跑母亲说得没错，她少了男人就是不能活，所以消失了一年之后，她又重新走出了那几间低矮的土屋。她缓缓地站起身，朝赵远望走去，用她那白皙的手轻轻抚过他健硕的肌肉，为他擦去汗水。而赵远望呢，就像触电了一般，他直起身，看着眼前的这个女人，他眩晕了，以为这就是久久纠缠他的那个梦，至于面前的这个人是谁，是曾梅还是曾桃，似乎已经不重要了。他急需分辨出腿在哪儿，手在哪儿，于是他们倒在了一口崭新的棺材里，互相寻找着对方的腿在哪儿手在哪儿。

　　赵远望对棺材再熟悉不过了，不过此时他竟体会到一种耐人寻味的死亡的感觉。他不知道要做什么，也不知道要说什么，与梦境之中的纠缠竟然完全不同，有一口特别粗鲁的气息在他心口起伏，差一点没有喘过来。他仰躺在棺材底，看着天空上悠悠的白云，仿佛身处另一个世界。曾桃在他的身上肆意地寻找着什么，他试图反抗却终究屈服，最终一股失落和懊悔占据了他，他对之前发生的一切都感到后悔，恨不得从未出生过，最好一直处在那种混沌未开的世界里，只有身体的运动，而不需要任何思考……

　　那天之后，赵远望更加沉默了，他的心情也更加复杂。他渴望曾桃也住在棺材里，叠在他身上，肆意地寻找着什么，让他屈服，却又因自己的屈服而懊悔，怎么能让自己那么接近死亡的边缘？他表面上没有任何改变，内心里却无比挣扎，他尽力把曾桃想成曾梅的样子，却发现克服不了那股熟悉的味道，那股诱人的烤肉的香味。他只能做更多的棺材，尽量不出院门，来平复自己的心情。但是，他又觉得自己自始至终都是冷静的，有时他都怀疑，和曾桃一起躺在棺材里的不是自己，而是另外一个人，可能是赵永瞧，也可能是赵记，自己就像一个旁观者，观看着他们的表演。

有天晚上，他想得太多，又燥热难当，实在睡不着了，他便发疯似的跑到淮河边，扑通一声跳了进去。他把整个身子都浸入河水里，清凉的河水果真让他冷静下来……

十八

赵远望把自己关在院子里足足做了几年的棺材，到他十八岁那年的夏天，他已经做好了一百三十六口棺材。这些棺材有的已经埋到地下，有的已被人预订，剩余的那些棺材，都摆放在他家的后院里。他在后院搭起一座棚子，把棺材一层层码起来，直堆到一丈多高。他非常熟悉棺材，但他决计想不到，在灾难来临的时候棺材还另有妙用。

孙瘫子说过，山河尖的变化仍在继续，山河尖的灾难也没有结束。

赵远望十八岁那年的初夏，下了一场有史以来时间最长的大雨，长达二十多天，这场雨把淮河两岸都浇了个透。那些日子，老人们聚在一起就会说，这小龙探母的眼泪也太多了吧。那段时间，什么东西都不能长放，否则就会长毛。房顶上的茅草枯朽了，墙上的泥土也一块块剥落下来，院子里尽是没腰的高蒿，苔藓一个劲地疯长，直爬到房顶上去，屋里的桌椅板凳都在出汗，如果两天不抹就会生毛，有绿色的、黄色的，摸上去滑溜溜的，像穿了丝质的衣服一样。村外的树上都生出了树莪子，每家每户都会在黄昏时候提个篮子到林子里采树莪子，在下雨的那些日子，树莪子便成了大家的好菜。山河尖人每晚睡在房子里都提心吊胆，担心一旦睡着，明天还能不能醒来。房子会不会被大雨浇倒？坠落的泥土会不会正好击中自己的头部？明早起来会不会连自己也长满绿色的毛？恐怕也只有赵远望放心些，他住在后院的棺材里，虽然到处都长了毛，却不用担心房子会塌下来。

那天赵摇起了个大早，正准备去十字街南头的河边挑水，刚打开门却看到了不可思议的东西。大门上挂着几条活生生的怪物，门前挂着脚掌的那棵树上也悬吊着一些，全是长虫——喷着芯子的蛇。再向四周一望，凡是木质的东西上，都盘踞着各色的长虫，有的盘成一个圆盘，有的昂起头吐着芯子，还有的像猴子一样倒悬在树上。它们似乎经历了什么可怕的劫难，才有了这样一场声势浩大的迁徙。赵摇惊呼着去喊母亲，告诉她自己所看到的一切。可是母亲却冷静地说："恐怕河里又涨水了，长虫是来咱家避难的。"赵摇这才明白是怎么一回事，她举目往淮河看去，竟吓傻了，她还从未见过这么大的水势。

而金台安醒来的时候，只觉得整个身体都在晃动，再细看，不仅仅身体在晃动，床也在晃动，船里的一切都在晃动。他一骨碌爬起来，推开窗子一看，茫茫的淮河在一夜之间几乎吞没了一切，浑浊的河水滔滔不息，张眼看去，一眼竟然看不到边。他首先想到自己的渔网，慌忙奔到船头向四下里张望，哪里还有渔网的影子，可想而知，不是被大水冲走，也该被大水吞没了。河面上除了暗黄的泡沫以及从上游漂来的木头、草垛，以及草垛上单足直立的悠闲的水鸟，什么也看不到。再往远处看，村庄也一片模糊，只有一些树梢突兀在河面上。而住在十字街南头，最靠河岸的赵明醒来时，他的床下已经全是水，床上盘踞着几条长虫，他慌忙爬上房顶四下一望，才发现滚滚的淮河已经逼到十字街上来，而自己那条打鱼的篷船也没了影子。

二十几天的大雨终于迎来了一场大水，而且是一场空前的大水。天刚刚亮起来，山河尖人便聚集到十字街北头的高地上，在额头搭起手向上游看，他们这才放下心来，水势固然很大，但是尚未危及山河尖周围的一圈堤坝。这个坝子是祖辈们留下的，他们早就经历过滚滚淮河的怒涛，留下的坝子自然错不了，再说万一水势太大，大家还有船呢，也不是太可怕。看了一番之后，村民便放下心来，专心去赶走那些长虫。他们找来竹竿，一条一条把长虫挑起来扔进河里，一天之内几乎把长虫挑尽，村里又有了下脚的空地。可是，第二天天亮时，大家再次惊呆了，那些长虫非但没有随大水而去，反而更多了。它们把一切条状的事物都缠了起来，把一切盘状的事物都占领了。山河尖人这可着了慌，他们可不想跟那些长虫亲热，一个个躲进屋里，把所有透气的地方全都封闭了，这才能放心地睡觉吃饭。就连赵远望也被迫搬进了屋里，因为所有的棺材里都盘踞着长虫，它们好像特别钟爱棺材似的。

既然赶不走，大家也就不赶了，那些长虫也似淹坏了，软绵绵的，见人不咬也不躲。赵远望母亲还说："来到家里都是客，让它们盘着吧。"赵远望当然没有意见。只是大水围村的日子，既不能下地干活，又不能下网捕鱼，所有人都感到闲得发慌。这时，河里又漂来许多东西，有大段的木头、整垛的柴草，也有完整的木箱木柜，以及半座半座的房子，当然还有活着的牲口，像牛羊、鸡鸭之类。赵明首先反应过来，从邻居那儿借了船，就向那些木箱木柜划去。大家立即明白过来，可能洪水也是一场丰收呢。

那几天，山河尖人确实捞了不少好处。放眼看去，整个山河尖成了木材堆，每家门前都堆放着各类家具、草垛、木材，叫上名的叫不上名的，各式各样的木器令人眼花缭乱。赵明的船最快，他绕出树林，将船停在河口上，用镐来回拨弄，只要是值钱的东西准逃不过他的眼睛。他大概只花了两天时间，就捞到一座木质的亭子、三个木柜、一辆独轮车，而且木柜里还塞满了衣服。他已做好设想，亭子可以放在门前乘凉，木柜里的衣服则足够一家人好几年的穿戴。赵远望也不例外，他让妹妹划着船，他则站在船头，手执一柄木叉，见到好的木头就拉到船上来，也就两天时间，他的后院里就堆成了小山。他看着那些木头，充满憧憬地说："这可够做多少棺材啊！"他甚至兴奋起来，因为母亲说过棺材是个好东西，管你贫富贵贱，一人一个，总是少不了的，做棺材是个永远都不过气的手艺。赵远望更加坚信自己的选择，看来只学做棺材是正确的，他想到那些棺材，想到将来的富有，便不自觉地想到了曾梅，以至于那晚久久不能入睡……

那晚，赵远望梦见自己被棺材包围了，他的整座房子都是用棺材堆垒而成。而他自己就仰躺在其中一口棺材里，看着他特殊的财产，发自内心地高兴，星空就在头上变幻着……可是当他从睡梦中醒来，却察觉胸腹间有一股凉意。他下意识地一摸，一条滑溜溜的长虫正爬过他的身躯，被他一握，长虫立即缠在他的手臂上，喷出芯子发出咝咝的声音。他一骨碌爬起来，满屋子乱跑，却不知把长虫扔哪儿好。最后他想起母亲的话，来到家里都是客，扔在哪儿不是客呢？他轻轻地把长虫放在墙角，又回到床上乖乖躺好，继续睡觉。可是经这一番折腾，再加上他早就睡不惯床铺了，无论如何也睡不着了，一想到冰凉滑腻的感觉，心里就瘆得慌，仿佛长虫钻进了血脉一般，浑身发毛。他从黑暗中爬起来，点了灯，却听到屋外哗哗的水声。他壮着胆子来到外面，四下里一看，不禁慌了手脚。雪白的浪花正向村里涌来，村子周围的堤坝断了，河水正在吞没这个村子。

赵远望来不及多想，跑回屋里喊醒了母亲和姐妹。此时，屋里的水已经没过了脚面，就连那些长虫都爬到房顶去了。他的母亲很平静，她说："快去把人都喊起来，让大家都去逃命。"

赵远望很听话，他蹚到十字街上，在没膝的河水里奔跑着、呼喊着，直到全村人都惊恐地起了床，大家这才发现，因为水势太大，停在河边的船只全被大水冲走了，这几天来捞取的家具、木材也都不翼而飞。几乎所有人都要哭出来了，他们为自己的一番努力感到惋惜，也为突如其来的大水感到恐惧。还有娘娘庙的祖坟，洪水会不会将那些小土包夷为平地，会不会再次出现骸骨与尸体的混乱，谁也找不到自己的祖宗……等大家回过神来，河水已经灌满了十字街，他们赖以生存的船只也不见了，现在除了房顶还能去哪儿呢？慌乱之中，大家顾不上太多，都爬上了自家的屋顶。赵国栋与赵国梁则爬上了祠堂的屋顶，因为那是全村最高的建筑物了。

在这个节骨眼上，也只有赵远望的母亲是清醒的，因为眼睛瞎了，她反而全无惧怕。她说："远望，你去找条长绳，再到后院看看棺材漂走没有，要是还有棺材，你选几口，用绳子扎起来，做条小船。"赵远望也明白过来，这个时候，恐怕棺材是家里唯一的木料了。他将母亲抱到柜顶上，转身向后院游去，那些棺材都在没腰的深水里漂浮着，一方一方，就像一艘艘小船，它们终于派上了大用场，连赵远望自己都从未想过会有这么一天，代表死亡的棺材竟然变成了救命的东西。为了防止棺材在风浪中翻覆，他用一根小臂般粗细的麻绳将棺材逐一串联，紧紧排靠在一起，六口棺材顷刻间变成了一艘小船。他牵着棺材，就像当年牵着温驯的老黄牛一样，轻轻松松就拉了出来。来到房前时，河水已经漫过了门楣，赵远望是憋着气潜入屋内的，在一片漆黑中，他摸索着来到母亲面前，母亲仍坐在柜顶上，半个身子却已没在水中，而他的姐姐妹妹们则一个个爬到了房梁上，与那些盘踞高处的长虫无异。赵远望慌忙爬上房梁，毫不吝惜地将房顶的茅草、瓦片、檩条一一捅破，连同那个红色的十字架一起推进水里。其间有好几次他还抓到了长虫，但他也顾不上害怕了，直接从房顶翻了出去。他先将母亲抱进那口最大的棺材，又把家里所有的食物都搬了上来，然后兄妹五人便各自躺进一口棺材，一家终于安全了。

愤怒的河水疯了似的灌进村子，四围的水声湮没了所有人的呼喊。天渐渐亮了。

赵远望的棺材船拴在一棵大树上，任洪水滔天也奈何他不得。可是，天亮之后当赵远望站在棺材船上举目远眺时，却被眼前的景象吓呆了。几乎所有的房屋都被洪水淹没，只有祠堂顶端的瓦兽还露在水面上，一些高大粗壮的杨树则成了救星，上面不但挂着风干多年的手脚，更攀满了人，横着的、挂着的、缠在树枝上的，这些人已经学会了长虫的本领，要与树融为一体了。再向河里望去，真是一片汪洋，土黄色的河水一直绵延到天边。而河里照例漂浮着木材、箱柜、房子、草垛、牲口，甚至还有尸体。有人坐在草垛上遥遥挥手，可惜水流太快，眨眼间已经漂向下游去了；也有人抱着一根木头，在急速下泻的河水里翻滚着，刚好被树枝卡住，便幸运地得救了；还有人坐在木箱上痛哭流涕，根本无法预料自己会漂到何时何地。

不过，山河尖人大多擅长洇水，即便不能救人，游到树上自救是没有问题的。只是有些人家孩子太多，男人们为了保全孩子，就无暇照顾女人，那些不会洇水的女人便被洪水吞没了。或是有人太过爱惜家中的物件，便直追过去，随着物件漂向远方了。

赵远望站在棺材船里，把目光收回，在山河尖周围搜索着。他看遍了每一棵树，细数过村里的人口，最后发现少了四个女人、三个小孩，而且这四个女人之中还包括曾桃。他的心里竟生出几丝凉意来，不自觉地回想起她身上那股诱人的烤肉香味。她究竟去了哪儿，是死是活？

他又想起金台安来，不知道他的船究竟漂向了何处，这一家可怜的人就这样被一场洪水带走了吗？还有他的姐姐，自从出嫁之后赵问男只回过一次娘家，曾窝子本就低洼，此刻她又是否安全呢？当然他最想知道的还是曾梅，她会和赵问男在一起吗？

他隐去了曾梅的事，把关于赵问男的担忧告诉了母亲，谁知母亲却丝毫没有担心的意思，她倒想起金台安的话来，上帝决心用洪水灭掉世界时，拣选了诺亚一家人打造方舟。此刻，她深信自己一家人就是上帝拣选的义人，而他们的棺材船就是拯救世界的方舟。她说："把棺材划到高地上，把我和你妹都放下去，再回来救人。"赵远望和四个姐妹便操起竹竿奋力划了起来，他们的船才出树林，盘踞在树上的人们便看到了他的棺材船，大家纷纷招手，示意赵远望去救他们，还有人已经跳进河里游了过来。赵远望意识到问题的严重，拼命地划起船来，五个人一起用力，那艘棺材船便箭也似的向龙王镇驶去了。离山河尖最近的高地就是龙王镇，那儿曾是一座土山，少说也有二三十丈，再说大水怎么可能会冲龙王庙呢？龙王镇肯定是最安全的。他们一直划到天黑才勉强到了龙王镇，虽说甩掉了追赶的人，他们自己也累得够呛。赵远望支撑着精疲力竭的身子，把粮食搬到岸上，就一头倒在了地上。

十九

金台安的船也被洪水冲走了，当他走上船舷举目四望时，只见远处黑乎乎的轮廓在飞速后移，仿佛一头头怒兽被无形的力量驱赶着。他立即意识到，自己的小船已经失去控制，因为小船本就处在流速最快的河道里，此刻正随着河流漂泊，至于漂往何处又一无所知。在这场百年难遇的洪水里，他的船儿可谓一叶扁舟，完全失去了自我控制的能力。金台安又一次迷茫了，或许他的命运原本就不在自己手里，既会随着洪水来到山河尖，也必定会随着洪水离去，去与留则完全依赖洪水的心情。多年前，他也曾预料过这样的危机，甚至做好了决定，要弃船登陆，过一种安稳的日子。可是当他走过许多地方，游遍所有河流，最终却放弃了这样的决定。他觉得对于河流与大海而言，那些陆地也不过是一叶扁舟，与自己的命运无异。

金台安在船舷上看了许久，连岸在哪里也没有找到，终于相信实在没有靠岸的可能，他便回到舱里闷头大睡。他把整个身体蜷缩起来，尽量用双手、双脚抱紧身体的各个部位，生怕丢了哪一块似的。网丢了，船跑了，连女儿也丢了一个，他哪里还敢相信什么是属于自己的呢？在这样一个夜晚，他连基督都不信了。他是抱着随遇而安的心态睡去的，家人看他睡下了，也跟着睡下，这艘小船便安静地随波而去了。

而山河尖人仍缠在树上，他们眼看着赵远望的棺材船走远了，追也追不上，便只能寄望于这些树木。他们细数过留存下来的人，以及被洪水冲走的人，便将树枝抓得更紧，把整个身体都缠到树干上去。相比于那些被洪水冲走的人，他们感到自己是幸运的，况且对于山河尖人来说，他们从不害怕任何困境，只要身边还有与自己处于同样困境的人，他们就没有恐惧，甚至还会感到满足。尤其当他们看到赵国栋与赵国梁也在树上缠着，大家便更加放心，甚至要乐出声来了。同样，他们也不痛恨百年不遇的洪水，反倒为赵远望的棺材船而耿耿于怀。

在赵远望离去的这一天时间里，山河尖人都在树上等待着。赵国梁因为丢了原配而闷闷不乐，赵明正为那几堆木头与家具而懊悔，赵谈母亲则为自己又丢了个女儿而伤痛欲绝……到了下午时，大家实在饿了，就开始寻找能吃的东西。若是早有准备的人，这会儿就能腾出一只手来，把面袋里已经和成的糨糊送到嘴里，或者将南瓜砸开来分吃。而那些家中殷实的人则倒了大霉，在洪水到来的最后关头，他们收拾了家中所有的细软，却忽略了食物。赵国栋和赵跑缠在同一棵树上，他看赵跑掰开一块冬瓜就啃了起来，自己却只能摸摸那包沉甸甸的银元、元宝，肚子的咕咕声一遍遍催促着他，长年累月的养尊处优本就让他失去了对抗饥饿的能力，更何况在他身边还有三个张口待哺的姨太太呢？

"我用一块银元买你一个冬瓜吧？"

赵跑一边啃着冬瓜，一边看着母亲，最终他摇了摇头。

"那我用一个银元宝买你一个？"

赵跑又看看母亲，母亲咽下一口冬瓜说："一个元宝买一块。"

赵国栋的脸都绿了，若在平时，一块银元就能买下整亩地的冬瓜。可此刻赵跑却只是顺手掰下了一小块而已，赵国栋不得不拿出更多的元宝来，否则那些姨太太说不定就会为了一块冬瓜而打起来。不过这场洪水的确颠覆了山河尖原有的一切，有人变得贫穷有人变得富有，有人被大家忘记，也有人从此消失在人间。

二十

天亮之后，赵远望就被母亲喊了起来。母亲要他带上一些粮食，赶紧回去救人。赵远望听从母亲的安排，划着那艘棺材船又出发了。河水比前一天又涨了许多，清晨的河面空旷又清冷，河水里氤氲着泥土的气息，四处望去，除了一些露在河面的树杪，什么也没有。赵远望划出几里路便失去了方向，他只能凭直觉前进，至于划向何方，也顾不了那么多了。当他穿过一丛树杪，来到更开阔的河面时，奇迹便发生了，他看到了曾梅，他最关心的曾梅，活着的曾梅。这是他与曾梅的第二次见面。她正趴伏在一筐蚕茧上，在急流里飞速移动着，湿漉漉的头发粘在额前，一只手紧抓着筐沿，一只手正将一枚枚蚕蛹送进嘴里。赵远望看在眼里，嗓子眼里就似有虫子在蠕动，几乎要呕吐出来。但他太想救这个女人了，从十三岁开始，足足五年的时间了，他曾那么多次地梦见她，还为她偷偷存着一个锦盒，他实在想不到，竟会在滚滚的淮河里见到了她。于是他拼尽所有力气，将棺材船掉了头，朝曾梅划去。

曾梅也看到了赵远望，以及他的棺材船，蓦然间将捏着蚕蛹的右手举了起来，嘴巴也张开来，口中尚未嚼碎的蚕蛹就一粒粒滚下来。她本想开口呼喊的，却发现发不出声音。在此之前，这种情况只在梦里出现过，每次遇到恶魔时她都拼命呼喊，最后因为发不出声音而被生生憋醒。现在她只能摆动胳膊了，不过经她这一折腾，浮萍一样的蚕茧筐顷刻间没入水中，她的整个身子便交给了洪水。这个时候赵远望已经将棺材船划到曾梅身边，一把揪住她的头发将她提出水面，拖进了其中一口棺材里。只是曾梅刚离水面赵远望就懵了，她竟光着身子一丝未挂，像一条脱水而出的鱼，在柔软的阳光下泛着鳞白色的光。赵远望呆了，他在那一刻想到许多东西。多年后，据赵远望自己说，他在那一刻是非常哀伤的，不知道为什么，他能感觉到自己血液的流动，以及时光的萧条散乱，却无法分辨身边的事物，任棺材船在激流中飘荡，树杪向身后飞逝，两个人却一句话也没有说。他们就那样歪在各自的棺材里，被时间忽略，与洪水激流无关，直到赵远望打个冷战才发现棺材船已被冲出老远，而曾梅正将一粒粒蚕蛹呕出来。赵远望只能将上衣脱给了曾梅，让他当作围裙系在腰上，两个人全无一句话，只是默默撑着竹竿。

棺材船被河水冲出太远了，以致天黑时他们也没有回到山河尖。有好一会儿，棺材船好似被水底的力量吸附着，任他们又划又撑，船身就是不动。后来曾梅终于开了口，她为了掩饰羞涩一直背对着赵远望，她说："我听爹说过，船要是被鬼拖住就撑不走，我们的船会不会被鬼拖住了？"赵远望一听，也是心中一凛，这本来就是艘棺材船，莫不是那些淹死的孤魂野鬼找了来？他操起竹竿就是一顿乱打，棺材船四周都被他打得水花四溅。只可惜作用不大，又鼓捣了半天才将船撑到一片树梢中，这时天已经完全黑下来了。

这一晚，天上的星辰异常明亮，借着月光足以分辨河中漂浮的木头、杂草以及尸体。当然，月光更照亮了曾梅的身体，在月光下她更像一条待杀的鱼，怯生生的，泛着鳞白的光。赵远望本来极力克制着自己，不愿将目光投向曾梅的身体，甚至不去回想曾桃的身体，可是当他将干粮递给曾梅时却无意间碰到了她的手，也就一触之间，他便像遭了电击，立时萎蔫了。在这一触之中，他所能感受到的只有冰凉，与之前在曾桃身上所感受到的炽热完全不同，如果说曾桃带给他的是火的温暖，那么曾梅则给他水的清凉。同样睡在棺材里，与曾桃一起时，赵远望既冷静又充满渴望，而面对曾梅时，他的脑中一阵躁动，内心却又极度厌烦自己。他甚至恨起曾桃来，为何要将自己带进那种难以名状的深渊，为何要夺去他的童贞。想着想着他便害怕起来，如果曾梅知道他曾和曾桃睡在同样的棺材里，那么曾梅一定会恨他、耻笑他、唾骂他。于是他什么也不想了，只希望两个人就这样躺在棺材里，什么都不做，什么都不说，最好一直到老死。整个晚上，他们睡在各自的棺材里，仰望着漫天星辰，始终不能入眠。事实上，自从赵长看出事以来赵远望就没有睡好过，他的消瘦就是证明。

次日，不知又转了多久，他们通过辨认树梢的形状，终于回到了山河尖。不过他们已经在途中换了衣服，赵远望把裤子、上衣都给了曾梅，自己则从河里捡起一块破布裹在腰间。况且在饥饿面前，他们是感觉不到羞耻的。

船刚进入山河尖的树杪丛中，老少爷们就迫不及待地欢呼起来，有些胆大的泅水好手已经跳入水中，向棺材船游去。只不过是一瞬间的事，棺材船的周围就趴满了人，六口棺材几乎都要进水了。赵远望大呼："大家不要抢，我多来几趟就行了，肯定会把大家全都接走的。"可惜没一人听他的，尽管他苦口婆心地劝了半天，大家还是趴在船边不肯离开，眼看着棺材船就要翻了，更多的人却仍纷纷游了过来。赵远望实在没办法了，他发现越劝说人就越多，越承诺人就越抢，本来好心相救，此刻却变成了一团混乱。这时，曾梅却大喝一声："大家不要乱，你以为人是白救的吗？大家都要付钱，你们一棵树一棵树排好，先付钱后上船。"这下倒好了，大家一下子安静下来，突然认识到自己的不是，一边道歉一边游回树上。也不知为什么，只要提到钱，大家便懂得了什么是秩序，什么是尊重。赵远望不禁暗暗佩服起曾梅来，在这种情况下，他实在想不出什么办法来约束山河尖人。而曾梅呢？一句简简单单的话，就把这群失心落魄的人打回原形，乖乖地变回正常人，服服帖帖地讲起了规矩。

只是棺材船太小了，一次只能渡六人。赵远望不得不立下了规矩，老人、孩子和妇女先走，他们吃不消洪水的浸泡，早就肿胀了。特别是那些老年人，经洪水一泡，原本就堆垒起来的皱纹就更皱了，白乎乎的，一层一层，比鱼鳞还难看。然后再接青年人，他们身强体壮，又会泅水，趴在树梢上仍在调笑，自然能坚持得更久些。就这样，救人的工作一直持续到五天之后，山河尖人才算安全转移，其间赵远望在回程中总会带来一些粮食，才保证了山河尖人安然无虞。这段时间，赵远望凭借这艘棺材船和提前预备的粮食大赚了一笔，只等洪水退去之后，就可以重建家园了。

最后一天回到龙王镇时，赵远望见到了他的姐姐赵问男以及她的丈夫曾徒，果如母亲所说，他们都毫发无损。原来方圆几十里之内的人，只要有一丝机会或任何可以借助的工具，就会投奔到龙王镇来。他们是趴在一对门板上划来的，飘飘荡荡竟在河面上飘了四五天，全靠吞吃一袋生麦才上了龙王镇。赵远望问过曾徒，他的叔叔，也就是曾梅的父亲曾老二，一家人都去了哪里。曾徒却回答不上来，他说当时天还没亮，全村人一片慌乱，谁也不知道谁的下落。曾梅听后，默默地流着眼泪，这场洪水到底夺去了多少人的生命，摧毁了多少家庭啊。接下来的一段时间里，曾梅都是以泪洗面。无论赵远望的家人如何安慰她，都排遣不了她的哀伤，她执意要将棺材船划到曾窝子去，赵远望只好陪她去了一趟。只可惜他们翻遍了曾窝子所有的树丛，也未见到曾梅父母的影子。曾梅终于认识到，她的父母在这场洪水中丧生了，她从此成了孤儿。

当所有人都在龙王镇聚集起来时，大家便立刻活泛起来，尤其对于那些在洪水中赚了钱的人，更觉得因祸得福。龙王镇虽然不大，却什么都能买到，碗口大的王八才几毛钱。他们买来了各种生活必需品，并做好了在龙王镇长期定居的准备，选择合适的地方，搭起了草棚，建成了土灶。其实，山河尖作为一个鱼米之村，相比其他地方一直都算富庶的，只是他们自己并不清楚，在龙王镇定居的一段日子里，他们才察觉到这一点。因此，大家虽处于背井离乡之中，却仍然找到了久违的优越感。

二十一

洪水并非只有害处，孙瘫子说过，凡事都有阴阳两面，洪水带走了山河尖人的财产甚至生命，也带走了匪患。自洪水过后，方圆百里之内再也没有听说过土匪的消息。经赵国梁分析，土匪消失的原因有三，一是被洪水淹死了，二是他们的交通工具——船丢了，三是在这场洪水中他们都发了横财，不需要做土匪了。不管哪条因素，在很长一段时间里的确没有了土匪的消息，大家也渐渐将土匪这回事给忘记了。

洪水是一个月后退去的。大地渐渐显露出来，地表挂了一层肥沃的黑泥，原本方方格格的田地都没有了边界。大多数植物都已枯朽腐烂，只有一些蕨类植物仍贴在地上，还有树木突兀地挺立着。无论哪个村庄，只要是土坯建造的房子，经洪水浸泡一律坍塌了，只有赵国栋、赵国梁那样的大户人家的砖瓦房还完好无损。只是那些房屋家具都穿上了一层厚厚的泥渍，仿佛刚从坟墓里挖掘出来一样。整个世界仿佛回到了人类文明之前，没有道路，没有足迹，只剩一片泥泞和混沌。那段时间，山河尖人每天都会跑下龙王镇的高坡去查看路况，只要泥土一干，他们就要回山河尖去。他们急着去看自己的祖坟，那些微小的土包哪里经得住这场洪水呢？如果祖坟一旦被洪水夷平，分不出哪家哪户，那该是一件多么可怕的事情。

洪水退去后又过了一个月，地面才算干燥起来。山河尖人将草棚一收，灶台一砸，用新买的骡子驮起行李，浩浩荡荡地迁回了山河尖。临行那天，曾梅的眼泪就像断线的珠儿，流个不停。别人都要回家了，她该回到哪里去呢，没有爹娘的地方能算家吗？赵远望站在旁边想说什么，却始终没有开口，最后还是他的母亲开了口，她让曾梅不要回去了，跟着她，去山河尖住吧。曾梅听了，赶紧跪在地上磕了好几个响头，嘴里则不停地喊着大娘。从此之后，曾梅就和赵远望一家生活在一起了。赵远望虽然觉得别扭，却也打心底里高兴。

回到山河尖，赵国梁怀着丧妻之痛召集大家首先开了全族大会。第一是祖坟的问题，大家务必要将祖坟保护好；第二是关于堤坝的问题，他认为山河尖的堤坝有待加高，为以后防洪做准备；第三是村里的牲口都被洪水冲跑了，要赶紧买来牲口才能重建家园；第四是田地的边界全部被毁，赵国栋要将土地收回，重新分租给大家耕种。这次全族大会的讨论结果非常一致，大家全部服从赵国梁的安排，开始了重建家园的工作。

不出一个月，扁平的祖坟被重新包了起来，娘娘庙又恢复了昔日的香火；坍塌的房屋被修缮一新，可砍的树木也都被利用起来；河边的堤坝被加高两丈，再也不用担心洪水的侵袭；最重要的是赵国栋发了善心，除了赵跑家之外，他重新将土地出租给大家，并减了半年的佃税。而赵跑一家从此便堕落成了渔民，再也没有耕种过土地。

不过对于大部分人来说，这场洪水则意味着一个新的开始。经过这一场大水，大家似乎忘掉了许多东西，曾经挂满树枝的手脚不见了，关于土匪的恐惧消失了，无休止的葬礼也结束了。取而代之的全是关于将来的打算，有人想打造更大的船只，有人想建更好的房子，还有人准备搬迁到龙王镇去。仇恨、恐惧、羞耻，全被这场洪水洗净了，他们仿佛获得了一次新生，脸上有了笑容，腰杆也直起来了，大家见面时有说有笑，还会谈谈各家的重建情况。大家的干劲十足，没过多久山河尖就超过了昔日的光景。就连走南闯北的孙瘫子再次走进山河尖时，都不得不感叹，山河尖的变化真是太大了。

而赵远望在自家的后院里重操了旧业，继续做着他的棺材……

第二卷

赵远望听母亲说过，他的祖父、曾祖及高祖并非名字中没有辈分的人，国恩家庆，人寿年丰，他们也有显赫的身世，悠久的家族历史。他的高祖曾在山东做过司狱，曾祖则在安徽做过驿丞，可谓有钱有势家大业大……

一

赵远望听母亲说过，他的祖父、曾祖及高祖并非名字中没有辈分的人，国恩家庆，人寿年丰，他们也有显赫的身世，悠久的家族历史。他的高祖曾在山东做过司狱，曾祖则在安徽做过驿丞，可谓有钱有势家大业大。他的祖父叫赵国材，国字辈，单名一个材字，曾在省城读过洋学，在整个淮滨县名噪一时，当时的孩童无不以他为榜样。老人们教育孩子都会说："你不见某某家的赵国材吗？怎么不跟人家学学，那才叫读书呢。"后来国家改制，新政府在淮滨县寻找读过洋学的人，一经打听就找到了赵国材。那时赵国材正陪着父亲躲在地里城避风头，作为前清官员，他的父亲见到新政府的人就像见了瘟神，谎称自己得了痨病，将不久于人世。为了证实自己的话，他还专门喝了半碗鸡血，噙在嗓子眼里，新政府的人一到，他就咳咳咳地呛出血来，手掌一摊，忧人耳目。后来新政府的人说明来意，他们要请赵国材去做卡长，总管淮滨、固始、阜阳三县交界路口的税务。老爷子才放下心来，喷着血汁笑出声来，原本佝偻的身子腾地舒展开来，倒把新政府的人吓了一跳。他决计想不到，在国家改制之后，家里还能出个税务总管，当晚他就把珍藏已久的辫子给烧了，又放了大卷的鞭炮以示庆贺。

赵国材去做三县卡长的时候，才二十六岁，可谓年轻有为。他的儿子才八岁，也就是赵远望的父亲赵恩钜。可见，直到赵远望的父亲这一代，他们家人的名字里都是有辈分的。赵国材做了卡长之后，就搬到三县交界的岔路口居住，而他的妻子儿女则留在了地里城。那几年赵国材在外逍遥自在，却苦了他的妻子，也就是赵远望的祖母。她照顾着一家老小，凡事亲力亲为，连个丫头都没有雇过，劳苦功高不说，二十几岁的人看起来倒像五十岁。有那么几回，赵国材回家探亲，本来有心与妻子亲热亲热，一看她的样子便没了意思。之后他回家的次数就越来越少，每月只是如数寄回一些大洋。后来他的父亲年龄渐老，在地里城住不惯，越发思念宗亲，最后终于熬不住，就带着儿媳、孙子搬回了山河尖，那儿总算是他的根，就算与老兄弟们说说话也是好的。再说，年老的人总要想好退路，将来死在哪儿，棺材停在哪儿，埋在哪儿，除了山河尖他实在想不出更好的去处了。那个时候，他们一家在山河尖是受人尊敬的，包括赵国栋的父亲都要对老爷子礼让三分。

可惜好景不长，就在那一年年底，赵国材从岔路口回家探亲时却带回来一个如花似玉的洋学生，他们拉着手儿进了村。当时全村男女老幼都像看把戏似的，一边看一边窃窃私语。而且他还带回来一张叫作"离婚协议"的东西，要妻子签字。妻子虽然不知道"离婚协议"是什么东西，看这架势也已明白二三，看来丈夫是要弃她而去了。她崇信三从四德，事已至此更不能分辩什么，除了流眼泪还能怎么样呢？她挥笔就写下了名字。

老爷子终于知道了这件事，他拄着拐杖来到前厅，一把将"离婚协议"夺了过来，挥动着枯枝似的手指把它撕得粉碎。他又指着赵国材与那洋学生的鼻子痛骂了一顿。

"喝两天洋尿就不是你了，你这个畜生不如的东西，装什么洋鬼子。"

"这弄的什么协议，从哪学来的洋屁，赶紧把这个假洋鬼子赶出去。"

"你媳妇劳苦功高你不知道吗？你敢休她我就敢死在你面前。"

说着他就举起手里的拐杖朝赵国材的头上击去，鲜血顿时汩汩而出。可这还不算完，老爷子丢了拐杖就向檐柱撞去，赵国材拼死抱住才算保了一命。可是老爷子已经说了，如果不将那个洋学生赶走，他必死无疑。这件事一直僵持了两天，大年三十那天赵国材终于拗不过父亲，把洋学生送走了。据摆渡的艄公说，他将洋学生送上船的时候，两人相互鞠了躬，眼里都含着泪，什么话也没有说。那天晚上下起了大雪，把整个淮河湾都包裹了起来。可是赵国材一夜都没有进屋，他立在雪地里，就像一棵树，与整个淮河堤坝融为一体。他的妻子也劝过他几次，还为他披了件长衫，他却只是站着不动。次日清早，妻子出门到十字街中间的大槐树下去挑水时，才发现那件长衫就扔在井台上，鞋子则摆放在地上，积雪已经覆盖了这些衣物，只能分辨出大概的轮廓。她不禁瘫软在地上，连呼喊的力气也没有。直到其他人赶来挑水时才发现，赵国材头朝下脚朝上悬浮在井里，两只脚还露在水面上。全村人闻讯赶来，七手八脚将赵国材拖上来，发现他的身体已经僵硬了，简直就像一根冰棍，可以平抬起来。大家无不为赵国材感到惋惜，这么年轻就做了三县卡长，将来的前途不可限量啊，竟然为了一个洋学生送了性命。老爷子还没见到儿子的尸体就已经哭晕了两三次，口里直呼冤孽，老泪流了一襟。

赵国材的葬礼相当简单，因为出殡那天老爷子没有撑住，就在棺材前咽了气。至此赵国材家彻底败落了，他的妻子安葬好两人之后，为了抚养儿子赵恩钜，便将家里的物件连同大院一起全都卖给了赵国栋的父亲，家里的境况就更加窘迫了。

令人不解的是，自从赵国材死在那口老井里之后，那口井就变了，井水发黑，同时还散发着一股怪味，令人作呕。而且夜里常听到村口传来"扑通扑通"的声音。大家曾想填了那口井，重新挖一口，只可惜大家耗尽力气，在全村每一个地方都试了一遍，共挖了三十六口井，竟没有一口例外，井水都是黑的且散发出一股怪味。在挖最后几口时，他们还专门请了年轻的孙瞎子，用罗盘测量了三天，结果却仍然一样。从那时起，山河尖就没了井，他们开始到滚滚的淮河里挑水吃。

赵恩钜十八岁时，已经在山河尖住满十年时间。他的母亲才三十六岁，可是看上去却像个七八十岁的老太太。那时候她唯一的心病就是赵恩钜，在那个年代，十八岁已到了结婚的年纪，可家里太穷了，到哪里去娶媳妇啊。后来她央求西河湾的媒婆大匣子，只要能给赵恩钜说个媳妇，她愿意答应任何条件。大匣子的嘴太厉害，死鱼都能让她说活，她只去了三趟曾窝子，就给赵恩钜把媳妇订下来了，也就是赵远望的母亲。而且她是个勤恳的女人，自从来到赵恩钜家，就承担了老太太所有的家务，就算坐月子的时候也闲不下来，耕种土地、下河捕鱼、喂牲口，过上了与普通佃户一样的平凡日子。她从不抱怨什么，也不多说一句废话。不过她倒对赵恩钜的家世有些好奇，她听说老太太是山河尖唯一会打麻将的女人，可惜她不曾见过麻将，更不敢去问老太太，只是从赵恩钜的口中得到一点讯息，他说会不会打麻将他也不知道，但母亲的确是全村唯一一个认识字的女人。但是不知道为什么，母亲从未教他认过字，在他问起时，母亲总说字是坏东西，不认识最好。也正因如此，就算赵恩钜有了九个孩子之后，他的孩子们仍然没有一个认识字的。

在赵恩钜有了第二个女儿时，他的母亲便去世了。她在死前曾将赵恩钜叫到床前，当着儿子的面立下了最后的誓言，万不要将她与赵国材合葬，她只要一块最贫瘠的土地即可。另外她还说，将来子孙万不可读书认字，如果不得已离开了山河尖，宁愿从军也不可从文，她说，字是坏东西，学会了就变坏。她在交代后事时，赵远望的母亲跑到厨房给她煮了两个鸡蛋，可惜鸡蛋还没有煮熟她就咽了气。遵照她的遗愿，赵恩钜没有举行任何仪式，只是用一张草席将她卷了，把她埋在了老龙窝最贫瘠的一块土地里。那天赵恩钜背着母亲的尸身来到老龙窝，他正走着时却发觉背上猛地一轻，回身一看，萎缩成一团皮骨的母亲竟滑落到地上，赵恩钜自言自语地说，娘看上这里我就给你埋在这里吧。那是一块洼地，一年之中倒有大半年积着水，可他不在乎，他尊重母亲自己的选择，哪怕她是死了的。后来孙瞎子曾路过那块地，他竟以头抢地痛哭失声，因为他寻找多年的凤凰地竟被赵恩钜无意之中给占去了。

赵恩钜娶妻之后生了三个儿子六个女儿，赵笑、赵问男、赵哑、赵长看、赵永瞧、赵远望、赵闻、赵摇、赵小。这就是赵远望的家世。

二

鸡还没叫的时候，山河尖就像沉睡的婴儿，静悄悄的，既安详又乖巧。千百年来它都是这个样子，习惯了等待，等待着人们醒来，在各自的宿命里打转。

雄鸡叫响了第一声，只有几条放荡的公狗起了大早，在十字街上游荡着，山河尖就要苏醒过来了。那时，赵远望蜷缩在后院的棺材里，还在熟睡。棺材真是个好地方，木头的清香驱散了蚊虫，比屋里还要舒服。这个时候，院外响起了呼喊声，虽然声音很轻，在静夜里却很清楚。赵远望睁开迷糊的双眼爬起来，一骗腿就跨出了棺材，他打开那扇破旧的木门，顿时，一股夹着青草味的潮湿空气迎面扑来，他揉揉迷糊的眼睛，终于渐渐醒来了。

"远望快走，他们都到河里去了。"赵明背着一盘大河网喊他，赵远望揉揉眼睛点了点头，又到屋里披了件衣服，到院子里扛了一根竹篙，连鞋也没穿，就赤脚下河了。

夏天的河雾很浓，就像一匹白练横裹在水面上，上稀下浓，离河面尺把高的地方却又忽然变得稀薄。溜河的细风捋动白练，把它们拉直、铺平、理顺，埋过了整个河槽。

赵明和赵远望从十字街的南头来到河底沿上，抬眼望去，却什么也看不到，只听到河里传来船桨拨动河水的哗啦声，他们凭着声音摸到了船队边，那儿聚集着三四十个人，密密麻麻的，又不说话，在黑夜里潜行，生怕惊动了鱼儿，倒像鬼魅似的。大家终于到齐了，有人压低声音说："赶紧组队吧。"于是他们按照平日的喜恶两两组成了队伍，赵明与赵远望自然是一对，赵远望在船尾掌桨控船，赵明就在船首撒网捕鱼，两人配合倒真默契，生在淮河湾的人们，早已习惯了这样的搭配。分好队伍之后，船队分成左右两条长龙，分别沿着两岸向上游驶去。他们点动长篙，在清脆的长篙与船体的碰撞声里，一艘艘小船轻盈地劈开河雾出动了。

他们的目的地是白露河的河汊子。按照惯例，天亮之前他们要把小船停进河汊子里，猫在那儿等太阳出来，因为太阳出来了才能驱散河雾，到那时两条篷船组成的长龙再驶回淮河，顺流而下追赶鱼群，用他们手里的渔网和长篙，把鱼群一溜烟撺到老龙窝，就像打仗一样，在老龙窝里包抄合捕，包管稳操胜券。这样的合作捕鱼远比单打独斗来得合算，每次合捕结束，几乎每家都能分到百十斤鱼。

"日头出来了。"赵远望眼尖，第一个看到了太阳。

阳光像千万根金针，穿透河面上的白练，水面上渐渐泛出粼光。此时的长河天地以及两岸的沃野平川渐渐张开来，树木庄稼也都清晰起来，到处挂着闪亮夺目的露珠，早起的人们扛着锄头下地去了，而他们的船队也驶出了白露河。

"船往边上靠点，网好撒开。"

赵远望点点头，把船靠近了岸。赵明将渔网一圈圈挽在左臂上，又把网口掀开成簸箕的形状，扭腰转身，使出浑身力气，猛一回头就撒了出去，直踩得小船颠上几颠，击起层层细波，一圈圈向岸边荡漾开去。网一下水，赵远望赶紧拨动双桨，奋力将小船向后拖，这样才便于拉网收网。赵明光着膀子，一面炫耀着臂力一面收网，拉到最后，两丈多长的河网全部离开水面时，白花花的鲢鱼、草鱼、"麻棱棍子"、"船钉"都甩着尾巴拧着头，彷徨着，挣扎着，浮出了水面。最多的还是"穿鱼条子"，细细的身子，一尺多长，像把刀子，撅起倔劲，真能把渔网顶破。

赵明咧嘴笑着："我叫你跟我打鱼，你还不干，你看怎么样，比你做棺材强多了吧？"他说得不无道理，死人也似赶场子，一阵一阵的，大水之后的这两年里，山河尖变得很奇怪，竟然没有一个人死去，赵远望的棺材虽然做了一大堆，却没有卖掉一个。他虽然在发洪水时赚了一大笔钱，心里却还是不踏实，毕竟他已经二十岁了，是家里的顶梁柱，很多事情他都要操心。不当家不知柴米贵，如今这个家他说了算，当然要好好计较一番。他想过，家有千金，不如日进一毛，棺材卖不掉了，总不能闲着吧，所以他和赵明就成了打鱼的搭档。

"跟你说，学会打鱼管你一辈子饿不着，咱们靠河就要吃河，不会打鱼还能干什么？"赵远望冲赵明点点头，算是赞成他的说法。他一边听着赵明的说解，一边看着岸边的沙石地，那儿正有一群水鸟争着早食，他胡乱地想着，有一天淮河里的鱼会不会打完呢？滚滚的淮河荡起层层波纹，咕嘟咕嘟地响着，似在回答着他的问题。

日上三竿的时候，山河尖的打鱼人都回了村，他们把小船停靠在十字街南头的码头边，背起装满河鱼的大竹篓，陆陆续续地上了岸。赵远望也从河里上来了，他的肩上也背着大竹篓，里面装满了各种鱼儿，活蹦乱跳的，看着煞是喜人。他不惯言笑，但他似乎远比别人敏感，不管是嗅觉还是触觉。他还没进院子，就从浓烈的鱼腥味里分辨出一股荞麦馍的香味，忙了大半夜，他这才注意到肚子正咕咕叫着。到了院里，他把肩上的竹篓往地上一放，踔出一声闷响，鱼儿受到刺激，蹦得更欢了。这时候曾梅从屋里跑出来，看着满地的鱼儿也撒起欢来。她的头发扎在脑后，腰里系着围裙，手上还沾着灰褐色的荞麦面呢。

"哥，我老远就闻到鱼腥味了，你咋打这么多鱼？"

她不是不知道赵远望的名字，可她管他叫哥，自打来到这个家就这么叫。尽管每次赵远望听了这个称呼都会面红耳赤一会儿，可她不管，她喜欢这样叫。她觉得他的名字必须放在心里，叫出来就不亲了，再说她也不好意思叫，舍不得叫。她已经完全融进了这个家，忘记了洪水给她家带来的厄难。在这个新家里，她几乎包揽了所有家务，操持牲口，缝缝补补，洗衣做饭，俨然成了这里的主人。

"这么多鱼怎么吃得完啊？"曾梅看着一大篮子鱼，竟有些发愁。

"这鱼是要卖的。"赵远望的话太少了，而且全无表情。刚开始的时候，曾梅还很奇怪，很担心，这样会不会把人憋坏啊？一个从来都不会笑的人是如何生活下去的？不过时间久了，她也就明白了，赵远望这个人，心里不是没有，只是不到非说话不可的地步他是不张嘴的。她也曾逗过他很多次，可他都能忍住笑，渐渐的她也就习惯了。

"好吃吗？"曾梅给赵远望做了荞麦馍，他吃饭的时候，她喜欢坐在旁边看着。

赵远望点点头，却仍是面无表情。

那时他的母亲也坐在旁边，她闻到了浓烈的鱼腥味，却没说一句话。赵远望下河打鱼这件事，她老早就知道了，打内心里来说，她是不太赞成的，她就这么一个儿子了，为什么还要到河里去？她害怕淮河，她还能回想起失明之前她所看到的一切，害怕滚滚的波涛，害怕淮河就像吞噬她那早嫁未归的女儿一般，再次吞噬她唯一的儿子。可她没有办法，一大家子都要吃饭，她还有四个女儿，尤其那个哑巴女儿，什么也做不了，再加上曾梅，总不能凭空喝风吧。所以她虽不情愿，却并未阻拦。她哭瞎了眼睛，年岁也大了，实在无力去管太多事情，每每想起她的女儿们，免不了总要伤心一场，就像一棵曾经枝繁叶茂的大树，发出九根大树杈，不知道经历过多少年的风吹雨打，有的被人砍去了，有的被风雨吹断葬进了淮河，尽管她疼痛难忍，却已无能为力。在淮河面前，这棵大树已经渐渐枯萎了。

赵远望吃完饭就扛着鱼篮子往东去了，他还想赶早去集上。十字街偏东一点就是小集市，是山河尖人最集中的地方了，露水集，看着怪密集，却只有一小会儿的生命，昙花一现。天朦胧亮的时候还好，太阳一旦出来也就散了。不过也有不散的钉子户，赵挑和赵顶就是例外。赵挑是个货郎，经常来往在淮滨县和山河尖之间，他平时挑着一副担子，初一三五就到淮滨县里去进货，二四六则在十字街上叫卖，正因为有了他，十字街才像个小集市。他的担子不重，一头带着自己炒制的花生、瓜子，一头带着糖果、针线之类的东西。他手里常拿着一个超大号的拨浪鼓，来回打几个摆子，然后在十字街上吆喝着。而赵顶是有手艺的，据说他去淮滨县拜过师，学会了剃头。他也挑着一副担子，一头是一个木箱，里面塞满了推子、剪刀、刮胡刀，木箱放在地上又能当凳子，供顾客坐。一头是个小炉子，上面放着热水盆，以便给顾客洗头。赵顶的生意比赵挑好，可他并不快活，他还羡慕赵挑呢。大家看不起他，因为他是剃头的，下九流。有一次赵明家里来了客人，赵明找他去陪客，客人一听他是剃头的，便不拿筷子，死活不吃饭。那客人临走时还跟赵明吵了一架，他说你根本就不拿我当人看，竟然找个剃头的陪客。因为这件事，那位贵客断绝了与赵明的关系，再也没有来往过。

赵远望赶到集上的时候，露水集已经散了，就像露水一样，只有赵挑和赵顶还赖在树荫下斗方。他两一人执小石子，一人执小木棍，在地上画上几条线，就对弈起来。赵远望走过去看了一会儿，就问赵国栋家来买过鱼没？他们说："赵老爷早就不上街了，你不知道吗？"赵远望怕过了时候，就赶紧背着竹篓去了。

赵国栋家彻底破败了，这是有目共睹的事。尽管他仍然很有钱，可他没有了儿子。没有儿子的人就没有第二次生命，没有生命的延续也就不是完整的人，赵国栋好像被抽走魂魄的行尸走肉，再也没有昔日的神气了。他整日闷在家里，无论他的姨太太们怎样逗弄，他也笑不起来了。据赵谈说，他在抓秋凉子的时候，爬过赵国栋的墙头，他亲耳听到了三姨太的话，她说软塌塌的，像个死老鼠，别说生儿子，生老鼠都生不出来。这话在山河尖传开了，大家本以为赵谈要倒大霉，出乎意料的是赵国栋全不计较，他连院门都没出过。倒是赵国梁把赵谈狠狠训了一顿，扬言要打断他的腿，他问赵谈所说是不是真的，直到赵谈用人头保证绝无虚假，赵国梁才放了他。

赵国栋的家是一栋古老的房子，前后有三进院子，左右各有一个侧院，一个住着下人，一个放些牲口杂物，最后的院子里住着他的三个姨太太。那个时候，他家的下人大都投奔了别处，只有两个老妈子和一个赶车的还坚守在家里，他们说好狗不守二门，大概准备老死在赵国栋家了。他们在闲话的时候曾经说起，被姨太太讥笑过的赵国栋干脆搬出了最后一进院子，直接住到了存放牲口的侧院，每天与马、骡子说话，至于说些什么也不甚明白。没了赵国栋的督促，他的院墙上爬满了草，无人清扫，门边的蒿草几乎埋没了人腰。据说人气不旺的家院，草木也欺人。它占领你的房屋田地，爬上你的檐角、台阶，肆意生长，嘲笑你，欺辱你。赵国栋的家太冷清了，因此赵远望进了第二层院子才算看到一个人，赵远望停下了脚步，正要问她要不要鱼。那是一个女人，一个谜一样的女人，她披散着花白的头发，斜躺在井台上。她的指甲纤长好似鹰钩，指节干枯，活像经霜的劲竹，从井沿上一把把撕扯着乱草，连同她自己的黑白相间的头发，一起塞到嘴里去。赵远望呆住了，他几乎听到了女人咀嚼头发的细响，丝丝渗进他的耳鼓、血液，幻化成恐惧，撞击着他的心。女人终于抬起了头，她的脸苍白如纸，又布满细小的皱纹。可是，当她看到赵远望的那一刻，她的眼睛竟发出一丝亮光，然而亮光一闪而逝，再浮上来的是一种莫可名状的笑。她笑起来依然很好看，尽管她的白牙上还缠着发丝，嘴角挂着绿色的草液。

赵远望认出了她，她是曾桃。曾桃竟然从洪水中活了下来。

就在曾桃的脸上闪过那丝笑意的时候，赵远望认出了她。她老了，他无从得悉她老于何时何地，哪一年，哪一月，或者是某一个夜晚，但她老了。她的头发不再漆黑浓密，她的脸不再白皙透红，就连她曾引以为傲的胸脯也干瘪了。她试图站起来走向赵远望，可湿滑的青苔不让，她还是倒下了，软绵绵的，像一团云彩铺在地上。赵远望下意识地想去扶她一把，可他发现自己的手竟不听使唤。就在这一小会儿的时间里，赵远望想了很多东西，很多很多，自他出生以来凡他记得的事情都在脑海里过了一遍，有些甚至是没有发生过的，下半辈子，乃至一辈子，是的，他好像在一瞬间就过完了一辈子。他想起棺材，想起星空，想起蛆虫，想起烤肉的香味，想起滚滚的淮河，想起他的老黄牛，想起白鱼一般赤裸的身子，然后一样一样组合起来，棺材上面的星空，照耀着散发出烤肉香味的白皙身子，以及身子上柔软的乳房，趟过满是杂草的溪水，竟然带着一丝清凉。他很倦，提不起一丝力气，就连鱼篮掉在地上他也不知道。那股疲倦缠着他，使他突然有一种想死的冲动，尽管他根本不知道死是什么滋味，什么状态，这却是他唯一想到的事。也就一小会儿的事情，赵远望身上原本积攒起来的活气，在这一刻又消失了。

井台上还有一只猫，赵国栋家的猫，它嗅到了鱼腥，欢叫着扑了过去。正是那只猫的欢叫声救了赵远望，他醒了过来，撒开腿没命似的往家跑，连他的鱼篮也不要了。他清楚地听到了赵国梁的声音："你个兔崽子，再敢往这来，我打断你的腿。"可他不敢回头，他知道赵国梁不会说谎的，他说打断腿绝不会打断脚。当然，他也听到了曾桃的声音，不是哭也不是笑，直钻进赵远望的背脊里，渗出丝丝凉气。他跑出院子的一刹还曾扭头观看，赵国梁撕扯着曾桃的头发，像拖一条死狗，把她拖进了一间屋子。他还听到赵国栋的三姨太的声音，那个叫刘青儿的戏子，她捏着鼻子嘶吼的声音："你个死疯子，再敢出来，就打死你。"赵远望好像见了鬼，拼命往回跑，他一步也没有停歇。路上他还遇到赵挑，赵挑说："急着投胎呢吧。"赵远望没有接话，也没有停歇，直跑到后院的棺材棚里他才喘了一口气。他坐在那儿一直喘气，不但没有歇过来，反而越喘越响，直到这一夜的鸡鸣时分，院外传来了赵明的呼喊声，他才停止了那种可怕的喘。可是从那晚开始，他便很难入睡，而且他拒绝赵明的邀请，不愿再打鱼，他更瘦了……

几天之后，他忍不住背着家人到十字街东头的露水集去打探曾桃的消息。她是从哪里冒出来的，她是怎样在洪水中活下来的，这两年她住在哪儿，她为什么要吃自己的头发，她是在何时老去的，赵国梁怎么会在赵国栋家，他为什么要打曾桃，一个个谜团像鬼魅一般，飘在他的脑子里挥之不去。可惜他问遍了长舌的妇女和好事的老人，依然一无所获。他们只知道在洪水之后，就再也没有见过曾桃。

三

天气快要大热的时候，赵问男挺着大肚子回了娘家。她整个人似乎都大了一圈，走起路来像风摆荷叶，很是困难。见过她的人都说大概她是要生男孩的，按照女人们的经验，挺着满怀的大肚子就是男孩，若肚子只是前面尖尖地隆起，则怀的是女孩。所以大家都很羡慕赵问男，她的命真好，第一胎就是大胖小子。

赵问男是这个家里最爱说话的人，也最开朗，在这个向来沉闷的家庭里算个例外。她的母亲曾说，问男本该是男孩的，没生下她之前，连名字都起好了，叫赵问，生下之后才发现是个女孩，这才起名叫赵问男，她是要问问，到底什么时候才生男孩。赵问男刚会说话的时候，就开始喋喋不休，她的母亲常常骂她，上辈子一定是个哑巴，谁知这句话竟应在赵哑身上，第二年春天她又生了一个女儿，到了两三岁还不会说话，大家这才知道她是个哑巴。亲戚们见了赵哑都很同情，他们说："你这个丫头命苦，你的话都让你姐给说完了，不哑才怪呢。"事实也是如此，赵问男一天的话要超过全家人一年说的话，就算没人跟她说话，她对着树，对着河，对着一根草，也能说上半天，嬉皮笑脸，爱说能笑。在她的一生中，只有一小段时间话比较少，那段时间她刚嫁给曾徒，像她的母亲一样，她时常做梦，梦见赵笑从河里上来，身上湿淋淋的，向她要嫁衣，对她说冷。这样的梦直到后来赵远望找到了赵笑的尸骨，并把她安葬在娘娘庙的后面，才算结束。

赵问男还没有到家，她的母亲似乎就感觉到了。她早早地起了床，挂着拐棍在院子里踱来踱去，后来她在门口坐下来，摸索着给她的哑巴女儿编辫子。果不其然，辫子还没有编好，赵问男的说话声就飘进了院子。她的母亲好像突然年轻了一大截，话也多了，拉着赵问男坐下，把关于她的一切都问了一遍。她肯定地说："双胞胎，我能听出来，一双小兄弟正叙话呢。"赵问男听后哈哈大笑："他们要是能说话，我还不让他们吵死。"

因为赵问男的婆婆不在了，她的母亲怕她没有生孩子的经验，照顾不了自己，就要她多住些日子。赵问男却说："这样不好，太危险了，万一生在这里怎么办？"她母亲却满不在乎地说："生了就生了，别人看不惯，我信了基督能看惯，我可不在乎。"在山河尖的传统里，嫁出去的闺女是不能在娘家生育的，否则将带来血光之灾。可赵问男的母亲早已不在乎这些规矩了，的确，信了基督之后，她确实省去了许多世俗礼节的麻烦。她疼爱这个女儿，有一股老年人的倔劲，当然也带着愧疚的味道。

这时，曾梅从河边洗衣服回来了，她看到赵问男，就像见了娘家人，高兴得要跳起来。她拉住赵问男，非要趴在她的肚皮上听听。她蹲下身子，把耳朵紧紧贴在赵问男的肚子上，闭起眼睛，一脸严肃地听着。在姑娘们的心里，肚子是个隐秘世界，男人们只能用来装饭，女人们却能装人，一定奇妙极了。果然，她兴奋起来："在动在动，我听到了。"就连赵问男的母亲也笑起来，她说："赶明儿拿个鸡蛋在肚子上滚滚，生的时候顺溜。"赵问男咯咯咯地笑着，她不信，可她依然会照做，毕竟就生命而言，它太奇妙了，由不得人不信，哪怕是盲目的。

曾梅听完之后，赵问男却拉着曾梅的手啧啧称赞着，真是女大十八变，越变越好看，梅子，你出落成大姑娘了。说着她还伸出手指拧了拧曾梅的脸。曾梅羞红了脸，把头深深地低下去，整了整皱巴巴的褂子，不知道说什么才好。

曾梅进屋去磨麦子的时候，赵问男小声对母亲说："我看他俩有意思呢，说不好撮合了，就把曾梅留在咱家吧。"她母亲笑笑："可不是嘛，找个媒人说道说道，也算个好事儿。"自从曾梅来到这个家，虽然她和赵远望都不说什么，其他人却都看得清楚，他们是有意思的。有一回曾梅还跟赵远望母亲讨了几块布，打了半碗糨糊，在太阳底下把破布一层层贴好，粘成做鞋底的袼褙子，偷偷藏在赵远望送给她的锦盒里。然后她又讨来鞋样儿，偷偷给赵远望做了一双鞋，一针一线地纳好，用一块花布包好，塞给了赵远望。她本要赵远望穿上试试，看合脚不合脚，可赵远望脸皮太薄，无论她怎么说都不愿试。他把鞋子垫在被子下面当枕头，只在赶集出门的时候才穿穿。不过枕着鞋子睡觉也很奇怪，他竟每夜都能梦到曾梅。梦见她光着小腿在井沿上提水时的清凉，她的水桶里荡漾着的花瓣儿，还有从洪水中救起她的情景，她像一条待宰的鲢鱼，身上泛着鳞白的光，这一切都在他的梦里一遍遍重播着。

按照淮河湾的规矩，新婚的夫妻必须住在新房里，也就是说，若有人家要办喜事，前兆就是建新房子。赵问男既然提出了这件事，她的母亲必然要做考虑。她是多么渴望家里再添新人啊，若赵远望结了婚，一年半载之后有了儿女，这个家可就更完整了，毕竟这么多年来家里不断有人死去，却从未增添新人。她叹了口气，握拐棍的手又紧了紧。她说："办是要办，我也没几年活头了，到现在还没见过孙子是啥样的。可这新屋子的事情咋办哟？"她为屋子的事情烦恼过许多年，每到下雨天，总要提心吊胆几天，担心房倒屋塌，担心一旦死了没有停灵放棺材的堂屋。这是她的心病，一个人怎么能死在外面，暴露在日光之下，那成什么样子？况且，没有屋子，赵远望的事就办不了，总不能搭个棚给他们当洞房吧？她为自己的垂老哭泣，如果她还年轻，如果她眼还未瞎，那她一定能解决这些问题，建好新房子，娶回新媳妇，甚至还能抚摸每一个孙子的额头。可她老了，而且瞎了，她连面前的淮河都看不见了。每想到这些，她就要感叹，她说几十年前的时候，亲人显得特别亲，同姓的门人只要不出五服，婚丧嫁娶都是大家的事，没有不出头的。据说赵明就是个孤儿，全仗门里管事的老人张罗，才长大成人娶妻生子。可是现在呢？世风日下，就算新娘子等白了头发，如果你不去请人，也没有人去抬。

赵问男也不知如何宽慰母亲，但她相信车到山前必有路。她说：

"亲是不亲了，但这样的小忙他们未必不帮，让远望去请请看，也就是建房子那几天，其他事儿咱们自己一家人也都能办好。"

在赵问男的敦促下，她的母亲重新振作了一次，她要解决屋子的事情。那天晚上，她把赵远望叫到床前，当着赵问男和曾梅的面做了一个决定，她要带领全家人重新翻修屋子。这个决定看似简单，事实上却不轻松，赵远望的父亲曾努力一生，都未曾动过这个主意，他在草铺上咽气时，嘴里还念叨着这个事呢。况且在山河尖这个地方，除了赵国栋、赵国梁那样的家庭，普通人家建房子都是比得上婚丧嫁娶的大事。

因此，当她做出这个决定时，全家人既惊慌也企盼，就连不会说话的哑巴女儿都仰望着她。她宣布完这个决定，颤颤巍巍地站了起来，又慢慢趴伏在地上，五体投地，在地上摸索着。家人都以为这是一种在重大决定时才使用的仪式，过了一会儿才发现她另有打算，她慢慢爬到床底下，摸了好一会儿摸出一个土黄色的布袋子，抖动起来叮当作响。在赵问男的搀扶下，她扶着床沿站了起来，她说："这是家里所有的积蓄，就等这一天了。"她把满是皱纹的手伸进了袋子，那袋子上都是泥锈，它曾经历过洪水的洗礼，今天才算见了天日。一根錾刻着福字的银簪子，一个爬满青锈的铜酒盅，一只古旧的镯子，上面雕刻着奇怪的花纹，还有两小锭黑乎乎的银子。她把两小锭银子递给赵问男，要她在油灯前哈口气，再用灶底的青灰搓洗一番。果然，不一会儿银子就放出闪亮的光芒来。母亲从赵问男手里接过银子，转身又到柜子里取出一个包，包里都是大洋，那是赵远望在洪水中用棺材船赚来的。她把赵远望叫到面前，将那两小锭银子塞给他。她说："你拿到淮滨县去换成现钱吧，再加上这包大洋，应该够修房子的了。"

"这下好了，回头我让姓曾的也来帮着操操心。"赵问男放心了，她一把拉过曾梅说，"梅子，你们的事成一半了。"曾梅还不知道怎么回事，却已经羞红了脸，在昏黄的油灯下好似贴了红纸，她抿着嘴捻着袖口，恨不得找个地洞钻进去。

赵远望却很平静，他一句话也没有说，径直朝后院去了。他把麦子一点点倒进磨眼里，套上驴，又用黑布把驴眼蒙上，那驴子弹弹蹄子，嘴里喷出一串沉闷的放屁似的声响，好像领会了什么，便听话地转起来，它画着圆，一圈一圈直画到鸡鸣时分。赵远望陪着驴子，歪在柴堆里打盹，可他从未真正睡去，他不说话，但他想的比任何人都多。那股该死的倦意包裹着他，但他不能停歇，母亲的话她不能不听。第二天鸡叫一遍的时候，他还是请来赵跑陪着他赶早去了淮滨县，他从不违背母亲的话。按照母亲的吩咐，他要穿过白露河，赶到叶集去拉茅草，叶集的茅秆是最好的，细长结实，能经风霜而不腐，利水防潮，山河尖人喜欢一劳永逸，这茅秆最好能用上一百年才好呢，那样的话修建一次房子就能住上五代人了。

赵跑一路上都没有闲着，从船头跑到船尾，又从船尾跑到船头。他讪笑着问赵远望："你跟曾梅亲过嘴吧？三婶都看见了，发大水那一年你跟她躲在棺材里，连衣服都没有穿。"赵远望只顾划船，一句话也不说。可惜赵跑一点也不识趣，他喋喋不休地说着、跑着，他拿出一个纯铜的烟锅子点了一锅烟，歪在船头上抽起来。他仰头吐出一口浓烟，戏谑地把烟锅子递给赵远望："你也来一口，真过瘾。"平时在家他是不敢抽烟的，他把烟锅子以及从赵挑那儿买来的烟叶都藏在床底下，以防母亲发现，不然母亲又要拿烟锅子戳他的嘴呢。赵远望不像赵跑，他听话，不抽烟，再说他也没有烟锅子，那可不是简单玩意，纯铜的，只有上了年纪的人才够得上。他看了看赵跑手上的烟锅子，终于忍不住了，他又转眼看着远处空蒙蒙的水雾平静地说："我昨晚梦见赵想和赵谈了，他们都在河里玩水，还喊我下水，他们让我给他们买烟叶抽，我没钱。"赵跑突然就闭了嘴，他在船头上坐了下来，一边划拉水一边思考着什么。过了一会儿他说："要不然咱们拉茅秆回来的时候去一趟朱大寺，带点烟叶，去给赵想上个坟吧？"赵远望没有回答他，他的脑子里仍在思考那些问题，关于曾桃，关于赵国梁，他本来极少主动与人说话，可他还是忍不住去问赵跑："赵国梁怎么会在赵国栋家里？"赵跑回答不了，他也想不明白，他只知道他偷听了赵国栋三姨太的话，赵国梁要打断他的腿，别的他什么也不知道。赵远望迷惑了，那跟曾桃又有什么关系？

这个时候天渐渐亮了，晨曦里的河岸青翠欲滴。邻庄的渔人正在晨雾里赶鹰捕鱼，那人站在双排的小木筏上，手里拿着长篙，嘴里不时发出尖啸。鱼鹰是家养的水禽，都很听话，分成两排蹲在船舷上打盹，可那人还不放心，用细绳扎住它们的脖子，生怕它们偷吃了抓来的鱼儿。他一扬长篙把鹰赶进河里，那鹰便扎个猛子不见了，再浮出水面时，嘴里果然叼着一条尺把长的窜鱼。渔人的船很慢，悠悠荡荡挤开了河面的晨雾，转到芦苇里去了……

四

茅秆拉回山河尖的那天，赵远望和赵跑顺便去了趟朱大寺。他们在淮滨县买了纸钱和烟叶，半路上把船停在河岸边，步行赶到了朱大寺。几年过去了，又发过洪水，赵想的坟虽在原地，却早被洪水冲平，他们找了好些时候，才确定了地点。他们又以手作锹，捧来许多泥土，把坟地垫起一个土包子。一个人死了，很快就会被人遗忘，留在世间的，不过是个土包子，所以他们尽量把土包垫高，总不能连这点念想都不留下吧。临走的时候，赵远望说："你还是把烟锅子留给他吧，省得他梦里来要，他哭得可怕人呢。"赵跑愣了愣，把烟锅子转了几转，恋恋不舍地插到了坟头上。他们转身离开了朱大寺，虽是夏天，两人竟觉得冷冷的……

第二天，赵远望带着一百二十分诚意，拜访了村里的老少爷们，他按照母亲的交代，尽量把同门亲情说得重些，最好搬出祖宗才好呢。果然，只要搬出同族同宗这句话，搬出祖宗，山河尖人还是很讲情分的。全村的能人都来了，脱坯匠赵家挥带着他的模具来了，他们家用不起青砖，就得用土坯，土坯要一块块塑好晾干才能使用，所以赵家挥的工作需要提前进行。赵恩夯带着他的大夯，还有四个夯手也来了。修建新房最苦的工作就是挖地基、夯地基，他们挖出一人多深的基坑，一层层撒土，一层层夯实，上面修建的屋子才牢固，百年不坏。

赵远望的母亲用拐棍在原来的院子前的空地上画了一个大圈，这块地足有一亩，建好房子之后，就算要圈起一个大院也足够了。在不信基督的人眼里这可是个大事，选错了地方说不定就碍着什么了。她不信这个，可她相信老宅基总要坚固一些，夯起来能省功夫。地基选好之后，这场浩大的工程就算开始了，他们没有放炮，但整个山河尖还是知道了这件事。

几个年轻力壮，又没有特长的小伙子负责挖地基，他们抱着铁锹，挥汗如雨，使出了真力气。赵远望成了东家，他提着热水忙着给大伙倒茶，倒完茶又抄起铁锹去帮着挖坑。他的母亲生怕大伙不出力，就站在泥堆上喊："大伙尽管出力，中午我给大家蒸白面馒头，管你们吃饱。"她的话果然奏效，那帮抬夯夯土的劳力喊起了号子，两个在坑上拉绳，两个在坑下提夯，不一会儿就夯出一块实地来。

"老少爷们一起扛啊。"赵恩夯站在土堆上喊号子。

"咱们一起打大墙啊，吼嗨。"打夯的小伙子们回应着。

"打好墙头吃馒头啊。"

"建好新房娶媳妇啊，吼嗨。"

……

响亮的号子在山河尖回荡着，似乎全村都沾了喜气，尤其打夯的几个小伙子，每提起一次都用尽全力，把夯头抛到最高，再重重压下，松土一下子就被砸成了实土。赵恩夯还嫌不够，他跳下基坑，夺过夯耳朵做起了示范。他好像要卖弄平生的力气，不只是为了几个白面馒头，更为了让人知道，赵恩夯是个正混的人，不懒不孬不乏，是个有力气的男人，值得托付的男人。他之所以是那个最肯出力的人，是因为来此之前他的母亲交代过，使出力气给曾梅看看，说不准她在曾窝子传几句好话，就能娶回个姑娘。毕竟他已经三十多岁了，还是光棍一条，在山河尖光棍是被人看不起的，就算他有木匠的手艺也不成。所以他很卖力，夯完了松土，又跑去接替赵远望，夺过铁锹就挖起来。而且他的疯劲传染了其他人，本来两天才能挖好的地基坑，当天下午天还没黑就已成型。他对赵远望说："掌个灯，今晚上就能齐活。"说这话时，他把手里的铁锹猛地往土里一刹，奇怪的是铁锹顿住了，啃住了硬骨头，不吃土，还发出当的一声响。赵恩夯在干劲头上碰了钉子，无异于他本人受到了侮辱，他使劲提起铁锹，轮开胳膊，贯足了力气，又刹了下去。又是当的一声，比上一次还要清脆，还要响亮。他怒了，干脆甩开铁锹用手去扒，只顷刻工夫竟扒出一样东西来。大家不禁停下手中的活计都围拢过来，只见那东西黑乎乎的，长着一对耳朵，被泥土包裹着，显得暗淡、古旧，可是在铁锹刹过的划痕里却闪耀着一丝夺人眼球的光芒。赵恩夯好像忽然明白了什么，他猛一提气，从深过一人的土坑里蹿了上来，来不及跟人说话，竟一溜烟跑了。

"那是香炉，金的。"有人这才缓过神来，只可惜赵恩夯早已不见了踪影。就连远处的赵家挥都说他看到了刺眼的光芒，那是金子，绝对是金子，不然绝不会那么刺眼。他们围着赵远望，鼓励他，刺激他：

"这是你家的地，不管挖出什么来都是你的，你怎么能让赵恩夯那小子拿跑了呢？快去追啊，你要觉得追不回来，我们帮你，一起收拾他。"他们忘记了自己的工作，忘记了白面馒头，本来劳动一天的疲惫也不翼而飞，摩拳擦掌，跃跃欲试。赵远望却呆了，倒不是因为那块金子，他怕赵恩夯预计完成的活今晚干不完，房子就要迟一天架梁。

　　大家正等着赵远望发话，毕竟他是家里唯一的男人，真遇到什么事还是他说了算。这个时候，他的母亲却颤巍巍地爬上了土堆，来到大家面前，她说了一句大家无论如何也理解不了的话。她说："那是个香炉，金子做的，它是赵国栋家的。"所有人都愣了，他们瞪大了眼睛，回想起来，赵恩夯抱走的的确是个香炉，不然怎么带着俩耳朵呢？他们怀疑赵远望的母亲根本没瞎，不但没瞎，眼还很毒。但他们还是不相信，她凭什么说那个香炉是赵国栋家的？那上面又没写赵国栋的名字。可是赵远望的母亲很肯定，她不直接反驳大家，她说："那年土匪打劫他家的时候，死了很多人，一早晨就出了十三副棺材，他家的银人被抢了，但他的传家宝还在，他把这个纯金的宣德炉扔进了池塘。"大家更加不解，就算赵国栋把香炉扔进了池塘，那香炉怎么会在这里？难不成香炉还能长了腿不成？赵远望的母亲用手抚了抚脑后花白的发髻说："你说对了，它就是长了腿，它在地下会跑，家要是败了它就跑，不仅是传家宝，所有的金银财宝都会跑，往下一个将要富贵的人家跑。"

　　自从信了基督之后，她原本是不信这些的，可她的祖辈们告诉过她，家有一宝便能聚宝，宝物一跑人气也少，这不过是流传已久的俗话。说完这些话，她蹒跚着下了土堆进屋去了。那些心有想法的人好像失去了盼头，一个个都无精打采，挖坑打夯的活自然是干不了了。

　　第二天一大早，赵远望再去请那些劳力时，他发现那些原本情深义重的老少爷们，不是有事，就是身体不舒服，反正他绕着村子走了三圈，一个人也没有请来。他不得不亲自动手，一点点将松土翻出基坑。

倒是关于香炉的事情传开了，山河尖人，上至八十老翁，下至三岁孩童，没有一个人不知道香炉的事。傍晚时分，赵远望正拿着铁锨干活，赵国梁却带着赵家挥来了，他们的身后还跟着一条狗，高大威猛的黄毛狗，一见生人就狂吠起来。赵家挥平时就管赵国梁叫爷，不管遇到什么事情，只要赵国梁叫一声，他跑得比谁都快。还有人背地里说，这家伙很小的时候就表过态，赵国梁家没有孩子，他愿意过继到赵国梁家，给他做孙子。这会儿他跟在赵国梁背后，腰拔得老高，显得更亲了。

"老二的香炉到底哪儿去了？"赵国梁站在坑沿上显得特别高大，不怒而威。赵远望离他很近，他闻到一股浓烈的中药味，随着声音从赵国梁的嘴巴里喷发出来。赵远望知道他是明知故问，全村人都知道赵恩夯拿跑了香炉，难道他不知道？那些念过书的人，他总是弄不懂，但他也不想弄懂，他说："赵恩夯拿跑了。"赵国梁没有再说话，他转头就走，一眼也没有多看。他的身后跟着赵家挥，赵家挥的后面跟着那条狂吠着的黄毛狗。它见主人走了，又扭头吠了几声，好似获得了往日吃过大粪之后的那种快感，甩甩嘴巴跑开了。可赵远望看着赵国梁的背影，眼睛眨也没有眨。他想起那天赵国梁撕扯曾桃的样子，一大堆问题又涌上来，他实在想不明白，赵国栋的香炉，他自己不来要，赵国梁怎么来了？他越想越多，劲也越大，反正睡也睡不着，这一夜他自己竟将基坑挖好了。

进入七月之后暑气差不多消了，交了七月节，夜寒白日热，老话错不了。赵远望原本就是个木匠，很多建房子的工作他都能独立完成。有一天晚上他正在门前的空地上扎大梁，却见一个人飞也似的跑了过来，他很慌张，边跑边往后看。他曾经梳理得油亮的头发已经蓬乱不堪，胡须拧成一个解不开的疙瘩，上面还沾着些唾沫星子。他的手里还抱着一样东西，正是那天赵恩夯拿跑的香炉。那是赵国栋。他一眼看到了光膀子的赵远望，竟扑了过来，一把抱住了他。赵国栋的身子颤抖不止，他盯住赵远望，过了一会儿竟哇的一声哭了起来，边哭边说："儿啊，你终于回来了，传家宝我找到了。"他越哭越伤心，就像个委屈的孩子，伏在赵远望的怀里，嘴里还不停念叨着什么。赵远望用手拍着他的背，不知道说什么才好，他想，大概赵国栋太想念他的儿子了，以至于神志不清，连人也分辨不出了。

只不过一小会儿的时间，后面就来了人，两个神色慌张的人。他们一面追一面喊："别跑了，再跑把你腿打断。"说话的是赵家挥，另外一个当然就是赵国梁了。不知从何时开始，赵家挥真的成了赵国梁的孙子，他甚至放弃了祖传几辈的脱坯手艺，转行做了孙子。他们一见到赵国栋，眼睛就放出了光，脸上突然浮起神秘的笑容来。不用赵国梁开口，赵家挥跑过来，非常利索地把赵国栋夹了起来，就像提起一只猴子，此时的赵国栋太瘦了，又何必两个人呢，一个人就提起来了。赵家挥说："老爷咱们回去吧，家里还等着你吃饭呢。"赵国梁也说："老二你就别乱跑了，你这样跑出来我们不放心。"可是赵国栋不愿意，他瞪大了眼睛，浑身颤抖着，尤其是下巴上的那绺小胡子，抖成了一个疙瘩，他几近呼喊地说："我不回去，我不回去。"说到这儿他像见了鬼一样，连眼睛也直了。他说："家里有鬼，有鬼，有虫，有大虫……"他挣扎着想抱住赵远望，可惜他怎么也挣脱不了赵家挥的手。赵国梁笑眯眯地问赵远望："你知道他说什么吗？"赵远望说："我不懂，但他跟我叫儿子。"赵国栋低头想了想说："差辈了，他该管你叫孙子才对。"说完他就领着赵家挥把赵国栋带走了。黄毛狗就跟在他们身后。

赵远望问过自己的母亲，他的祖父叫赵国材，和赵国栋同辈，而他应该管赵国栋叫二爷，赵国栋管他叫孙子。他知道赵国梁说对了。

五

七月十五那天夜里，十字街的东头响起了一阵鞭炮声，鞭炮声很短，却打破了山河尖长久以来的沉寂。鞭炮真是一件奇妙的东西，喜事要用它，丧事要用它，就连祭祀祖先、逢年过节都要用它。山河尖是个喜欢鞭炮的地方，如果谁家要做生意的话，估计最好的选择就是卖鞭炮。

第二天早晨，几乎全族的人都到了赵国栋家，因为据赵家挥通知——赵国栋死了，昨夜的鞭炮声便是因此而响。赵国栋死了，这绝对是一条大新闻，爆炸性的新闻。在山河尖，赵国栋家是有名的望族，富甲一方，子孙出息，就连他本人也是个传奇。这个传奇竟然死了，山河尖人怎不惊愕？他们聚集在门口，探听着各种小道消息。有人小声地说："赵国栋疯了，这几天都能听到院子里传出惊恐的声音，大喊有鬼啊有鬼啊！这不，没过中元节，就死在秋撅子上了。"或许这只是个巧合，这个巧合吓坏了山河尖人，他们私下议论时都管赵国栋家的宅子叫作鬼屋，一步也不敢靠近。附近的几家人，出于安全考虑，纷纷去请孙瘫子，在大门口挂上画有八卦的阴阳镜，烧点符纸，才算心安。

赵远望也去了，他必须把手头的工作放下，修建房子的事也不能与赵国栋的死相提并论。因为赵国梁说过，他是山河尖的"人头"，如今他的弟弟赵国栋死了，谁要是不去，就是不给他面子，干脆不要姓赵了。但是赵远望却很茫然，他想起很多东西，吃头发的曾桃，怒吼着的赵国梁，会唱戏的刘青儿，纯金的香炉，以及那条凶巴巴的黄毛狗，这些事情与赵国栋的死有关系吗？他虽不说话，却很肯定，一定有关系，这里面一定有些门道。

果不其然，当天晚上就传来了一个确凿的消息，这里面确实有些门道。

那晚赵家挥的母亲到赵远望家串门，与赵远望的母亲聊了很久。她是赵家挥的母亲，而赵家挥是赵国梁的孙子，关于赵国梁和赵国栋的事情，她的论断有一定权威性。但她并不是乱嚼舌头的人，嘴很紧，后来赵远望母亲留她在家吃饭，她才不小心说漏了嘴，在赵远望母亲的一再追问下，她才说了实话。当时赵远望就站在旁边。她言简意赅地说："赵国栋疯了，是曾桃吓疯的。"说这话时她撇着嘴，故意把声音压低拉长，以神秘的口吻吊人胃口。然后她又说："赵国栋活着没啥意思，住进了养牲口的院子，之后赵国梁就偷偷把曾桃接进赵国栋的大院，他骗了曾桃。你知道不，这曾桃被骗得可惨了，她还以为有姨太太可做呢，谁知道却是让她扮疯子，这下可好，假戏真做了，她真给气疯了。现在好了，赵国栋死了，赵国梁接管了这个大宅子，包括赵国栋的三房姨太太，特别是那个刘青儿，两人抱一块儿唱戏呢。还有传家宝——那个纯金的香炉，不都是赵国梁的了？"

赵远望在一旁静静地听着，他突然明白了，为什么曾桃会出现在赵国栋家的院子里，为什么赵国梁也在那儿，为什么赵家挥给赵国梁做了孙子，他都明白了。直到现在，他身上的那股倦意才算消失，换成了一种哀伤。他很伤心，不知道是为了曾桃，还是为了赵国栋。他记得很小的时候，他曾跑到赵国栋家的院墙外玩，不小心摔了一跤，正好被赵国栋看见了，赵国栋恶狠狠地说："咋不摔死你个兔崽子。"从那之后他就记住了那个有钱有势的二老爷，就像记住一个瘟神。可是现在，他竟有点想哭的冲动，他想起那个晚上的事，赵国栋抱住他跟他叫儿子，那眼神，那声音，多像一个委屈的孩子，他还是那个恶狠狠的瘟神吗？还有曾桃，她的头发还剩几根呢？她的牙齿还好看吗？她身上还有那股烤肉的香味吗？

　　赵国栋死后的第三天举行了葬礼，他的葬礼并不如他儿子的风光，说起来简直有点寒碜，一口薄瓢棺材，一顿勉强够吃的酒席，没有纸人纸马，也没有和尚道士的法事，甚至都没见到孙瘫子的影子。但是这场葬礼很特别。按照山河尖的规矩，只有喜事才收红包、送礼物呢。赵国梁很聪明，他说："祖宗的规矩太少了，经年不变也没啥意思，我再给它加一条吧，从今往后丧事也要送礼，喜事送红包，丧事就送白包吧。"他说到做到，葬礼当天他在院子里摆下酒席，又在院门口设下一张账桌，来往宾客按礼登记，一丝不苟。当时赵家挥站在账桌旁，撩起太监似的嗓子，细声细气地喊着："赵明礼钱三十文……赵恩夺礼钱十文……"很多年后，山河尖人沿袭了这个习惯，就算死人也要送礼的。

　　"赵国梁礼钱五十块大洋……"喊到这一声时，赵家挥不再细声细气，他猛吸一口气，把胸腔鼓到最大，攒足了力气，猛得喷发出来，高亢的声音就飘上了山河尖的上空。大家听到这句话的时候，不禁啧啧称奇："天啊，五十块大洋啊，啥意思，有的人一辈子都没见过那么多钱。不愧是亲兄弟啊，人死情不散，还是这么厚道。"赵远望活到二十岁还从未笑过，可是听了这些话，他差点没忍住，若不是在葬礼现场，他真想大笑几声呢。

　　谁知赵家挥的话声未落，却有一个人冲到棺材前放声大哭起来，他的哭声以绝对优势压倒了赵家挥，这哪里是哭声，简直是滚滚淮河里的汹涌波涛，一浪盖过一浪，席卷了整场葬礼。哭到后来，他呼天抢地，以头触棺发出咚咚咚的声响，比戏台上的擂鼓也差不了几分。这个人就是赵国栋家的老管家——赵淮，他说过好狗不守二门，的确做到了，他是一条好狗。在场的老少爷们，甚至包括赵国梁，都不知道他的辈分，也没有人知道他的年龄，只知道他打小就生活在赵国栋家，放羊、赶车、看门、管牲口，直到后来赵国栋委托他管家。他看上去有七八十岁的年纪，可又不像，七八十岁的老人没有那么好的身板，但他满脸皱纹，焦黄的牙齿没剩几颗，腰身也佝偻成了一弯月牙，不像壮年的人。他的眼泪特别浑浊，像面浆一般，到后来干脆变成了污泥色，再到后来几近血色。就在他哭泣的时候，本来挂着艳阳的天空，突然下起了暴雨，雷电交加，天色阴暗如夜，一丝丝闪电切破了天空。暴雨大概持续了一顿饭的工夫，山河尖人在雷雨中缩成一堆，连大气也不敢出。

"起棺！"不知谁的一声棒喝叫醒了所有人，大家这才发现，天上已经云销雨霁，艳阳如初。可是当他们转头去看棺材，准备起棺下地时，才发现那位痛哭流涕的老管家已经死了。他是撞死在棺材上的，鲜血从他的耳朵、鼻孔、眼睛里流出来，染红了棺前的一堆火纸，染红了地上的青砖。据说葬礼结束之后，赵国梁让赵家挥清洗了十二遍，青砖上的血污依然清晰可见。后来他不得不重新铺了新砖，那血迹才算清除。棺材终于抬出了大宅院，不是一口，而是两口相同的棺材，一口装着赵国栋，一口装着赵淮。在老少爷们的簇拥下，缓缓地向娘娘庙走去。奇怪的是，除了赵淮，这场葬礼上没有一个人哭泣，包括赵国栋生前的三房姨太太也没有掉一滴眼泪。

萧条了几年的棺材铺，终于又开张了，赵远望的生意又来了……

六

曾梅很勤快，到了赵远望家之后，变得更识眼色，她主动包揽了所有家务，不用人叫，很多事情都是自觉去做的。赵远望的母亲瞎了，但她爱操心，时常问些家务事，麦子磨了没有，衣服洗了没有，只要她提起的事情，曾梅老早就完成了。所以赵远望一家人都很喜欢曾梅，愿意和她接触，赵摇和赵小抢着跟她睡，有一回还争执起来，弄得曾梅反倒不好意思，最后只好让两个小丫头都睡到自己的床上来。看着两个丫头和自己这么亲近，曾梅也很开心，她也喜欢这个家，特别是家里有个曾救她一命的男人，这让她忘记了失去亲人的痛楚，心安理得地住下来，并快乐地做着家务。

"三月正是好时光，哥哥撑船下南洋……日日夜夜往家赶，不叫妹妹守空房……"曾梅在河边洗衣服，她洗的是赵远望的衣服，也不知为什么，心里甜甜的，莫名的甜，就忍不住哼了几句歌儿。那歌儿是淮河湾的老调，也不知传了多少辈，姑娘们偷偷学会了，又不敢当着人唱，只能在河边偷偷哼几声。

"哟，你瞧这傻丫头，还哼起歌儿了。你咋不去瞧瞧你姐，说不定这会儿疯劲上来了，正吃着头毛呢！"赵家挥的母亲端着木盆，也到河边洗衣服，她说起风凉话来，在山河尖也是一绝。

曾梅愣住了，衣服捶到一半，她手里还举着棒槌。赵家挥母亲的话则像一记重锤，敲在她的耳鼓上，脑海里就开了花，记忆也像打开了闸门，滚滚地扑了出来。洪水之后，她来到山河尖已有两年时间了，说真的，若不是赵家挥母亲的一句话，她还从未想起过那个姐姐，一次也没有，就像从没那个姐姐一样，若这个爱说风凉话的老女人不提，也许这辈子她都不会想起姐姐了。自从曾桃嫁出家门，就从未回过娘家，当然，娘家人也从未再提起她。曾梅只知道姐姐嫁到了山河尖，至于嫁给了谁，她却不知道。她们姐妹俩的关系也日益淡化，直至遗忘。说来也巧，曾梅来到山河尖的两年中，从未见过曾桃，赵远望见过曾桃却不曾告诉她。此刻，经赵家挥母亲一提，曾梅才突然意识到，她还有个姐姐活在世上，那可是她唯一的亲人啊。可那个爱说风凉话的老女人却说曾桃疯了，是真的吗？她端起木盆，把洗到一半的衣服往盆里一拢，就匆匆回家去了。

回去的路上，曾梅的脑海里浮现出几个场景。一个画面很温暖，失散多年的两姐妹，劫后重逢，两人抱头痛哭，互道短长，然后相认相亲，相依为命。另一个画面很凄厉，失散多年的两姐妹，劫后重逢，一个失心疯了，拼命吃着头发，一个痛哭流涕，深感陌生，却找不到失去亲人的那种痛楚，因为她们之间早已没有感情。还有一个画面，失散多年的两姐妹，就此失散了，失之交臂，形同陌路。

曾梅想了一路，却终究做不了决定。在山河尖这个地方，她虽住了两年，却不认识几个人，思来想去，也只有问问赵远望了。回到家里，赵远望正忙着钉墙模，他把又宽又厚的棺材板架到墙基上，摆成平行两排，再用钉子固定住，就能往里灌泥巴了，灌满泥巴再用夯打实，土墙也就完工了。曾梅把木盆放下，来到赵远望跟前，一边给他帮忙一边问："哥，人说我姐疯了，是真的吗？你见过她没有？"赵远望一愣，却没有说话，他转头去看曾梅，她白皙的脸颊上挂着汗，两鬓的发丝粘在脸上，显得特别清秀。她们真是太像了，他在心里想，可他的脑海里立即又浮现出最后一次看到曾桃时的情景，她的头发花白，白皙的脸颊上布满皱纹，咯叽咯叽地嚼着头发……

"是的，我见过。"赵远望平静地说，他仍是面无表情的样子。

曾梅突然很想去看看她的姐姐，只看一眼，看一眼就行了，曾桃虽是她唯一的亲人，她却不想过多插足她的生活，她只想看一眼而已。

那晚赵远望带着曾梅去了赵国梁的大宅院，那儿曾是赵国栋的家。还没有进门，他们就听到了院子里传来咿咿呀呀的声音。推开院门一看，赵国梁和刘青儿穿着宽大的戏服，正在院子里唱戏。赵国梁穿着蟒袍玉带，背插龙旗，正在亮嗓子，一旁的刘青儿身着鱼鳞细甲，一手提剑，摆动着纤细的腰肢，在院子里迈着小碎步打转转，他们正唱《霸王别姬》呢。可惜赵远望和曾梅都看不懂，他们根本就不懂戏，但他们都惊呆了，在他们看来，眼前的一幕很诡异，连这个大宅院也带着几丝邪气，令人不寒而栗。赵国梁看到赵远望，立即停下了唱腔，厉声问道："你小子跑这儿来干什么？"赵远望本就不善言谈，又被眼前的一幕惊住了，一时竟答不上话来。曾梅却说："我，我是来找我姐姐的……她人呢？"赵国梁也愣了一下，好一会儿才说："她在哪儿我怎么知道，你倒问起我来，我问谁去？"

曾梅一看问不出来，拉着赵远望就跑出了院子。那个大院子太诡异了，她连一刻也不想停留，匆匆跑到了十字街上。停了好一会儿，赵远望才缓过神来，他带着曾梅，又来到了赵记的家，如果曾桃还有处可去的话，那她一定就在这儿了。那是三间破败的茅屋，房顶上全是蒿草，从屋檐上垂下来，就像一层帘幕，给那扇破门增添了无限的神秘感。赵远望提着马灯走过去轻轻一推，那扇破门发出吱呀一声轻响，打开了。借着马灯的亮光，他们终于看清了屋里的情况。那屋里果然有个女人，披着一件灰袍，灰袍上都是土，土里似乎还有几根刚刚发芽的草，而那女人的嘴里咀嚼着自己的头发，还发出一阵阵咯叽咯叽的声音。这个女人当然是曾桃，她吓死了赵国栋，又被赵国梁赶回了这间屋子。谁也不知道她靠什么活着，但是她的头发确实快被她吃光了。曾桃一见人就笑，她一笑脸上的皱纹就更加浓密，白皙的脸带着土味，像是从泥土里爬出来的人。连赵远望也怕了，他举起马灯对她说话，她却不理不睬。曾梅躲在赵远望身后，此时已经泪流满面，她试探着呼唤了几声姐姐，曾桃却始终不说话，她把几根发丝填进嘴里，津津有味地咀嚼起来，一边还哧哧地笑着。

赵远望不得不拉着曾梅退了出来，他们重新把门掩好，慢慢回家去了。这就是她们姐妹俩的见面，最后一次见面。她们姐俩的一生是那么不同，却又那么相似。一个贞洁烈女，一个水性杨花，一个简单快乐，一个失心疯狂。都在丑陋的年代长了一张俊美的脸，却又都逃不出悲惨的命运。

七

赵远望的母亲真的老了，她早就老了，越来越不中用。眼睛瞎了之后，她就弄不清时间，时常把日夜颠倒，早晚记混。有一回，她在半夜里摸到厨房，凭着记忆，找到了灶台、米袋、水缸，她烧了一锅稀饭。然后她来到院门前，朝着空地喊道，远望，该吃饭了。她喊了好几遍都没人答应，这个时候，赵远望正在后院的棺材里睡觉呢。

后来赵远望听到声响，跑了出来，他向母亲解释："这是半夜呢，哪有半夜吃饭的。"他母亲听了就叹起气来："看来我真是不中用了。"她说："我眼瞎了，日头也看不见，不知道什么时候天黑什么时候天亮，也不知道自己还能活多长时间。你们不知道我这个瞎子是啥感觉，我天天就跟掉进了一条黑河里似的，摸不着边摸不着沿，连个人影子都瞧不着，这可咋给你们操心哪。"

其实，赵远望很能理解母亲的感受，他知道母亲从不表达，说到时间的问题，这是她第一次提到瞎的感觉。可他理解母亲，他曾偷偷闭上眼睛生活了三天，那种滋味是可怕的。在这三天之中，因为看不到路他绊倒了十六次，吃饭时把手烫伤了三处，躺在床上时还被老鼠咬了一口，他开始害怕，在一个庞大的黑暗的世界里，他像个迷失的孩子，躲在某一个黑暗的角落里，不敢伸手不敢抬头，怯懦、彷徨，感受不到空间也感受不到时间，用他母亲的话说，摸不着边也摸不着沿。不过三天时间，他就受不了了，睁开眼睛的那一刻，真像重新活了一回。可他的母亲呢，她的眼睛再也睁不开了，长久地活在黑暗里，那又是一种什么样的感觉呢？

时间，是个多么奇妙的东西，一旦搞错了，就会与周围的事物格格不入。如何来掌控它呢？赵远望忽然想起一样东西来，他去过赵国栋的大宅院，在他的会客大厅里，放着一个木质的小房子，房子下面挂着一把又大又长的汤匙，赵远望曾怀疑小房子里藏着公鸡，因为过不一会儿，房子里就发出公鸡打鸣的声音。对，就是它，富人家都是用它来计时的。如果有了那个东西，母亲就不用担心昼夜颠倒，记混时间了。所以他决定为母亲买回那个东西，在他心里，这件事甚至比建房子结婚还要重要。

赵远望前往淮滨县置办建房物品的时候，特意到街上转了几圈，终于在街角的一个钟表店里见到了一件类似小房子的东西。可是这座小房子远比赵国栋家的那座小，装有一扇玻璃门，玻璃门里除了一个盘子，最显眼的就是一把长长的汤匙，挂在盘子下，晃来晃去一刻也不停歇。掌柜介绍说："这个东西叫自鸣钟，上海货，先进着呢。"说着还用眼角看了赵远望一下，轻蔑地哼了一声，好像在说跟你说了你也不懂，买回去不也白搭吗？正在这个时候，那座小房子在一阵嗡嗡之后发出了"当当当"的声响，一共响了十下。赵远望吓了一跳，旋即明白过来，一拍大腿说："就是它就是它，我要了。"掌柜倒是吃了一惊，没想到这个庄稼汉还真大方，竟花了两块大洋买一个看不懂的东西。他讪笑着，把自鸣钟递给了赵远望。

其实赵远望一家人都不认识钟，根本看不出几点几分，自鸣钟对他们来说就是个打更的，他们全靠小房子里发出的当当声来判断时间，自鸣钟敲一下，便是一点，敲两下，便是两点。

他捧着自鸣钟回到山河尖之后，小心翼翼地把自鸣钟放在桌上，让母亲伸手去摸。那时正是正午十二点，自鸣钟当当当响了十二下，他的母亲很激动，抱着自鸣钟不放，好像又恢复了视力，找到了生活的标尺，活着的凭据。按照店老板的指示，自鸣钟每半个月要上一次发条，另外它响几次就是几点。赵远望一一告诉了母亲，他的母亲还是第一次听说时间也能计算。从此之后，她就习惯坐在自鸣钟前，掐着点来安排事情了。在她的世界里，本来暗黑的河流装上了灯塔，原本忙乱的生活一下子就理顺了。

经过一个多月的忙碌，新房的几面围墙终于完工了，这些工作都是赵远望一个人完成的。到了上梁的日子，这可不是一个人的活，赵远望不得不请来帮手，赵恩夯、赵明、赵谈、赵跑，凡是平时有些来往的，都被他请来了，他还许诺，上梁之后，给大家煮花生吃。他的母亲果真煮了许多花生，在木桶里和了颜料，把花生通通染成红色。大梁架上屋脊的那一刻，赵远望站在房脊上，就像撒种子一样，把整桶的花生撒了下来，孩子们在欢笑声里抢得不亦乐乎，帮忙的人也都装饱了口袋。新房终于建成了。

新房共有八间，其中堂屋五间，但看上去像三大间，因为中间三间只留一个正门，看上去像一间，这就是山河尖最为流行的明三暗五式的房子。还有三间边房，列在正房东侧，其中一间作为厨房。其实，房子还没建好家里已经分好了住处，当中一间比较宽敞，作为厅堂，待客用。正房的最东侧一间给赵远望的母亲，最西侧一间给赵远望作为新房结婚用，其余几间其他姐妹居住。他们还收拾了院子，在院子最西侧用土坯砌了一个花坛，赵摇在里面种了月季、芭蕉、栀子、桂花等植物，秋天的夜晚，浓郁的桂花香飘满了小院，而他们就坐在院子里闲聊。

房子建好之后，赵远望一家人都很高兴，好像生活也因此而改变了一般。曾梅也很高兴，与姐姐见面时的酸楚画面渐渐变淡，她已经走出了那份哀伤。家人们迫不及待地为赵远望张罗起婚事来。

八月十五晚上，曾梅烙了一锅糖滚馍，端上桌时一股甜香飘满了院子，赵摇正要伸手去拿，母亲却似看到了一般，用拐棍敲了敲她的手说："我有个大事要说，别慌着吃，说完了再吃。"赵摇干巴巴收回了手，抹了一把口水。她的母亲把拐棍一顿，郑重地宣布，把赵远望的婚期定在九月十六，留足一个月的准备时间。她说："咱们穷人家的婚事其实也很简单，无外乎几桌好菜，打一坛散酒，找一个厨子挑头，烧菜烫酒，招待好宾客，婚礼就算成功了一半。其余的事情都是自家的事情，丢人也丢不到外边，自然好办。"她还摸出了那只雕着奇怪花纹的古旧镯子，塞给赵远望说，"拿去给曾梅戴上，咱家就这点好东西了。"曾梅系着围裙刚好从厨房里出来，听到了镯子的事，她羞怯地折回头去，跑回了厨房。赵问男到厨房里又把她拉了出来，示意赵远望把镯子给她戴上。曾梅很腼腆，而赵远望很机械，他们僵在那儿好一会儿，还是赵问男夺过镯子给曾梅戴上了。

曾梅一遍遍抚摸着那只镯子，羞赧地说："大娘，这么贵重的东西，我……"大概她想说不能要，可她又说不出来。赵问男在旁边说："收了这个东西，就不能再叫大娘了，你该叫娘了。"姐妹们都笑起来，曾梅的头更低了，可她还是咕哝了一句什么，连她自己都听不见。

又过了三天，赵远望的新房也收拾好了。顶棚上先攀织了麻线，再往麻线上糊纸，做了一个简易的天花板。泥土的墙壁全糊了纸，看上去干净明亮，一尘不染。地面上则用细石铺轧，用夯夯实，平整如镜。木窗上挂起了大红的帘子，靠近木窗的地方，摆了一张赵远望亲手做的大床。这张床也很讲究，做的时候，他母亲就交代过，不能用楝树，也不能用桑树，要用槐树。因为楝树、桑树听起来不吉利，只有槐树最好。床上挂起了赵问男给他做的粉色的帐子，帐面上一头绣着大红的鸳鸯戏水，一头绣着麒麟送子。那鸳鸯活灵活现，好像扎起翅膀要飞似的，把整个房间都衬得活泛起来。床对面放着一张桌子，桌子上放着带罩的纱灯、玻璃镜子等物。

赵摇说："就差大衣柜、床头柜、洗脸架了。"

赵问男笑了："傻丫头，那些东西都是嫁妆，人家女方自会带来的。"她是有结婚经验的人，自然明白这一点。她又指使赵摇："去把你嫂子叫来，让她看看，这房子布置得好看不？"

其实她们说话的时候，曾梅就在隔壁躲着，听了赵问男的话，她撒脚就跑开了，直钻进后院的磨坊筛面去了。赵摇追到磨坊去拉她，她却抱着磨盘不放，死活也不肯去看。赵问男笑着说："反正是你的屋子，这会儿不进去，迟早也是要进去的，难不成你还在磨坊过一辈子？"

九月初十那天，曾梅跟着赵问男回了曾窝子，曾梅姓曾，自然要从曾家嫁出去。还有六天就是成亲的日子，她嫌短，想想却又嫌长，最后慌乱起来不知道该做什么。这几天时间里，赵问男给她准备了大红的嫁衣，崭新的裹脚布，按照规矩，婚礼那天要穿全新的衣服，连裤带都不例外。她把丝线搓成条，在曾梅的脸上脖子上滚来滚去，将细微的汗毛绞掉，曾梅疼得龇牙咧嘴，为了光脸却又咬牙坚持着。曾徒也没有闲着，他花钱请来了木匠，给曾梅赶做了嫁妆，大衣柜、床头柜、洗脸架，一样也没有少。堂妹嫁给小舅子，这是亲上加亲的事，一点马虎不得。

<h1 style="text-align:center">八</h1>

孙瘫子能从洪水中逃生真令人意外，他毕竟是瘫子，不比正常人泅水方便。可是他确实活着，而且比洪水之前活得更精神，更自在。他不无得意地告诉大家，洪水到来时，他将两三个葫芦系在腰里，轻而易举就浮在了水面上。大家听后无不猛拍大腿，为什么自己没想到呢，孙瘫子不愧是孙瘫子，总是那么机智。

孙瘫子毕竟是瘫子，但是他为什么会变成瘫子，却很少有人知道。大家只知道他将腿伸进坟洞里就瘫了，却不知其中的故事。有一次，孙瘫子酒后说漏了嘴，大家才知道原来这就是报应。

有一年，孙瘫子在曾窝子转阴阳时，赶上了一年中最热的那一天，他口干舌燥又渴又累，这时恰巧遇到一片瓜田，他向四周一看，大中午的一个人也没有，他便大摇大摆地到瓜田里摘了个西瓜。可是孙瘫子能掐会算，做什么事情总与别人不同，他一见那浑圆可爱的西瓜蛋竟发起善心来，舍不得拧断那根瓜藤。怎么办呢，孙瘫子总是有办法的，他拿出一把小刀，在瓜下挖出一块小口，只需用小刀挖出瓜瓤就可大快朵颐了。按道理说，饥渴难耐时吃人一个瓜，原是件极平常的事，可孙瘫子却不然，他喜欢恶作剧，神不知鬼不觉地做些事情，最后吓人一跳。吃完之后他突然感到肚子里咕噜噜不停打鼓，终于忍不住了，对着西瓜上的小口就是一阵排泄。可想而知，那个浑圆可爱的西瓜蛋里装的不是瓜瓤，而是一摊稀屎。孙瘫子拉完之后，还不忘将那块小口合上，伤口自会愈合，西瓜照样成熟。那块瓜田是曾老三的，到了卸瓜时节，曾老三给邻居们也分送了几个，那个西瓜恰好送给了曾老大。那天曾老大家来了客人，他一边热情地招呼，一边劈开了那个西瓜，结果可想而知。曾老大与曾老二本是一个娘的亲兄弟，也就因为这件事，后来再也没有来往过。

孙瘫子做过很多这样的事情，以至于他的名字变成了一个符号，只要说谁谁缺德，往往都会说"谁谁太孙瘫子了"。因此，那年为赵长看选择坟地时，他的腿被田鼠咬了一口，便不可救药地直接变成了瘫子。他自己心里也明白，这就是报应，早晚会来的。

九月十五这一天，他又路过曾窝子时突然想起那件事来，心中竟不由得生出一丝怜悯来，曾老大天生老实，无辜来到世上，无辜开了一个稀屎西瓜，又无辜被洪水取了性命。若说曾老三被洪水淹死，也算报应不爽，谁叫他与自己的亲侄女胡混来着，可这曾老大的确是可怜的。想到这里，孙瘫子就想去曾老大家看看，这股欲望还真强烈，推着他的独腿和他的拐杖，真就去了。他敲开了曾老大家的门，给他开门的正是曾老大唯一的儿子曾徒。曾徒一手拿着打野兔的土枪，一手提着菜刀，正守在院子里，一看是孙瘫子，赶紧将小指堵在嘴上嘘了一声，告诫孙瘫子千万不可出声。孙瘫子吓了一跳，这是怎么回事？他们站在院门下挤眉弄眼起来，只是孙瘫子又掐又算也弄不明白曾徒到底在说什么。就在这个时候，后房里传来几声婴儿的啼哭，曾徒原本凝重的脸一下子就舒展开来，孙瘫子终于弄明白了，估计这小子当爹了。

这时大匣子抱着两个初生的婴儿跑了出来，一手一个，一边跑一边喊："曾徒你小子出息了，得了两个大胖小子，两个啊，你小子行啊。"真如赵问男母亲说的，她听出来了，双胞胎，一点也不错，赵问男的确生下了双胞胎。大匣子跑到曾徒身边，递过去一个，自己抱着一个，腾出一只手指着婴儿的腿裆说："你看看，带把儿的，带把儿的。"两个婴儿兀自啼哭着，扭动着细如藕段的胳膊腿，陌生地看着这个世界。

曾徒乐歪了嘴，一手还提着那杆土枪来回磨蹭，在院子里转了两三圈，喜得停不下来。他逗弄着手里的婴孩，嘎嘎地笑着："带把儿的，带把儿的，确实是带把儿的。"叫啥名儿呢，他抬起头来看着孙瘫子，"对了，孙大爷，你见多识广，给俺儿起个名儿吧。"孙瘫子倒愣住了。"我这也没做准备啊，书也没带。"他猛地一拍大腿，"对了，人撞不如天撞，你手里不是拿着刀枪吗，就叫曾刀、曾枪，响亮，将来不受欺负。"曾刀和曾枪的名字就是这样来的。得了儿子的曾徒很高兴，在小生命面前，足以忘记所有的前世恩仇，他强留孙瘫子在家吃饭，说什么也不让走。大匣子跷着二郎腿已经在桌子前坐下了，支起胳膊居功等赏，仿佛那婴孩是她生的一般。

在曾徒的挽留下，孙瘫子、大匣子都坐了下来，这顿饭不吃是不行了。

老曾家可真是双喜临门，不但得了一对带把儿的娃娃，曾梅的婚期将近，也要出嫁了。她已经在堂哥家住了好几天，这几天忙里忙外一刻也没闲着，今天又碰上嫂子临盆，更是手忙脚乱。但她很高兴，只要一想到即将出嫁，就抑制不住那股高兴劲儿。她端着一笼香喷喷的土豆出来时，脸仍是红的。大匣子说："我看出来了，你是要嫁人了，你看这小脸红的。"曾梅扯着围裙把头低下去，没有答应，也没有反对，她侧身在桌角坐下来，还是不敢抬头，因为太紧张竟不小心碰倒了曾徒的土枪。土枪大概坏了，倒在地上时发出一声沉闷的破壳腔。曾梅很不好意思，弯腰就去捡枪，却在这时发生了一件怪事——那枪自己响了——轰的一声走火了，像晴天里一个霹雳。四个人都吓了一大跳，原本止住啼哭的婴儿也似受了惊吓，又嘤嘤地哭了起来……孙瘫子手里捏着一个剥了皮的白生生的土豆，竟眯起小眼睛来，土豆渣还在他嘴角颤抖着，他吞咽了几次，也不知是土豆还是口水，搅在一起咽了下去，这才定下心神来，皱着眉头说："完了完了，淮河湾里又要出大事了，刀枪无眼，人命关天，这下有得折腾了……"说完他饭也不吃了，起身将布袋子往肩上一搭，一瘸一拐地出门去了。大匣子看着他的背影骂道："狗嘴说不出来好话，我看他头大腰细迟早枪毙，还说别人呢，真以为自己会算啊？"说完，她狠狠啃了几个大土豆……

九月十六终于到了。曾梅一夜未睡，她把嫁衣试了三十四遍，鞋子试了七十二遍，雕着古旧花纹的镯子擦了又擦，直到曾徒推门进来她还擦拭着大衣柜、床头柜、洗脸架，大衣柜上的铜拉手已经被她擦出了金色，闪闪发着光。其实她在心里已经预演过无数遍，如何上轿，如何下轿，如何给母亲端茶，真到了这一天却还是紧张。她怕自己忍不住会笑出声，怕出丑怕丢人，尤其是怕赵家的人笑话。听到推门的声音，她以为赵远望来了，猛地回头才发现是曾徒。曾徒看着这个腼腆的堂妹，只觉好笑，他说："你得回床上躺着，不能下来乱跑，这样会让人家笑话的。"曾梅慌张起来，幸好啊，幸好来的不是赵家的人，她赶紧跑回床上去了。可她又怕等会儿有人敲门听不到，怕赵家的人在外久等，就嘱咐曾徒，一定要仔细听着敲门声。

赵问男在后屋里睡着，她怀里的婴儿正在吃奶，她很想起来看看曾梅，毕竟是过来人，能为她提些意见，可大匣子临走时交代过，坐月子就是坐月子，不要瞎跑，不然老了落一身病，谁也救不了，她只好老老实实躺在床上，等曾徒为她伺候月子。她看着怀里的孩子，又好气又好笑，她不无抱怨地说："你俩也是皮孩子，早不来晚不来，偏这个时候来了，你舅跟你姑不恨死你才怪。"谁知那孩子好似听懂了她的话，不依了，扯开嗓子哭了起来，越哭越凶，不管如何哄如何喂，他就是不停，呱呱的哭声传开去，老远都能听到。她只好叫回了曾徒，抱走一个到别处晃悠去了……

曾梅听到孩子的哭声心里更急了。今天是举行婚礼的日子，她太开心，只要看看嫁衣，看看手上的镯子就会不自觉地笑出声来。她已经穿好红衣，顶了盖头，轻轻坐在床沿上。她在猜测，赵远望会以怎样的形象出现，骑着高头大马还是步行，穿着新衣还是旧服，他学会了笑吗？他穿上了她给他做的新鞋没有，他会不会喊她的名字？她不时扯下盖头来，跑到窗前往外看。太阳高了，如果有自鸣钟的话，大概也到了九点钟，轿子怎么还没有来呢？她焦急地等待着。

秋天的早晨已经有些清冷，几只不知名的鸟儿在院中的树上撒着欢，在仅存的几片叶子间跳着、叫着。阳光洒在院子里，照在被漆成朱红色的大衣柜、洗脸架上，显得特别鲜艳……

这个时候，院门那儿突然传来一阵急促的敲门声。原本就趴在窗前的曾梅跳了起来，终于来了，终于来了，她抑制不住心头的喜悦，提着裙摆跑了过去。她要给赵远望开门，要给他看自己的大红嫁衣，还要告诉他她等得很着急呢。

门打开了，曾梅却愣住了。

门口站着五六个人，戴着一样的帽子，穿着一样的衣服，还有一样的鞋子，他们手里端着枪，身上背着沉甸甸的行囊。一见到曾梅，几个人的脸上立即露出喜色，竟指手画脚叽里咕噜说起话来，连一句也听不懂。曾梅慌了，她赶紧回身关门，却已经晚了，那几个人已经推开了院门，他们扑进来，扯住了曾梅，活像饿狼一般。

那块盖头因为撕扯而落了地，被踩上了脚印，沾满了泥土……

九

九月十六是赵远望结婚的日子，他家的院子早就热闹起来了，土墙木桩上都缠着红布，院里院外都散发着酒香，孩子们忙着抢鞭炮，有的钻到桌子底下，有的骑在土墙上，还有的爬上了树梢。一帮吹唢呐的人鼓着腮帮子，恨不得把唢呐吹炸，声响直飘出几里开外。赵远望的母亲端坐在堂屋里，一手握着拐棍，一手扶着自鸣钟，指挥着一切。按照习惯，门内的老少都要来帮忙。遇到红白事情，门内的人还是很亲的，他们过来了，就算没有礼钱，毕竟添把人力。赵恩夯是有名的大力士，而且他家有顶轿子，凡山河尖的媳妇，无不是他家的轿子抬回来的，接亲的事自然要安排给他。赵跑年轻腿快，给厨子打了下手，来安排酒菜。凡腿脚好使的，都被安排了活儿……

"九点了，你们去吧。记住，不走回头路，去时走旱地，来时坐船。十二点之前要回来，可不能落到晚半天。"赵远望的母亲听到自鸣钟响了九下之后说。

唢呐声响了起来，迎亲的队伍缓缓地动起来。赵远望骑在骡子上，骡子的脑门上系着一束红花，与赵远望胸前的红花一样。按理说，这匹骡子今天也算风光了，可它并不高兴，时不时尥着蹶子往后退。赵远望用他穿了新鞋的双脚夹紧它的肚子，它才勉强前行，嘴里却仍噗噗地抗议着。赵远望坐在骡子上，面无表情，像一个玩偶，仿佛是替母亲去完成这场婚礼。骡子后面跟着轿子，四个人抬着，赵恩夯走在轿子的侧面，他不时提醒着大伙："伙计们出力了，东家有好酒，咱们快步走。"他这么一喊，轿子果然快了一些。轿子后面是两辆独轮车，一辆载着米和面，米面上都盖着红纸，一辆载着赵远望的两个妹妹，一边坐一个，她们是去请嫂子的。最后面是吹唢呐的，为首的那个人最见功夫，有时仰天嘶鸣，有时垂首猛吹，欢快的曲子飘在河岸边的小路上，与大家的步子正好合拍。

一路上，除了赵远望大家都在笑，走过老龙窝的时候，赵恩夯还扯开嗓子唱了几句：

我家住在淮河岸，哎嗨，这里的汉子壮如山，哎嗨，大姑娘可要听我劝，哎嗨，认清咱家再上船，哎嗨。

他举着右手，露出手臂上壮硕的肌肉，也不管别人的讪笑，唱完之后咧着白牙嘿嘿笑着，比他自己娶亲还要高兴。

过了老龙窝就是三岔渡，白露河与淮河的交汇口。说来挺巧的，一大群商船正打这里经过，雪白的帆映着秋日的朝阳，有点炫目。河边上有几串纤夫，正倾斜着身子拉纤。尽管天已凉了，他们仍穿着短衣，脚上是草鞋，粗长的纤绳搭在黝黑的光脊上，似乎能磨出油来。据说船商会根据他们身体的倾斜程度付钱，因此他们都拼了命地向前倒，让身体与地面之间保持三四十度的夹角。不知道为什么，一串纤夫中总会夹杂着一两个不穿衣服的人，甚至连鞋子也不穿，赤脚走在沙滩上。他们很害羞，一旦见到河边有人，就会躲在那些穿衣的纤夫的侧面。赵恩夯一看那些光屁股的纤夫，便又咧开大嘴唱了起来：

　　大船桅白又白，走船的又要发大财，大船桅高又高，拉纤
的屁股满是包……

　　纤夫们也喊着号子，与岸上抬轿的号子遥相呼应，在河面上能传
出老远。纤夫中有个领头的唱一句，其他人便用"吼嗨"声作为回应，
既能起到统一脚步的作用，又壮大声势，苦中作乐，心理上勉强轻松
一会儿。只听他们唱道：

　　拉起纤绳背朝天，吼嗨，走过一滩又一滩，吼嗨，不等日
头落下来，吼嗨，前面就是山河尖，吼嗨。

　　纤夫的号子虽响，赵恩夯不服，他喊：

　　船上姑娘像朵花。

　　四个抬轿的便喊：

　　好像田里花蚂蚱，一把趴到牛尼尼。

　　大家哄笑起来，总算把纤夫比下去了。

　　商船过了三岔渡，迎亲的队伍也进了曾窝子。赵恩夯撸起袖管，帮
赵远望把骡子勒住，又飞快地跑到曾徒家去砸门，只可惜砸了半天也
没人开门。赵恩夯不管三七二十一，飞起一脚把一扇大木门踹倒在地，
唢呐声又响了起来。不过唢呐只响了一下，突然像临死的公鸡，哏一

声蔫巴下去了。

院子里有两个人，一个挂在树上，身上披着凌乱而又破烂不堪的大红嫁衣，一条红绫穿过树杈，挂住了她的脖子，她正在上吊。上吊的是曾梅，她的头发散乱地披在面前，脸上已少有血气，煞白煞白的。另一个正拼命踮脚，要将上吊的人从红绫上取下来，是赵问男。她似乎吓傻了，不知开门，也不知呼救，见有人进了院子，慌着往后退。直到看出是赵远望进了院子，她才哇的一声哭了出来，痛彻心扉，说不出话来。

赵恩夯力大，他一伸手，就把曾梅从红绫上取了下来。赵远望也傻了，他接过曾梅，浑身颤抖起来，他以为她死了。不知是谁问了一句，这到底是怎么了？大家带着同样的疑问，看着赵问男。可惜赵问男说不好话，她哭晕了。赵远望看着面前的两个女人，竟生平第一次生出一股莫大的仇恨来，他的眼泪也迸出了眼眶，大概这还是他第一次哭，他那原本毫无表情的脸因为痛苦而扭曲，他终于吼了一声，也晕厥过去。

赵远望醒来的时候，赵问男已经恢复了说话的能力。她边说边哭，断断续续，说到恨处，竟用拳头拍打起自己的头颅，仿佛不击毙自己，就解不了心头的那股恨意。

"我在后屋里躺着，姓曾的抱着孩子出去了。我听到院子里有声响时，几个人，几个禽兽正对曾梅……正对她……"说到这儿她已经说不下去了。她的手指抠进自己的手臂里，渗出丝丝鲜血，却似感觉不到疼痛，"后来他们看我在喊人，他们就，就走了。"所有人都懂她的话，他们盯着曾梅，曾梅身上破烂不堪的嫁衣，嫁衣遮挡不了的雪白的肌肤。他们的眼神里有三分之一的可怜，三分之一的恐惧，还有三分之一怪异的味道。

"是土匪？"赵恩夯问。他这句话一出口，同行的人立马戒备起来，大家都张目向院外看去。却听赵问男哭着说，不是的，他们说话叽里咕噜，我们听不懂。

在赵远望两个妹妹的照顾下，曾梅终于回过一口气来。她醒了，第一眼就看到了赵远望，可她马上转过了头，以头触地："让我死吧！"她的声音很尖厉，撕着每一个人的耳膜。这个时候她莫名地想起那场洪水，想起赵远望把光着身子的她拉进了棺材，现在她多希望没有进过那口棺材，被洪水冲走，被大水淹死，都好过现在。赵远望一手拉住了曾梅，搬起她鲜血淋淋的额头，定定地看着她。而她咬着嘴唇，缓了好半天才想起哭泣，也只有见了赵远望她才想到哭泣："哥，你让我死吧，我下辈子再嫁给你。"说完她又拼命挣扎，想要挣脱赵远望的手。赵远望却不知说什么，想了半天才挤出几个字来："我不叫你死。"他们就愣在那儿，一动不动。

树上的红绫仍挂在那儿，地上的盖头仍陷在泥土里。院里的桂花正香，熏得人头疼……

过了许久，赵恩夯扯了扯赵远望问道："你是东家你做主，这亲还接吗？"赵远望不知从哪儿涌来一股力量，狠狠地说："接。"曾梅还是上了轿子，是赵远望的两个妹妹架上去的。他们抬走了轿子，却没有去抬大衣柜、床头柜、洗脸架，大家出了院子准备上船时，赵远望捡起了那个红盖头，揣进怀里。他仍没有说话，牵着骡子上了船。

回来的路上，没有人喊号子，也没有人说话，只有骡子不时发出噗噗的抗议。当船行到老龙窝的时候，他们又遇到了那队商船，炫目的白帆挤在一处，已不仅仅是白，有的变了红色，有的连着桅杆倒在河里。商船横七竖八地散在河面上，有的已经开始下沉。再看河里，漂浮着木箱、船板、家具，还有死人，死人身上都在冒血，河水为之赤红。赵恩夯一眼就认出了那个光屁股的纤夫，是他，他的光滑的脊背上有三个拇指般大小的洞，正汩汩冒着血，他的身侧都是人，有的抱住木板不放，有的已经爬上了船，却死在船舷上。这些没了舵手的船在滚滚的淮河上漂浮着，拖在船后的手臂般粗细的纤绳上，带着一串死人，顺流而下，缓缓前进着。他们都死了，没有一个活口。迎亲的队伍呆住了，就算土匪围攻赵国栋家的那个晚上，他们都没有见过这么多死人，他们被吓傻了，以至于忘记了划船。迎亲的船是自己漂回山河尖的。

河风在呜咽，水鸟在悲鸣，整条河好似一条血河，整个天地都在哭……

赵远望家的院子里已经摆好了酒席，众多宾客正等着迎亲的队伍回来，等着看花枝招展的新娘子，等着看新人拜堂，等着开席喝酒。一些顽皮的孩子，提着鞭炮，一直跑到十字街南头的码头边，按照大人们的交代，只要一看到迎亲的大船，立即点燃鞭炮。他们爬到堤坝上，踮起脚尖眺望着，还是看不到大船的影子，就爬到大树上，这下看清了，大船很慢，顺着水势正往回赶。于是他们呼啸一声点燃了鞭炮，噼里啪啦地炸起来，吓得孩子们跳跃着躲开了。一听到鞭炮声，宾客们都按捺不住了，纷纷起身，挤在院门口的空地上，引长了脖子往码头看去。隔着光秃秃的树枝，他们终于看到了迎亲的队伍，披红挂绿，浩浩荡荡，急匆匆地向十字街走来。但是他们很快就注意到了，被派去迎亲的小伙子们，一个个垂头丧气，有的甚至惊慌失措，不时回头向淮河里看看。

第一个跑进院子的是赵恩夯，他面无血色，似乎受了极大的惊吓，一见到老少爷们，他就指着淮河的方向结结巴巴地说："死人，死人，都是死人，河里全是血，血河，那是一条血河。"说完这句话，他还没来得及解释，就拉着他的母亲朝家里奔去，根本顾不上吃酒席的事。平时木讷的赵远望这一刻反而很冷静，他说："不知道出了什么事，河里的一个船队都死了。"他给赵恩夯的话做了解释和补充，但这句话一说完，原本满院的宾客，顷刻间便散去了，连新娘子也顾不上看，更不用说喝喜酒了。

赵远望看着冷冷清清的大院子，竟已疲惫至极，全身都脱了力，扑通一声蹲坐在地上。他的母亲摸出堂屋大门，虽未看到什么，却知道出了事。她伸开双臂，两手凭空摸索着、寻找着，她问："梅子接回来了吗？在哪儿呢？"赵远望这才拼着力气爬起来，掀开了轿帘，把曾梅抱进了新房里。

曾梅浑身都在颤抖，冥冥中有个强烈的声音呼喊着她，去死，去死，于是她起身，敏捷地绕过屋里的家具，竟未发出一点声响，跑到窗下，在簸箕里拿了把剪刀。她本来想一剪刀结果自己的，可她突然痛恨起自己的身子，她嫌自己的身子脏，她要在死去之前毁了自己的身子。剪刀在她的皮肤上划过，原本白皙的皮肤上立马漾出了血花，一道一道，就像新织的渔网。她一点都未感到疼痛，真的，她感到的是一股轻松，她感到很解恨，就继续划，划过大腿，小腹，胸脯，手臂……这时候赵远望进来了，他被曾梅吓了一跳，慌忙跑过去夺下了她的剪刀。她却嘶吼着要夺回剪刀，她说："让我死。"她像一头兽，力大无穷，几乎把赵远望摔了一个趔趄。可赵远望就是不放手，他不但不放手，还伸手抱住了曾梅，两个人就那样站着。曾梅开始骂，骂所有人，却又听不出在骂谁，她的眼泪和血液混在一起，随着骂声溅得满屋都是。到后来，她不哭反笑，笑得花枝乱颤，语不成声。

这时，堂屋里的自鸣钟响了，整整十二下，当、当、当……

十

洪水过后，淮河水位一度下降，水面一年比一年窄，到了赵远望二十岁这一年，竟比史上任何时期都要低。它的支流也都出现了旱情，到最后，娘娘庙门口的那道干渠，水位也开始下降，越降越低，直到露出了干涸的沟底，庙塘底朝天，变成了一块块皲裂的焦土。山河尖人吓坏了，孙瘫子说过，庙塘不干，山河尖不亡，如今这是怎么了，连着淮河的干渠竟然干了，莫不是天有大灾？赵国梁听说了这件事，立即发动全村的劳力，就算用水桶挑，也要一桶桶把庙塘灌满。山河尖人果然能干，他们修建堤坝，把干渠和庙塘截断，再从淮河里挑水，共计四万八千五百多桶，终于把庙塘灌满了。他们这才睡得踏实，吃得放心。可是，庙塘不干，山河尖就会没事吗？不，山河尖再次陷入了恐慌……

这次的恐慌从淮河里来，波及了两岸的大地。与以前不同，这次恐慌的到来，山河尖人根本不知道对头是谁，也不知下一次袭击何时到来。大家本以为赵国梁会知道一些特别的消息，从赵远望家往回跑的时候，抽空问了问他，赵国梁却一脸茫然，他也在跑。最近他忙于整理那座新接手的大院，应付那几个新接手的姨太太，还要陪刘青儿唱戏，竟没接到任何外来的消息。大家只好各自回了家，他们唯一能做的就是闩好门，将狗喂饱，把灯熄灭，只吃干粮，杜绝生火做饭。家里有土枪的人，还将土枪摸了出来，重新擦亮上药，架在窗台上戒备。

赵远望家本来就很少点灯，现在就更不点了，不点灯敌人就没有目标，相对就安全一些。他将自鸣钟上的那把汤匙取了下来，以防它发出声响而招来麻烦。又把母亲和姐妹都安顿好，然后陪着曾梅坐在新房里。他怕曾梅再寻短见，一步也不离开。他也不知道怎样劝慰，也许这个时候什么劝慰都不顶用。黑暗中赵远望握住了曾梅的手，就这样静坐着。

夜已经深了，这个夜晚特别静，连平日的鸡鸣狗吠都听不到，后来当人们提起那个晚上，都会流露出惊惧的神色，太漫长了，太安静了，老鼠磨牙的声音都听得一清二楚，咯叽咯叽，咯叽咯叽，显得夜更静了。他们强闭上眼睛，却怎么也睡不着。恐惧往往来源于未知，事情越是蹊跷，他们越是害怕，倒不如来得快些呢。所以他们都在等待着，等待着灾难的来临。

寂静往往是暴风雨前的先兆，大家都等累了，他们几乎要睡着了。偏偏在这个时候，村口传来了枪声。枪声一旦响起来，就接连不断，还间杂着人的呼喊声，叫爹叫娘叫老天爷，还有一个叽里咕噜听不懂的声音，说着说着咽住了，像打了个饱嗝，哏的一声闭了嘴。山河尖人吓坏了，躲在被窝里仍觉不安全，又悄悄地爬起来溜到床底下，有的在被窝里放了屁也强忍着臭气，不敢探出头来。就连山河尖的狗也吓坏了，一百多条狗一起狂吠起来，一声高过一声，竟掩盖了枪声。

赵远望很冷静，经过迎亲的事情之后，他像变了一个人，不再羞怯，敢于出头，胆子也越来越大。很多年后，赵跑曾向他问起一个奇怪的问题："你是怎么长大的？"赵远望的回答也很奇怪，他说："我不像别人，都是慢慢长大的，我是在某几个瞬间突然长大的。"第一次长大是拿着哥哥温热的手臂时，第二次是在棺材里看星星时，第三次是在曾窝子迎亲时。他真的变了，他的胸腔里燃起了怒火，比以往任何时候都熊烈，若不是考虑到家人的安全，他几乎要孤身一人冲出大门去了。

这时远处的枪火已经停歇，人声却更嘈杂，一柱耀眼的光束向四处探着毒舌，所照之处亮如白昼，什么都能看清楚。他们也有狗，人把高的大狼狗，吐着鲜红的舌头，光束照在哪里，它就扑到哪里，它的吠叫声一响，山河尖的恶狗们立即闭了嘴，包括赵国梁的那只黄毛狗，连屁也不敢放一个。

过了一会儿，那束光朝村后的树林照去，人群和大狼狗都去了。赵远望从土墙上的风洞往外看，那些人手里端着枪，枪头上还插着明晃晃的尖刀，在那束强光的照射下，晃人眼目不能直视。大狼狗的鼻子似乎嗅到了什么，它绕过赵远望的院子一边狂吠一边跑，一溜烟朝村后去了。那些拿枪的人紧跟在大狼狗身后，所过之处凡有柴堆杂草的暗处都用刺刀试探，不一会儿就消失在赵远望的视线之外。他回过身转到后院，爬上棺材板踮着脚往外看，光束就在村后的树林里，他一抬眼就看到了。可是就在抬眼的一刹那，他却看到了一生中最血腥的画面，太血腥了，他两眼一黑，头脑发晕，差点从棺材上倒栽下来。但他把那个画面记在了心里，就像一场噩梦，怎么也忘不掉。日后不管遇到什么情况，他都能从厄运里找出庆幸的理由。可是当时，他却是痛苦的，他牙关紧咬，嘴角渗出血来，双手抠进了土墙，土坯被他掐成细土，漱漱地滑落到地上，与大地连成了一体。

大狼狗正在进食，它不停地咀嚼着，口鼻里都滴着鲜血。赵远望看得非常清楚，它嘴里咀嚼着的是一只脚，脚趾在它那锋利的牙齿下发出脆生生的断裂声。吃完了脚趾，它还未饱，转头去寻新的食物。它的脚下有一个人，一个失去了双脚的人，那人亲眼看着自己的双脚被大狼狗吃掉了，大概他唯一的期望是快点死掉，或者弄瞎自己的双眼，那样至少看不到大狼狗是如何吞吃自己的肉体。可惜他动不了，他只能任狗宰割。大狼狗终于撕开了他的胸膛，就像山河尖人吃鱼时咬破一个鱼泡那么简单，伴随着一记短促沉闷的爆裂声。他看到了鲜血，也看到了自己的心脏……

终于，那群人走了，大狼狗也走了，地上只留下一具残缺的尸体，和一摊鲜血。赵远望趴在土墙上，趴了好一会儿，眼泪忍不住落了下来，这是他一天之内的第二次流泪，也是许多年来的第二次流泪。他开始怀疑起来，刚才发生的一幕到底是不是真实的，世间真有这么残忍的事情吗？他很想过去探探那人的鼻息，或者替他收拾起原属于他的肢体，可他抑制不住自己的情绪，这个长年面无表情的人，终于失控了。他从棺材上跳下来，蹲在墙角呜呜地哭起来。

在这时，他所踩的棺材盖却缓缓地移动开来，一双满是鲜血的手攀着棺材板吃力地移动着。一个血淋淋的人从棺材里坐了起来，大概因为憋得太久，已经呼吸困难，他大口喘着气。这个人头发很长，披散在肩头上，遮挡了他的脸。可以看出来，他也受了伤，他用手捂着的右肋满是血迹，鲜血染红了他的皮衣。不过他也不是省油的灯，他的皮衣里揣着枪，一种单手可执的短枪，看到赵远望的那一刻，尽管他已受重伤，仍能敏捷地举枪指向赵远望。只可惜他流血太多了，又加上移开棺材板时，消耗了他的体力，他还没有瞄准目标，就晕倒在棺材里了。

赵远望年纪虽然不大，但他已经救过很多人，曾桃、曾梅，那些差点在大水中死去的人，都是他救活的。他自己也说不出为什么，见到濒临死亡的人，他的内心都有个声音在呼喊："去救吧，去救吧，不救不行，就算是仇敌，不救也比救了更难过。"他喊起了他的母亲，他母亲有过挽救生命的经历，或许她能救活这个人，这是赵远望当时所能想到的唯一人选了，毕竟他的母亲曾给母鸡做过"手术"。他记得很清楚，有一年，三婶的豆子才出苗，就被村里的鸡鸭牲畜祸害了大半，她气不忿，就用小麦拌了耗子药，撒在豆田里，可怜那群活蹦乱跳的牲畜，除了赵远望家的几只鸡，都被毒死了。那时候他的母亲还没有瞎，她将那些吃了毒药的鸡抱到火灶前，给它们母亲般的温暖，再以剪刀剖开它们的肚腹，亲手清理出那些臭气熏天的麦粒。她的针线极好，刺绣更是远近闻名。谁能想到，这手针线女红还能救命呢？她把针线在酒里浸泡多时，再一层一层将母鸡的肚腹缝合，竟然缝出了不同的图案。没过几天，那些做过"手术"的鸡鸭竟然奇迹般地存活下来，继续生蛋，继续奉献。而且它们的肚了上都留下一些刺绣般的图案，再也不会走丢了。赵远望对母亲的手艺甚为惊奇，那时他已不是孩子，他听说医生治病用的就是这种缝合法子。

母亲起来了，她用颤抖的双手摸索着抠出了那人肋下的三颗子弹，又用赵远望婚礼上未曾喝过的酒给他清洗，最后抓了两把锅底灰掩在伤口上。手术完成了，那人躺在棺材里，始终未醒。她摸了摸那人的脉口，以确定他还活着。是的，他确实还活着，她并不惊奇。可她却在那人的手腕上摸到一样特别的东西——镯子。那是一只雕着古旧花纹的镯子，因为汗水的浸染，镀上了一层灰暗的浮色，显得特别古老。她僵住了，过了好一会儿，她才褪下那人的镯子，足足摸了半个钟头，她对赵远望说，拿去，跟曾梅手上的镯子比比，看看可是一样？

曾梅仍坐在昏暗的新房里，连一丝生气也没有，好像与墙体、地面融为一体，或者她本就是一件家具，木然的，模糊的。赵远望点起了油灯，曾梅依然没有动。他拉起她的手，盯着那只雕着古旧花纹的镯子，一一对照，终于确认它们确是一对儿，绝对错不了。他没有说话，吹灭油灯就进了厨房，他在寻找一把趁手的刀，柴刀比菜刀锋利轻便，这是他的直觉。

不用再问母亲，他已经明白了，那只镯子属于他的大姐赵笑。他对母亲说，一模一样，是一对儿。然后他紧了紧手里的刀平静地说："我去杀了他，他就是抢走大姐的土匪。"他以为母亲会点头，她的眼睛就是为了赵笑才哭瞎的，她长久以来的噩梦还在继续，她会没有恨吗？可他错了，母亲摇了摇头，她轻叹了一声说："等他醒了再说吧！"然后她就扶着土墙回屋去了。

那晚，她本已瞎了的眼睛里再次浮现赵笑的身影，她浑身湿淋淋的从河里上来，湿漉漉的头发粘在脸上，她站在门前，母亲要她进屋，她却不进，她要她的镯子，要她的嫁衣，她说她很着急……

那个人是三天之后才醒来的，他很虚弱，也很惆怅。遒劲的须髯在他脸上盘结，显得脸更加苍白了，他的嘴唇像开裂的松树皮，因为颤动而发出撕纸似的声音。但他的眼睛很奇怪，与他的伤情极不相称，简直就像偷吃豆叶的兔子，骨碌碌乱转，带着与生俱来的机敏，散发出一股异光。赵远望按照母亲的吩咐，给他喂了水，又给他喝了粥，直到他能开口说话。

"你是谁？"他开口之后的第一句话是问赵远望。

"你是谁？"赵远望坐在棺材沿上，看着地，地上扔着一把短枪。那人的眼睛转了一会儿，终于停了下来，他看看肋下的伤口，又摸了摸怀里，才开始说第二句话。

"是你救了老子？"

"不是，是我娘。"

"老子叫张恨忠，老子在关叉湖遇到了日本鬼子，顺着河一路打到这儿，我的女人死了，我的兄弟们都死完了。"那人放松了警惕，终于说了实话。说这话时，他的脸上浮现出一种难以捉摸的痛苦。

"日本鬼子？那些人是日本鬼子？"

"对，这些狗娘养的日本鬼子，杀我们的兄弟，强奸我们的妻女，抢劫我们的东西。他们从东边来，顺着淮河来的，比老子还狠。"张恨忠说话的时候，牙缝里似乎能溢出仇恨来，咬得嘎嘣响。他看了看赵远望说："我还有个兄弟，朝后面树林去了，你见过他没？"

赵远望没有抬头，他正把玩着手里的镯子，翻来覆去地摩挲，突然他把镯子亮在张恨忠的面前，死死地盯着他的眼睛问："这个东西是哪里来的？"

张恨忠身上的跋扈劲突然没了，他沉默了一会儿，抬头看看天，好像在回忆往事。

"是一个姑娘的。"他说，"几年前兄弟们替我抢了个姑娘，谁知道她是个硬骨头，还没上船就投河了。"他说话的时候很平静，也没有后悔，好像那是别人的事。他说："他们在河里撵了几里路，才把她捞上来，一看死了，当时她手上就戴着这玩意儿，这玩意不错，值俩钱。"

"你把她埋在哪儿了？"这句话是吼出来的，带着撕心裂肺的疼，是赵远望母亲说的。不知什么时候，她已经来到后院，就在院门口站着，她拄着拐棍的手还在颤抖着。然后她的声音低下来，重复道："你把我闺女埋哪儿了？"

张恨忠看了看她，似乎明白了什么。他的虬髯翘着，声音却低了下来，他说："兄弟们把她埋在朱大寺下面的土岗上了，上面盖了个大石头。"过了一会儿他摇摇头，满不在乎地说，"既然摊上了，要杀要剐随便，老子无话可说。反正老子这条命也是你们救的。"

赵远望顺手捡起了柴刀，扑过去，把刀按在张恨忠的脖子上。他的手臂因为用力而青筋暴露，鼻子拧在一起，鼻息浓重发烫，只要稍一用力，就会血流成河。可她的母亲叫住了他，她说："让他走。"她用拐棍在面前探路，一步一步走了过来，她接着说："我儿子可以死，可以伤，就是不能当杀人犯。"说这话时，其实她想到了很多东西，温热的手臂，湿淋淋的赵笑，挂在树枝上的脚，但她说这话时很有力，她用拐棍捣着地，一字一顿，铿锵有声。赵远望很听话，他不像他的哥哥们，敢打敢拼，提起柴刀已是他最大限度的爆发。对于母亲，他总怀着一种畏惧，所以他听话，这也是他得以长寿的秘法。他把柴刀扔了，给了张恨忠一巴掌，同时倾尽平生之力，说了一个字："滚。"

张恨忠愣了一会儿，他依然仰靠在棺材里。他曾在战场上杀敌无数，也曾占山为王欺男霸女，无论面对多么强大的敌人，他从来都不曾眨过一次眼睛，他对自己的力量，自己的凶狠，太自信了。可是此刻，在这个瞎了眼睛的老太太面前，他竟觉得疲乏无力，连枪也捡不起来。他愣了好大一会儿才缓过神来，他不敢看她，甚至不敢顶撞她的话，不敢在她面前自称老子。他突然感觉自己就像个手无缚鸡之力的孩子，而她才是最有力量的那个，她的拐棍戳在地上，那咚咚的声响震颤人心，她的话有一股大力，逼得他根本喘不过气来。那天，他是爬着离开山河尖的。

十一

张恨忠给山河尖人带来了一个新词——日本鬼子。

山河尖人第一次听到日本鬼子这个词，都难以理解，大家都在猜测，日本是什么，他们真的是鬼吗？但这个词却在山河尖很快传了开来。再加上赵远望曾亲眼看到大狼狗吃人的画面，他们总算知道了对头是谁，赵远望的描述虽然很朴实，很平静，山河尖人还是吓呆了。狗，狗怎么会吃人呢？狗应该吃屎才对嘛。

有一天晚上，几个稍微胆大的家伙聚集在赵明家的茅屋里谈论着，他们灯也不敢点，烟也不敢吸，把声音压到最低，摸黑说着话。赵明说："前两天有只商船从这儿路过，船上的人说，日本鬼子住到了龙王镇，大概是不想走了，有五六百人呢。既然住到这儿，是人就要吃喝，几百人的伙食，周围的庄子还好得了吗？再说了，他们人人都有枪，据说还有大炮呢，咱们也别指望过活了，这可咋办哟。"赵明的话让大家更加恐惧，比以往任何时候都怕。多年以前，他们曾怕过土匪，可是土匪并非见人就杀，土匪没有大狼狗，土匪不吃人心，土匪也杀不了那么多人。他们也曾怕过赵国梁、赵国栋，怕他们带走自己的孩子，可是只要你砍下孩子的一只脚、一条腿，他们就不再管了。他们还怕天灾，怕漫天的蝗虫，肆虐的洪水，可天灾总会过去，山河尖依然是他们的家。日本鬼子呢？谁也不知道他们会不会在龙王镇一直住下去，谁也不知道他们要杀多少人才算够，谁也不知道他们有多少大狼狗，他们除了杀人还会做什么？

说着说着大家都沉默了，漆黑的茅屋里一点声音也没有。恐惧就像黑夜，填满了天地。到了最后，已不仅仅是恐惧，山河尖人第一次学会了恨，真的，在此之前不管遇到多大的灾难，只要不危及自己，他们都能原谅，可现在他们学会了仇恨。不管大人小孩，都在心里暗暗诅咒着日本鬼子，如何不遭天打雷劈，如何不掉进河里淹死，最好都被毒蛇咬死，被恶鬼吓死。他们还用指甲在红薯上刻出鬼子的形象，用针刺，用唾沫淹，丢在粪坑里闷，以泄心头之恨。

在接下来的一个月内，日本鬼子到山河尖扫荡了三次。

九月底的一天，日本鬼子再次踏进了山河尖，这次却是白天来的。大家都似见了瘟神，一例闩了大门，用木杠顶着，躲了起来。可是出乎大家的意料，这次扫荡他们没有杀人，也没有带大狼狗，而是带着一个既会说叽里咕噜话又会说中国话的人，顶替了大狼狗。这个人跟山河尖人一样，会说淮河湾的话，穿着山河尖人惯穿的衣服，只是他的头上却戴着一顶帽子，跟日本鬼子的一样，想必是日本鬼子赏给他的。深秋的天气已经很凉，山河尖显得很萧条，路上连一个人影也没有。那个人拍了几户人家的大门，也无人应答。最后他撅着屁股爬上半截土墙，两手叉着腰冲四下里喊道："这是大日本的皇军，大家不要怕，到你们这儿来不为别的，主要是想借点粮食，只要你们把粮食搬出来，什么事都没有，否则谁也救不了你们。"他的话被风裹着，在山河尖的上空飘荡开来，传到了那些躲在门缝后面的耳朵里。

日本鬼子走了，除了那个代替大狼狗的人撂下几句狠话，什么也没有发生。这是日本鬼子第一次明目张胆地进村。

山河尖人稍微放松了一点，如果只是要些粮食的话，问题不大。山河尖地处淮河湾，土地既广又肥，虽说每年都要给赵国梁、赵国栋上交一部分，粮食却仍是充足的。只要不杀人，什么都好说，他们已经习惯了这种要求。大家都从门缝里挤了出来，讨论着这件事，到底是凑好了粮食给他们送去，还是等他们来拿呢？

三天后，日本鬼子果然又来了，他们依然没有带大狼狗，却带来一辆不用骡子拉就能行走的车，又宽敞又结实，还会发出牛犊一般的哞唪声。山河尖人这次不再那么害怕，开了门，把准备好的粮食放在门口。他们都没有见过这种车，趁机多瞄了几眼，却见车屁股上呼地喷出一股烟来，还带着一股煎油的味道，大家更加惊奇，这东西不是骡子，却跟骡子一样放屁，偏偏这屁还不臭，竟然带着煎油的味道。大胆的人，走出了家门，小心翼翼地跟在车后，既好奇又不敢靠近，探头探脑地跟了过去。

日本鬼子从十字街的西头走到东头，从北头走到南头，一家一家走过去，把粮食一袋一袋搬上了车，有高粱，有麦子，也有荞麦、稻子。当然，如果看到有鸡鸭牛羊走在路上，他们也不放过，一例捆了扔进车厢里。他们把征来的粮食一车车拉回了龙王镇，谁也不知道他们是何用意。最后来到了十字街的最南头，那是赵明家。赵明的女儿赵挽正帮着赵明舀粮食，一瓢一瓢，从簸箕里舀进口袋，她弯着腰，纤细的腰身与饱满的臀部形成了鲜明的对比。这时候，日本鬼子的车上已经堆满了粮食，两个扛着长枪的家伙原本站在车头的两侧，看到赵挽时，眼睛突然放出光来，他们两个互看了一眼，嘴里叽里咕噜说着什么，低着头探着腰，竟向赵挽走了过去。他们不是大狼狗，却突然变得比大狼狗还要凶残，抱起赵挽，就往院子里跑。这时候正碰上赵明的老婆端着簸箕从屋里出来，她吓傻了，可她还有舐犊的本能，扑过去想要抢回女儿，赵明也反身冲进了院子里，就在这时响起了枪声。赵明的老婆倒下了，她的肚子在流血，手里的簸箕倾倒在院子里。

赵挽是继曾梅之后，被日本鬼子强暴的第二个女人。她的母亲死在日本鬼子的枪下，她的父亲赵明，因为要救她而受了伤，腰里中了一枪，腿上也中了一枪。可惜赵挽并不像曾梅那么幸运，有个男人不许她死，她当晚就走出家门，跳进了滚滚的淮河，再也没有回来……

这是日本鬼子第二次来时干下的好事。

山河尖人再也不信那个代替大狼狗的人的鬼话了。就算给他们准备了粮食，他们仍要作恶。那段时间，大家把女人和孩子都藏了起来，或藏在盛红薯的地窖里，或藏在长满蒿草的破院里，有的甚至藏身在厕所里。他们以红薯为食，不用生火，而且随手可得，再也不用踏出家门一步。山河尖一夜之间就变成了荒村，没有炊烟，也没有人声，就连那些发情的牲口都似看懂了大局，不叫也不鸣，强忍着原始的欲望。他们不仅躲了起来，还用各种木棍、竹杠、桌椅板凳，把已经闩好的门顶起来，把年久失修的土墙上堆起蒿草。如果有一只秋雁从他们头顶掠过，突然叫起一声，他们都要哆嗦几下，继而钻进地窖，用被子裹住身子。男人们则擦好土枪，躲在院子里，在门缝里把风，他们终于发怒了，一股从未有过的仇恨开始燃烧起来。

赵远望捡起了张恨忠的短枪，可惜他用不好，只好把短枪别在腰里，仍以柴刀为武器。他把曾梅和他的妹妹们都安排进了地窖，家里只留下老母亲和他自己。偌大的院子里，就剩他们娘俩了，他们一天天等待着，除了吃红薯，实在无所事事，就闲聊了起来，他们母子俩还真没有闲聊过呢。他母亲说："要是这事完了，你到朱大寺去一趟，把你大姐的尸骨挖回来。"赵远望在一旁答应着，这是他熟悉的工作，挖骨头已经不是第一次了。她又说："曾梅虽然碰上了这个事儿，但她是个好姑娘，你别慢待她。"她好像在交代后事一般，生怕遗漏了什么，赵远望点点头，其实不用母亲说，从曾窝子回来的那一刻起他就下了决心，他要对曾梅好，一辈子好下去。

他们娘俩正说着话，后院的那扇破门却响了几下。赵远望一下子紧张起来，他压低声音对母亲说："娘你别动，我去看看。"然后他握紧了柴刀，猫着腰，顺着墙根溜到了后院的破门旁，趴在门缝上往外看。看了好一会儿，他总算放下心来，不是日本鬼子，而是那晚爬出山河尖的张恨忠……

日本鬼子再来的时候，是半个月之后了。他们还像上次一样，从十字街的西头走到东头，又从北边走到南头，可惜他们一粒粮食也没有找到，更不要说鸡鸭之类了。山河尖依然冷清，任那个代替大狼狗的人如何吆喝，山河尖就像死了一般，没有一丝回应。可是他们有办法，因为他们不仅带来了那个代替大狼狗的人，还带来了赵国梁和赵家挥。谁也不知道日本鬼子是如何找上赵国梁的，谁也说不清赵国梁为何会给日本鬼子带路，他们之间到底有着怎样的协议，他们是一伙的吗？一切不得而知，但有一点可以肯定，赵国梁作为保长，他对山河尖太熟悉不过了，谁家有多少地，谁家有几头牲口，谁家有地窖，地窖在哪里，他都一清二楚。再说，他还有个嗅觉灵敏的孙子，就算他不知道的事，只要问起赵家挥，保准都能弄明白。

这次，他们一共来了二十三个人，加上那个代替大狼狗的人，还有赵国梁和他孙子，一共二十六个人。他们来到了十字街的最西头，那是赵远望的家。队伍的最前面是赵家挥，他隔着院墙就嗅到了红薯的气息。他转头对赵国梁说："爷，我敢打赌，他们正在啃红薯呢。"赵国梁白了他一眼："日你妹，你鼻子咋恁尖，你是狗吗？"赵家挥笑着说："爷，你这就错了，你要真日了我妹，你还得管我叫哥呢，那不是差辈了吗？"赵国梁朝地上唾了口唾沫，瞪了赵家挥一眼，便不再说话了。

他们说话的时候，两名日本鬼子已经踹开了赵远望的家门。在赵家挥的带领下，他们直接进了后院。赵家挥对这座破院太熟悉了，院里搭着两个大棚，一边放着牲口，一边摆着十几口棺材，院子中间有一棵槐树，老态龙钟，浑身长满了黑疙瘩。赵家挥就站在那棵槐树下吆喝着："赵远望，你出来，把你家的粮食都搬出来，不然谁也保不了你。你别以为自己藏得背，我就找不到你，我能闻出来你在哪儿，你的红薯伤水了，还能啃吗？"他真的趴在地上闻了起来，顺着牲口的蹄印子，顺着棺材沿，红薯味越来越浓了，果然，他在一口棺材下面发现了地窖的入口。他笑起来，为他的鼻子得意着，他毫不费力就移开了那口薄瓢棺材。地窖口很小，里面却很大，他看得很清楚，六七个人挤在里面，有穿着红衣服的大姑娘，有哆嗦成一团的小姑娘，还有一个瞎了眼睛的老太太。

赵家挥一看，竟哈哈大笑起来，他转身去向日本鬼子报告："太君，我就说嘛，你看我这鼻子，比你的大狼狗还灵吧。"日本鬼子不说话，直接打个手势，立即蹿出来两名士兵，弯腰就要往地窖里下。

就在这时，枪声响了起来，地窖里，房顶上，棺材里，到处都是枪声。这个破落的后院，突然之间被鲜血染红。拴在棚里的牲口，因为受到惊吓，都蹿了出来，焦躁地蹬着蹄子……

十二

张恨忠，字全孝，河南省驻马店人。他生在军人世家，自小读书，读到忠孝不能两全时，感慨说，不爱其亲而爱他人者，谓之悖德，既然忠孝不能两全，舍忠而取孝。他的志气倒不小，可惜事与愿违，十六岁那年他就遇上了一场战争，他的父母都在战争中死去了，从此他便投身行伍，做起了军人。也就是那几年，他的亲人全死于兵火，想要全孝是不能了。他长相魁梧，生有虬髯虎须，看着怕人，在军中打仗每每都能唬住敌人，继而取胜，既然孝不能全，当兵又当得风生水起，干脆就留在军中混下去了。二十二岁那年，他已经是个连长，手下带着几百人的队伍呢。

有一年，他接到命令，要他把队伍往陕西开进，包围西安城。西安城被围，长达一年之久，那一丈打得真是天昏地暗。当时有个大人物紧守着西安城，无论如何也攻不破。张恨忠的队伍本以为包围城池，断其粮草，里面的人迟早要出来投降。谁知那个大人物是个硬茬子，尽管西安城尸横遍地，满城腐尸的恶臭，也没有一人投降。那一仗直打到冬天，也未分出胜负来。有一天西北方突然杀来一队神兵，冲散了包围的大军，张恨忠所在的队伍也受了重创，一路向东逃散，这一逃就逃到了淮河湾。那时候正是烽烟四起的节骨眼上，到处都在打仗，张恨忠却突然心灰意懒起来，他看淮河湾反倒安静，就带着他的三百人马留了下来。

淮河湾不比别的地方，有山有壑易守难攻，这里一马平川，全无挂碍，要长久住下来，很要下些功夫。再说，离开了大部队，既没有军饷，又缺少武器，二三百人总要吃饭，那些尚有家人的士兵渐渐失去了斗志。张恨忠倒也厚道，凡是愿意回乡的，自行离开，绝不阻拦，只是不能带走武器，也没有路费，这句话一说出来，十成倒去了五六成，还剩一百来人跟着他。他在靠河的一个大湖里扎住了阵脚，那湖就叫关叉湖。关叉湖中有个岛子，他把岛子做了大本营，建了水寨，又打造船只，购买马匹，干起了打家劫舍的营生。他打劫的主要对象是淮河里过往的商船，当然也有例外，隆冬时候，水路上的客商少，他们就到方圆百里内的集镇上搞绑票。见了大户人家的公子少爷，一例绑回水寨，再着人下书收钱，每次都能捞上一大笔。

赵国栋的小儿子赵恩泽就曾被他绑架过。

张恨忠手下有个叫张响的人，酷爱听戏，做了土匪仍忘不了这口爱好。有一年他的戏瘾犯了，耐不住，听说淮滨县正赶上逢会，就乔装到淮滨县去过把戏瘾。恰巧遇到赵国栋的小儿子赵恩泽也在赶会，那时赵恩泽只有七八岁，爱吃爱玩，对着一个卖糖人的小老头正在吹嘘，他摆着少爷架势，指着一案子的糖人说："都给我包好了，我全要了。"卖糖人的小老头看他穿着一身漂亮衣服，反倒笑了："我说小少爷，这么多糖人，就算你买得起，你吃得完吗？"赵恩泽一听还不愿意："怎么了，吃不完放着，你管得着吗？少爷我有的是钱。"他还怕小老头不信，特意拔高了胸脯，亮着嗓子说，"我爹有四个银人，银人啊，你知道不，银子做的人。"旁边的老管家一听不对，财不可外露，赶紧去拦。可惜晚了，赵恩泽的话都让张响听个正着。张恨忠那段时间正发愁呢，且不说弟兄们张着嘴巴要吃饭，周围的散匪欺他地生，路过的整编队伍欺他游勇，几次冲突下来，原本上百的兄弟只剩了几十人，枪弹也紧缺了。因此，他听了张响的汇报，立即拍案定夺："他娘的，老子正缺钱花，正好送上门来。"经过周密的安排，张恨忠派张响带队，就在淮河里截下了赵恩泽。当时，赵恩泽的船上只有两个人，除了他就是那个老管家赵淮，一点还手之力也没有。张响把赵恩泽五花大绑，提到了自己船上，却把赵淮放了，要他回去报信，三天之内准备好四个银人前来换人，地点就在河里，否则，别想见到这孩子了。

赵国栋听到儿子被绑架的消息，差点晕死过去。只有他自己清楚，银人只是个传说，哪有真的银人啊？他的两位姨太太都哭成了泪人，一家人瘫坐一团，全没了主意。最后还是赵淮先冷静了下来，他说："没有银人，估计大洋也行，不都是钱吗，一样能花掉，先封一千大洋，送去看看再说。见了钱，土匪肯定不会把小少爷怎么样。"

第二天，赵国栋把门内的年轻小伙子叫了几个来，让赵淮领着他们，其中就有赵长看、赵记、赵谈，驾了三艘小船，带着一千大洋到河里去了。谁知张响见了大洋竟然哈哈大笑，他收起大洋，用枪顶着赵淮的脑门，操着一口浓重的陕西口音说："我要的是银人，银人，知道不？再见不到银人，我就给你送个礼物。"赵淮硬着头皮说："那都是骗人的，都是传言，谁会用银子做个假人放那儿，你想想啊。要不然你把我带回去，把我们少爷放了，让他回去给你凑钱。"张响不理会，呼哨一声，一条小船就消失在芦苇丛里不见了。过了半晌，小船又回来了，一个人拿着纸包跳了过来，他把纸包往地上一扔，狠声道，你自己看吧。赵淮哆嗦着打开一看，竟是只耳朵，脆生生，热乎乎，还流着血，正是赵恩泽的左耳。

见到耳朵的赵国栋彻底怕了，他挖出了埋藏多年的钱箱子，又把一盆大烟膏子带着，亲自下了河，如果再换不回赵恩泽，他也不想活了。这次，他还多带了几个家里的长工，带着十几条枪，万一发生不测，干脆拼了，也好过丧子之痛。

他们在淮河里第二次见了面，双方的船都在河里自由飘着，不到谈出个结果，谁也不愿划开。赵国栋开门见山："这是我家里所有值钱的东西了，连大烟膏子我都带来了，你们也该放人了吧？"说着他示意家人把钱箱子打开，里面确实装着不少金银财宝。张响是很机灵的，他见来人都带着枪，而自己的枪多半没了子弹，就不敢硬拼，着人把赵恩泽放了。

张恨忠拿到了钱，又置办了枪弹，有了枪弹就能打家劫舍，日子自然好过多了。不过他还是怀疑赵国栋，是不是真有银人一说。后来他又派人多次到山河尖打劫，却始终没有见到那几个传说中的银人。张恨忠就是靠这些手段在淮河湾里猖狂了许多年。

张恨忠为人鲁莽勇猛，出口就是脏话，兄弟们给他起了一个绰号——猛张飞。在他三十几岁的时候，曾有兄弟们打趣地说："像张连长这样勇猛的男人，哪有女人受得了啊？"这句话一下子激怒了张恨忠，老子到了三十几岁，还真没尝过女人的滋味哩，这个土匪干的，说出去都让人笑话。兄弟们看他苦闷，就撺掇着说："要不给您弄个压寨夫人来，稍解军旅之闷也好。"他没有点头，也没有摇头。但是兄弟们却把这事放在心上了，有一天，他们才劫过商船，驾着大船，敲锣打鼓地往寨子里回，恰巧遇到一个女孩儿出嫁，他们替张恨忠着想，就顺便把女孩儿抢上了船，谁知那女孩儿刚烈得很，一上船就趁人不备跳了河。他们追了几里路，捞上来时，人已经死了。那女孩就是赵笑。

　　这次抢亲的经历，把不谈女色的张恨忠折腾坏了。他也做梦，梦境与赵远望的母亲无二，他看到那个姑娘从河里上来，身上湿淋淋的，问他要嫁衣，要镯子。他每次醒来都要摸摸手上那只雕着古旧花纹的镯子，喃喃地说："他娘的，看来老子还真需要一个压寨夫人，不然镇不住这只镯子。"他的兄弟们领会了他的意思，大张旗鼓地给各个村寨散了布告，要挑一个绝色的雏儿给张连长当压寨夫人。这一招还真管用，他们果然抢了一个绝色的女孩儿。据说那是渔民的女孩儿，长在水边，水灵灵的。初到水寨的时候，她不肯说话，不管别人怎样逗她，她也不开口。张恨忠是读过书的，他知道这女孩不一般，倒也没有用强，他想起烽火戏诸侯的褒姒，难不成自己也要逗她一乐吗？他果然抓了一个富家公子来，当着女孩的面，要割那人的耳朵，直把富家公子吓尿了裤子，他以为女孩必定要说话的，就算不笑，至少要劝他一劝吧。可女孩还是没有吱声，她不说话，有饭就吃，吃完就睡，睡前和吃前都要祷告。这样的日子，过了差不多一年时间。

　　有一天张恨忠终于忍不住了，他喝了很多酒，故意把自己灌醉，要自己犯错。他带着满身的酒气进了女孩的房间，他以为女孩一定吓坏了，肯定哭喊着求饶，却不想那女孩很冷静，她仍在祷告，为张恨忠祷告。她说："我们在天上的父，愿人都尊你的名为圣，愿你的国降临，愿你的旨意行在地上如同行在天上，愿你饶恕这可怜的人，免了他的罪，就是免了我的罪……"张恨忠是读过书的，他能听懂女孩的每一句话。

　　不久之后，关叉湖的水寨里传出一个消息——杀人不眨眼的猛张飞——张恨忠竟然信基督了。尽管他仍"出口成脏"，可他的确信基督了。他几乎会讲每一个女孩给他讲过的故事，上帝抽了男人的一根肋骨，造就了女人；夏娃偷吃了禁果而受生育之苦。当那场洪水灌进了整个淮河湾，张恨忠以为上帝又要用洪水毁灭世人，而他就是上帝拣选的诺亚，所以他命兄弟们把大小船儿都并在一起，带着水寨里所有的动物，开到了朱大寺的高地上，再将动物一一放生。洪水退去之后，他竟放弃了打家劫舍的生意，带着兄弟们开荒打鱼，决心开辟出一番事业。

张恨忠变了，实在不像个土匪，人若打他的左脸，他非但不还手报复，反而会说："我的右脸也给你打，你打吧。"他的兄弟们寒了心，能走的都走了。到他与女孩结婚同房的那个晚上，留在身边的兄弟只剩下十二个人。他带着这十二个兄弟，以及他的女人，在关叉湖以打鱼为生，竟也过得逍遥自在。他常对兄弟们说："他娘的，当了那么多年土匪，没想到撒网捕鱼也这么有意思，早知道老子不当土匪了。"

可惜撒网捕鱼的日子并不长久，关叉湖也不那么平静。一天，张响飞也似的跑回水寨，他指着湖里的一艘小船对张恨忠说："连长，你看那是什么，不用人划，还会嗒嗒嗒地叫，跑得比咱快，他们冲咱来了。"张恨忠放下手里的渔网，抬眼去看，却在这时，湖里传来一声枪响，张响应声倒了下去。张响死的时候还在说："我们打什么鱼啊，我们就是当土匪的命。"

那天，张恨忠再次拿起了枪，尽管有些陌生，他却不得不端了起来，因为湖里的人不给他们机会，见人就杀，包括女人。他急了，他一边让兄弟们操家伙放船，一边跑回寨子里拉他的女人。他说："他娘的，是日本人，他们有橡皮艇。"他在部队的时候就听说过，日本人虎视眈眈，迟早要有一战，却不想他们打到了淮河湾里来。

他的船终于驶出关叉湖，进了淮河，他的十二个兄弟除了四个出去打鱼未回，张响早就死了，有七个人上了船，此时却只剩下五个人拼命划船。可惜他的船太慢了，对方的船虽然没有人划，但是随着嗒嗒嗒的声音，就像箭一般追了过来。他命令道："别划了，拿起家伙跟他娘的拼了。"他正要举枪，他的女人却按住了他的手，他懂了，即便只有那么一个小小的动作，他也懂了。他放下枪拼命地划船，他那健硕的肌肉鼓了起来，戟张的虬髯都如钢针般向四周发散开，他真的拼了。他的船终于靠了岸，就在山河尖的最南端。他想，只要上了岸，躲进树林里，或许还有救。他回头再去看自己的女人、自己的兄弟，却突然改变了主意。他的女人死了，他的兄弟也只剩下一个人。他一怒之下，又端起了枪，他决定杀回去。可他的兄弟拦着他说："连长，别逞能了，咱分头跑吧。"他把张恨忠推进了一个院子，而他自己瘸着腿跑开了。当然，他并没有活下来，他死在大狼狗的嘴下，他亲眼看见大狼狗吃了他的心。其实张恨忠也中了枪，他的右肋下几乎被子弹穿透，可是有人救了他，不但没有杀他，还治好了他的伤。后来他知道，那个人叫赵远望。

张恨忠不是善变的人，如果他的女人还活着，他绝不会再次杀人的，可他的女人死了。他的心里充满了仇恨，尽管他仍信基督，可他更信自己，信自己的枪。他要为自己的女人报仇，要为他的兄弟报仇，所以他回到了关叉湖，找回了他的四个兄弟。他们修整了将近一个月的时间，摩拳擦掌，等待一次完美的复仇。他们终于等到了，就在赵远望家的后院里。他们事先知会了赵远望，要他把家人藏好，他们就埋伏在那儿，一个躲在房顶的茅草里，一个躲在地窖里，一个匿伏在骡子的食槽里，而张恨忠，又躺进了棺材。他在等待一个最好的时机，一旦时机成熟，出其不意，杀对方一个措手不及。

日本鬼子一行有二十三个人，再加上赵国梁和赵家挥，还有一个代替大狼狗的人，共有二十六个人，活下来的只有赵国梁一个人，他身中四枪，双腿都断了，可他还是活了下来。当然，张恨忠也不好过，虽然他打了日本人一个措手不及，但他们毕竟只有五个人，他们都死了，包括张恨忠自己。临死前他交代赵远望，要把战场打扫干净，把敌人的尸体埋起来，否则，必将引来大祸。而他自己，他说："把我丢到淮河里就行了，我要去找我的女人了。"他终于还是作为一个土匪死去的，而不是作为一个基督徒。但他却救下一个基督徒，在他临死之前，赵远望的母亲还在为他祷告着……

十 三

张恨忠死了，山河尖人不禁唏嘘，没想到，最后救了他们的竟是日防夜防的土匪。不过张恨忠死后，山河尖人并不踏实，仍然人心惶惶，他们害怕报复，日本鬼子死了那么多人，他们会善罢甘休吗？可也奇怪，他们硬着头皮等待报复的那段时间，日本鬼子偏偏不来了。大家都很纳闷，难道日本鬼子怕了？后来，有个人从龙王镇来，大家问明了情况，这才放下心来，原来有一股军队开到了龙王镇，日本鬼子被他们缠住了。大家不禁欢呼起来，看来战争到此也就结束了。

但是他们忘记了一件事，日本鬼子敲干了他们的粮食，他们只能以红薯充饥，可怕的事情还在后头呢。

秋天是红薯丰收的季节，红薯很高产，一亩地能收几千斤，能蒸着吃，能煮着吃，可以磨碎做面，也可以晒干下锅。山河尖人有个习惯，将新收的红薯洗净切片，在日头底下晒成红薯干，到了冬天，下在锅里拌点面，滑溜溜的，就像小鱼子。当然，也有人把红薯收进地窖里，冬暖夏凉，霜降一过，红薯自然出汗，出过汗的红薯比新收的还要甜。不过红薯也有一点不好，毕竟不是主粮，吃多了胃酸，山河尖人管胃酸叫捉心，一股股酸水从胃里回涌到嗓子眼，辣乎乎的，那滋味可真不好受。讲究的人家，都在老中医那里要了偏方，将小茴香子泡在酒桶里，一到捉心的时候，就喝上两口，真是立竿见影药到病除。

接下来的一段时间，山河尖人就是靠啃红薯熬过来的。他们龇着小白牙，咔咔咔，咔咔咔，一边啃一边旋转红薯，眨眼工夫，红薯就被剥了皮，露出白生生的薯肉来。但是生吃红薯容易发胀，屁多，几个人躲在地窖里啃红薯，最难熬的就是集体放屁之后，要忍受那种半生不熟的臭味。吃到最后，很多人都开始干呕，甚至吐出一摊一摊的绿水。

在赵远望的家里，要数曾梅呕得最厉害。开始大家也没有在意，反正大家都在呕，谁呕不是呕，只要能呕出来就行。可是后来大家理解不了了，她不吃也呕，偏偏又呕不出什么。旁边的人都替她干着急，或者暗地里替她使劲，呕啊呕啊，你倒是使劲呕啊，希望她呕得稀里哗啦，吐得满地才好呢。可惜她真的呕不出，一丁点也没有。

曾梅干呕的声音很大，赵远望的母亲也听到了。她以一个耄耋老人的经验，以及一个女人的敏感，似乎猜到了什么。有一天晚上，她爬出地窖去厕所的时候，在后院里拉住了赵远望。她想问几个问题，来证实心里的猜测，可她毕竟是个女人，就算面对自己的亲生儿子，有些话还是说不出口，想了半天，她才试探着问："你跟曾梅圆房了吗？"

"什么，什么是圆房？"赵远望满头雾水，虽然他已经活了二十岁，也曾做过几个面红耳赤的梦，却从没听过"圆房"这两个字。

"就是那个，你跟她那个没？"赵远望的母亲急了，她用拇、食二指圈成一个圆环，在另一只手的食指上套动，一边比画一边解释，"就是那个，你个傻小子，那个啊！"

赵远望懂了，他回想起那个下午和曾桃在棺材里做的事，脸上立马发烫起来，他压低了声音，结结巴巴地说："没有，没有……"他怕母亲骂他。

"那就坏了。"他的母亲仰天长叹，赵远望的话如五雷轰顶，她一下子就瘫软下来，像一摊烂泥般坐在地上，"老天爷啊，你为啥这般折磨人啊，你让我们怎么活啊？"她四肢都在颤抖，眼泪也扑簌簌地滑了下来，她已经很多年没有哭过，况且她的眼睛已经瞎了，早就哭干了眼泪，此刻却又流出了浑浊的泪。

"孽种啊，孽种啊。"她双手拍打着地面，痛不欲生地呼喊着。

赵远望还不明白，他的母亲为何竟如此激动，难道就因为他不圆房吗？

"曾梅怀孕了，你没跟她圆房，她怀的是日本鬼子的人。"他母亲边哭边说，又不敢太大声，怕给曾梅听了去。哭到后来，她围着院中的那棵槐树爬了几圈，去寻找她的拐棍。

赵远望终于明白了，他愣在那儿，沉默了，就像从前一样，呆呆的，冷冰冰的。老天啊，这都是什么事儿啊？他面向那棵老槐树，却又看不见，眼神空洞洞的，不知道说什么，也不知道要做什么，最后他竟把手里的半截红薯塞进了嘴里，缓慢地咀嚼起来，发出咔嚓咔嚓的声音，但他却忘记了红薯的味道……

他的母亲终于摸到了拐棍，慢慢平静下来。她仰靠在老槐树上，幽幽地说："你是大男人了，以后干啥都不用跟我说了。"说完她就爬回了地窖。她终于力不从心了，连最后一个儿子也放手了，她操劳了一辈子，终于到了她操劳不了的时候。

可赵远望呢？他站在老槐树下，一直站着，站了整整一夜。"我是大男人了，我是大男人了，我怎么会是大男人呢？娘啊，你得救救我啊，你不能抛下我不管啊。"天快亮时，他终于撑不住了，蹲在地上呜呜地哭起来。其实，在他自己的感觉里，他还未长大，一直是个孩子，是哥哥们的下手，是个跑腿的，他以为自己还停留在给曾家送骡子，第一次见到曾梅时的年岁，他是个怯懦的少年，一切听从别人的安排。可是现在，他的母亲竟然告诉他，他是大男人了，他第一次意识到别人对他的看法。他看看自己的身体，自己的个头，突然意识到自己已经人高马大了，是啊，我是大男人了，我是大男人了。赵远望真正成年，是从这一晚开始的。

曾梅怀孕了，但曾梅并不知道。

曾梅恢复神志的时候，她仍在想着死，如何死，在哪里死，死是一件简单的事情，应付那些不让自己死的人才是件大事。她清醒了，很冷静，她想找赵远望谈谈，除了死她还能怎样？她身上的划伤难以置信地好了，她自己都不相信自己的身体有着那么倔强的生命力。她想起了她的姐姐，那个一家人都不认的姐姐——曾桃，自己会不会跟她是一样的命运？她毕竟清醒了，她在内心里抗争着，她不要成为曾桃，她一定要死。这段时间，山河尖人都躲起来了，他们活在来自日本鬼子的恐惧中，无暇讨论自己的事情，可是以后呢？总有那么一天，大家会问起她，日本鬼子到底对她做了什么，总有一天大家会谈起她，到那时再死不是晚了？还有，赵挽与她遭遇同样的事情，赵挽就决绝地选择了投河，自己却涎皮赖脸地活着，让她如何活？她不敢再想下去了。她决定投河，与赵挽一样，用滚滚的淮河水来洗净自己的身子。只有穿越了死亡这道门，她才能洁净如初，才配走进赵家的门。她想，既然母亲能看到赵笑从河里上来，必定也能看到干干净净的她从河里上来……

一天夜里，她偷偷爬出了地窖，潜到新房里。她取下了那只雕着古旧花纹的镯子，用一个月白色的碎花包袱包好，就放在梳妆台前。然后她穿着大红的嫁衣，向淮河走去。

只可惜当你全心全意地去做某一件事时，你反而做不成。在曾梅的一生中，她自杀过十七次，没有一次是成功的。

赵远望尾随着曾梅，一直跟到淮河边上。河岸的风很大，寒意侵人，滚滚的河水一刻不歇，也不管面对的是谁。就在河边上，赵远望拦住了她。他狠狠地抽了她一巴掌，啪的一声，在河边传出老远。曾梅愣住了，眼泪扑簌簌往下掉，却说不出话。赵远望抓着她的双肩，使劲地摇晃着。他说："我说过不许你死。"这是他自觉成年以来做的第一个决定，他要唤醒曾梅。他说："你有我，有家，有孩子，你死个什么？"

曾梅愣住了，她痴痴地望着赵远望："孩子，哪来的孩子？"她确实很喜欢孩子，听说赵问男怀孕的时候，她比谁都高兴，她还抚摸过她的肚子，听过孩子在肚子里的翻滚声。伟大的母性，在她身上体现得淋漓尽致。可是她哪来的孩子？她愣了大约半个钟头的时间，终于还是哭开了，她明白了，这种事情不需要别人说，她也是懂的。欲哭无泪，她拼命地向河里挣，她已经失去了理智。赵远望拉着她，实在拉不住时，一弯身就把她扛到了肩膀上。

走，我带你回家。

那晚，赵远望胆子特别大，他没有再回地窖，曾梅也没有回地窖，他们就住在新房里。这是他自觉成年之后的第二个决定，要让曾梅活着，他必须占有她，要她变成他的，要她无权决定自己的生死。再说，这本就是他长久以来的心病，不踏出这一步，他永远忘不了那散发着烤肉香味的身体，他也永远走不出那口沉闷的棺材。既然母亲说他是大男人了，何不在这一夜变成真正的男人？他的脑海里浮现出许多东西，井台上赤裸着的小腿，棺材里白鱼般的身子，还有老黄牛那饱满的乳房，这些幻象给了他力量，他不再像从前那样，躺在棺材里任曾桃宰割，他不要那种压抑的噩梦般的屈服，他要主动。多年以来，他背着的沉闷的带着死亡气味的包袱，被他甩开了。他像个刚出监牢的囚徒，获得了向往已久的自由空气，不知道该如何呼吸，如何体会，只一味地伸展身体，就像在一片毫无边际的湖水里，身无一丝挂碍，不要辨识方向，只需奋力游弋……

十四

很多年前，赵恩铭还是孩子的时候，孙瘫子曾做过一次预言。那时的赵恩铭不过五六岁，弟弟还没有出生，他是家里唯一的男孩，衣来伸手饭来张口，是名副其实的大少爷。赵国栋的妻子更是溺爱他，连他拉屎的时候，都有人伺候着。有一天赵恩铭撅着屁股拉完屎，嚷嚷着擦屁股，偏在这时老妈子们都在下厨里吃饭，赵国栋的妻子不依了，她大发雷霆，拍着桌子大叫。那些老妈子吓得魂不附体，放下饭碗赶紧跑了出来，跑到门前，心里一急，连纸也没拿。夫人在那边正骂着，少爷的屁股在这边正撅着，实在没有办法，老妈子灵机一动，就拿手里的馒头给少爷把屁股擦了。

那天，孙瘫子背着褡包正经过赵国栋门前。那时的孙瘫子既没有瘫，也没那么有名，他走街串巷，以算卦推理为生，遇到生意惨淡的时候，就捏着炭块在人家墙门口画个白虎，声称有驱邪避凶的好处，然后到人家里讨口饭吃。他见老妈子手里拿着一个馒头，走到门口作势要扔，就赶紧跑过去拦住说："大好的白面馒头扔了多可惜，给我吧，我饿着呢。"那老妈子捂着嘴笑了几声："你要吃？那给你，还加了料呢，香得很。"孙瘫子顺手接了过来，正要说谢，却闻到一股臭味，看看手里的馒头不禁怒斥了一声。就是那个时候，孙瘫子做了一个预言，他说："天作孽犹可活，人作孽不可留，看着吧，你不精贵粮食，粮食也不精贵你，大饥荒迟早是要来的。"

孙瘫子很多话都得到了应验，这句也不例外。倒不是孙瘫子能掐会算，就算他不做预言，这一天还是会到来的。

冬天到了，大雪在即，战争的风头松了一些。山河尖人的粮食全被日本人征了去，红薯又即将吃完，这个冬天可怎么过哟。有些闲着无事的人，双手操在袖筒里，在十字街上闲谈。有人说："这日本鬼子怕不是狗熊变的，怎么还准备过冬粮食？把咱的粮食都搬走了，咱们可吃啥嘛，这红薯干都快吃完了。"旁边还有人笑他："搬你粮食还是便宜你了，总比搬你老婆强吧？"那人便操着手走了，他一边走还一边嘀咕："我得回去收拾红薯干，饥荒怕是来了。"

大雪终于下来了，覆盖了整个淮河湾，站在高处望去，到处都是白色，只有一条青灰色的河流滚滚地向东流去，不为白色所动。这一年，雪特别大，平地两尺深，个子矮的人走路都费劲。就连鸟雀似乎都怕了，早早地离开了淮河湾。一个打鱼人看着大雪，很是得意，他说："靠河吃河，让你们打鱼，你们不打，这下没了粮食，看你们不来求我。"可惜他也错了，山河尖的鸟雀都知道饥荒来了，鱼也不傻。打鱼人背着他的河网，连撒了三天三夜竟连个鱼子也没见到，到了第四天，他连撒网的力气也没有了。淮河湾里连鱼鸟都绝迹了，看来荒年一到，淮河也不养人了。

是的，饥荒来了，这不是天灾，而是人祸。而且这场饥荒来得太不是时候，若在夏天就好了，地里庄稼能吃，草根树皮都能吃。这大冬天里，雪又那么大，树叶腐烂，连草也是焦黄干枯的，树皮里也没有水分，叫人怎么办？谁都明白，饥饿比战争还要可怕。在饥饿面前，谁敢逞英雄？人是铁饭是钢，一顿不吃饿得慌，不管你多讲原则，有多大的信仰，一旦吃不饱肚子，什么都会忘记，饥饿让人健忘，饥饿带来背叛，也会带来杀戮。

刚开始，大家都还挺得住，家家备有红薯干。到了年初几的时候，连红薯干也吃完了，饥饿这个东西来得快，比疾病还狠，一天也拖不得。三天下来，原本膀大腰圆的人，都瘦了一圈，而那些麻秆一样的瘦子，反倒胖起来——他们已经开始浮肿。人们四处寻找一切可吃的东西，到黄豆秸垛里扒，一天若能搜出十来颗黄豆，那便要欢喜一场，晚间烧一大锅开水，每人吃上两粒黄豆，第二天便还有力气扒黄豆。正月十四那天，赵远望竟破天荒地抓到一只老鼠。他把老鼠皮剥了，把肉切成丝，当天还没舍得吃，留着第二天过十五。很多年后，赵远望还跟人说过，有一年，他是杀老鼠过十五的。

到了后来，凡是能吃的东西，都吃完了，大家只好眼睁睁地挨饿。饥饿久了，人的脑子就会变，连思考的能力也会衰退。有一天赵远望在给骡子切干草时，突然想，人都吃不上了，还喂什么骡子，他张嘴就吞了一口干草，可惜那草太结实了，既咬不动，也咽不下，还带着一股酸涩味。他拿起柴刀去找母亲，他说："干脆把骡子杀了吧，总不能活生生饿死吧？"他母亲却说："我们庄户人家，骡子是家里的顶梁柱，骡子好吃，农活难做，过了这道坎，谁去拉车种地？"赵远望只好罢了。傍晚，他拉着骡子去河边饮水，几乎连路都走不动。倒不是他拉着骡子，而是骡子拉着他。回头时，骡子还使了犟劲，一个劲地往前疯跑，好像在卖弄它的力气。赵远望连缰绳都勒不住，只好眼睁睁看着骡子跑了。他一步步往堤上挪，到了斜坡上，连冻带饿，实在挪不动了，萎然倒在地上。他这才知道饥饿的厉害，想叫却叫不出来，想走却走不动，真要倒在雪地里，饿不死也要冻死。他举目望去，骡子早已进了家门，回屋去了，雪地上只剩下它撒欢的蹄印，和热气腾腾的新粪。

赵远望还是第一次真正触到了死亡，那种感觉他是一辈子也不会忘记的，自己控制不了自己的身体，有一种灵魂被抽离躯体的感觉，越来越冷，越来越无力。多少大风大浪他都见过，洪水、土匪、日本鬼子，山河尖死过那么多人，几乎每一次他都是幸运的那个，可是这次不行，在饥饿面前没有幸运一说。他望着白茫茫的雪地，想着小腹日渐隆起的曾梅，还真不知该怎么办。他还不知道，饥饿杀人，永远比你猜想的要来得早。

孙瘫子说过："你不精贵粮食，粮食也不精贵你，你用馒头擦屎，总有一天你就得把屎当馒头吃。"赵远望没有死，正是应验了孙瘫子的话，他把那坨热气腾腾的骡粪吃了，吃得很舒坦，就像喝了碗热汤，浑身恢复了热气，迈腿就上了斜坡。赵远望进门的第一件事就是去找柴刀，他没再去问母亲，母亲说过，他是大男人了，可以自己做主了，于是他直接跑到后院，当场就把骡子杀了。

赵远望杀骡子的时候，他的妹妹赵摇正在厨房里忙活。她在麦地里捡到一块骨头，像牛骨却比牛骨还大，也不知在泥土里滚了多少年，若扔在石头堆里，还真分辨不出。她把骨头埋在灶底下，点着了火一点点去烧，直烧到整个骨头都化为黑粉，用棍一敲，扑簌簌掉下渣来，她才满意地捏了一小撮放进嘴里。可惜焦黑的骨粉太干了，难以下咽，她又舀了一瓢水喝下去。黑色的骨粉混着水，从她的牙缝里流了出来，顺着下巴往下滴。她好似发现了宝贝一般，捧着骨粉就去找哑巴姐姐、曾梅，往她们嘴里都放上一撮，她们就大声地嚼起来，好像比吃肉还香。她的母亲听到了咀嚼的声音，就问她们在吃什么，赵摇说在吃骨头，还捏了一撮放进她母亲的嘴里，她母亲尝了尝说，这不是牛骨头，这是一块人的大腿骨，说完她就把骨粉吐了。

到了晚间，赵远望已经剥好了骡子。他把骡子砍成一块块方肉，连同大骨头都放到锅里，这才喊来了赵摇。赵摇一看到肉，大吃一惊，她说："娘不是说了，不能杀骡子。"赵远望把木柴塞给她，要她烧火，他说："那你等会儿不要吃。"赵摇不作声了，拿着木柴烧火去了。

火还没有升起来，骡肉的味道已经传了出去。首先闻到的是赵远望的母亲，她没有说话，也没有阻拦。接着香味飘过了院墙，在雪地里随风散开去，几乎每个山河尖人都闻到了。骡肉刚煮到一半，赵远望家的后院外就挤满了人。这些人都似从坟墓里爬出来一般，双眼塌陷下去，一点神采也没有，脸上的皮肤也因为浮肿泛着青色，四肢都奄拉着，提不起来，好似被人打折了一般。走路的时候，他们都拖着腿，在雪地上留下了一长串印记。到了赵远望家的院外，他们都趴在低矮的土墙上向里看，院中赵摇支起一口大锅正在烧火，锅盖盖不住的地方，一丝丝蒸腾的白气正往外蹿，香味就是从那儿传来的。

饥饿让人丧失意志，也给人以胆气，这些孱弱的人，从未想过从别人手里夺取什么，此刻却一窝蜂地挤进了院子，二话不说直接掀开了锅盖，赵摇的呵斥声一点用也没有。这时候，赵远望出来了，他手里提着柴刀。尽管他也因饥饿而乏力，可他毕竟吃了一泡热粪，此刻正打着熏人作呕的饱嗝。他提刀指着同村的人说："你们家都没有牲口吗？到了这个时候，牲口重要还是人重要，别等了，到时候连拿刀的力气都没有，想杀都杀不了，那就晚了。"

赵远望的话很管用，一语惊醒梦中人。那晚的山河尖到处飘着肉香，所有人都吃上了肉，牛肉、马肉、驴肉、骡子肉。他们就像一群即将赴死的战将，以视死如归的决心填饱了肚子。但是谁都知道，这不过是最后的挣扎，离收麦时节还有三四个月，在饥饿面前，别说三四个月，就是三四天也难过啊。

肉吃完之后，有人想到了赵国梁，赵国梁家里必然还有粮食，因为有人看到他家那条卷毛狗还活着，而且活得很好。它的毛色发亮，被梳理得溜光水滑，脖子上还戴着一个满是铁钉的项圈，在十字街上跑来跑去。正月的最后一天，终于有人忍不住，来到了赵国梁家的门前。他们要借粮，不管多大的利息，先过了眼前这关再说，他们在心里盘算着。但他们根本就没有见到赵国梁，接待他们的是刘青儿。刘青儿说："老爷说了家里没有余粮，日本人拉了你们的粮食，不也拉了我们的粮食？你们挨饿，我们也没有吃饱。"大家不信，一起嚷嚷着："你们的狗都养得这么好，怎么会没粮食，瘦死的骆驼比马大，大家都是老少爷们，不出三服，一个祠堂里上香，这个时候不拉一把，还算什么亲戚？"大家一起围上去，心里打好了主意，借不到粮食就不走。可惜他们太屪弱了，刘青儿只轻轻一推，就倒了一大片，他们哪有一丝力气反抗？事情到了这个地步，眼看着山河尖到了最艰难的时候，大家却只能望天等死。

山河尖第一个被饿死的人是赵跑的母亲，她死的时候，嘴里噙着一块板凳面，板凳面上都是她的牙印。据说她死时只有五十几斤，身上的皮能扯出老长。饥饿杀人是很奇怪的，先让你因水肿胖起来，再让你瘦下去，皮包骨头直如人干。她死之后，被就近埋在了院子里，而且只有一个人出力，这个人就是赵恩夯，因为山河尖实在找不到抬棺的人了，大家都像寒冬里的长虫，疲软如绳，只剩一口气在，就连赵跑都没有动，他连跪下磕头的力气也没有。当时赵恩夯用一条小臂般粗细的绳子捆住棺材，在地上硬拖着拉到了院子里。邻居们无不惊骇，就算赵恩夯天生力气大，难道他不怕饥饿吗？

赵恩夯的眼睛红如家兔，睁开来有点吓人，刚开始赵跑还以为他是哭的，毕竟他的母亲是赵恩夯的亲嫂子，哭几场也是应该的。后来他却发现，赵恩夯不仅眼睛血红，连身子也是红的。他挽住绳子奋力往外拉的时候，胳膊上的肌肉暴起，却没有青筋。那段时间，有人看到，每到晚上，赵恩夯就挎着篮子，带把柴刀出门。人问他做什么，他便说下地去。大冬天里，地里除了麦苗子什么也没有，他还能做什么？直到有一天夜里，赵恩夯的院子里飘出了肉香，他的邻居爬进他的屋子，大家这才知道，赵恩夯吃了人肉。那天，邻居们亲眼看到他的锅里煮着一块肉，白净细嫩，像是人的大腿。邻居问他到底是怎么回事，他不说，他的邻居就说："你要不说，我就把这事告诉别人。"他才说："山河尖还算好的，北边的几个庄子里早已经死完了，有力气的都逃荒去了，据说都往刘怀岗去了。没有力气的都死在庄里，可怕人了。有的死在田埂上，有的死在树底下，有的趴在门槛上。他们都蜷曲着，皱巴巴的，一个个瘦成了精猴，一个人身上还割不了二两肉。"他越说越吓人，直把邻居吓得哆嗦着爬回去了。

据那个邻居说，直到后来饥荒过去，赵恩夯家里还腌着半缸人肉。收麦之后，他在一个漆黑的夜晚连缸把它们丢到了淮河里。他还说，吃了人肉的人眼红如兔，只有吃过猪肉，补了猪油，才能恢复如常。

十五

大雪化去后，放眼望去，河滩上除了一些青色的麦苗什么也没有。那时候，赵远望倚在门口的土墙边，连一丝力气也没有了。他倒不担心自己，他摸摸肚子，虽然干瘪着，毕竟还有肉，多耐几天也不致饿死，可是曾梅呢？她可是一个人的肚子两个人吃啊，如果再饿下去，估计她的肉都给孩子吃了，大人也就活不下去了。他看着河滩上的麦苗，想起了他的老黄牛，牛吃草能长肉，人吃草不能长肉吗？他拼着最后一口气，来到了最近的一块麦田里。他趴在地上，像牛一般，甩嘴就啃，青翠的麦苗子在他嘴里被嚼碎，搅拌，和着唾液咽了下去。

那天之后，赵远望拔了许多麦苗子带回家。就像平常给骡子切料一样，他把那些麦苗子用菜刀切碎，拌了点盐，端给了家人。她们围在一起就像面对山珍海味一般，也不用筷子，伸手一捏，就大快朵颐起来。后来他们还想出了新法子，用蒜臼把麦苗捣碎，和着青汁，直吃得满嘴绿液，越吃越高兴，忍不住把蒜臼搬起来，把剩下的一点青汁也喝了。那段时间，因为很久没有吃到粮食，连大便也省了，直到吃了麦苗他们才恢复了正常的大小便。只是大便的颜色变了，与骡子粪没有两样。他们过起了骡子一般的生活，吃麦苗，喝清水，拉青屎，身上的汗毛也疯长起来。

这样的日子直到二月中旬才算结束。一天，赵远望正和家人津津有味地吃着麦苗，家里却来了一个人，正是这个人的到来结束了山河尖的饥荒。

其实那人还没有进门，赵远望的母亲就霍地站了起来，她的嘴里还噙着新鲜的麦苗。她说："我的儿子回来了。"她一说话，青色的汁液就顺着嘴角流了出来。全家人都呆住了，大家看着她，又看看赵远望，心里泛着嘀咕，你的儿子不是在这儿吗？她怕大家不懂似的，对赵远望说："快去看看，是不是你哥哥。"赵远望还没有起身，那人就推开了院门，他站在门前端详了一会儿，好像认不出这个地方了，过了一会儿，他却又哈哈笑了起来，笑声震得整座房子都在嗡嗡作响，就算找遍现在的山河尖，也找不到能笑出这么大声音的人了。他说："没有错，没有错。"然后径直进了院门，朝堂屋走来。

赵远望认了出来，这个人正是他的哥哥赵永瞧。赵永瞧，他太熟悉了，那是他的亲哥哥啊，因为他与曾桃的事情被赵记撞破，一怒之下他离开了山河尖，就再也没有回来。此刻他就像变戏法一般，突然站在了自家的院子里。

赵永瞧胖了，当年的小伙子，如今脸上却爬满了胡须，他头上戴着帽子，身上穿着折痕清晰的军装，腰里还挎着一把手枪，笔直的裤子中线就像尺子，黑色的皮鞋油亮油亮，别提有多神气了。只是，他走起路来有些跛，跟当年一模一样。他一进院子，径直进了堂屋，也不说话，扑通一声就跪了下去。直到这个时候，他的母亲才把噙着麦苗的嘴闭上，忍不住哇哇地哭出声来。

赵永瞧以膝盖触地，往前紧走几步，连同拐杖一起，抱住了母亲的双腿，他也哇哇地哭了起来。他边哭边说："娘啊，儿子不孝，儿子回来了。"他的母亲用孱弱的双手，抚摸着他的帽子，他的满是胡须的脸，轻"嗯"了一声说："好好，好，回来就好，回来就好。"他们母子两人抱在一起，足足哭了半个钟头，直到家里的那台自鸣钟打出五声脆响，他们才慢慢抑制住自己的情绪。

母亲擦了擦眼泪，又坐下来，她拉起了赵永瞧，又用拐棍敲了敲旁边的板凳，示意他坐下。赵永瞧这才意识到母亲的眼睛瞎了，他跪在地上又哭了起来，他的哭声豪放，又富有感染力，惹得家里其他人也都哭起来。他母亲说："别哭了，这么大一个男人，都满脸胡子了，还哭啥。我这眼早就瞎了，我耳朵好使，你还没进门，我就听出来是你了。你可知道，我还以为你跟你大哥一样，死在外面了……"她的话很多，说得赵永瞧不住地点头，说到最后，她才突然想起了什么似的，问道："这些年你都去哪儿了，咋还戴个帽子回来了？"赵永瞧这才起身坐下，抹了一把眼泪，开始说起他的经历来。他说话时粗声粗气，比从前还有底气，从他离开村子的那个晚上一直说到今年的正月十五，说得眉飞色舞，唾沫横飞。他说自己穿过了大半个中国，从河南打到山东，从山东又杀到江西，有好几次都差点死在战场上，可是每次他都从死人堆里爬了出来，非但没死，还受到上级的嘉奖。有一次他在平顶山遭遇了敌人的阻击，帽子被打飞了，肚子还中了枪，肠子流了一地，那只跛脚也给打断了，膝盖以下血肉模糊。但是他一咬牙，夺过一挺机枪，拖着肠子跟敌人干了起来，最后他竟奇迹般地活了下来，而且被部队送往医院疗养，在病床上躺了三个月。后来因祸得福，医生还给他换了一条铁腿。讲着讲着，他还脱下军装，露出肚皮上一条壁虎似的伤疤，要家人去看，拉着他母亲的手去摸。他指着那条伤疤说："看见没，肠子就是从这儿塞回去的。"他还把那条套着皮鞋的假腿放到桌子上，供大家欣赏，他随手在铁腿上敲了两下，竟发出两声悠扬的金属碰击声。说到高兴的地方，他使劲拍着自己的胸口，发出砰砰砰的声音，坚定地说："以后就好了，你儿子做了营长，谁也不能把咱怎么样了。"他的母亲听着听着又哭了，倒不是因为心疼他，是为他感到骄傲，她从未想到这个最不成器的儿子还能做了军官。她原以为他做了土匪，早已死在了不知名的他乡呢。

赵永瞧说话的时候，家人都仰脸听着，尤其是他最小的妹妹赵小，听得津津有味，她不知营长是多大的官，但她听说哥哥做了官，心里还是乐不可支，恨不得跑过去问清所有的细节。可赵永瞧说着说着就住了口，他伸出手抹去了母亲嘴角的绿汁，不无伤感地说："娘，你这是怎么了，吃了啥东西？"他的话问住了所有人，大家看着桌上剩余的麦苗，都不出声。赵永瞧霍地站了起来，拿过桌上的蒜臼一看，似乎明白过来，转头朝赵远望瞪了一眼，大声说："你就是拿这些给娘吃？"赵远望一愣，他很想问：那该拿什么给娘吃？可他说不出话。他的母亲说："别提了，我们没有饿死已经是造化了。"她详细地把这几个月的事情说了一遍，惹得赵永瞧用拳头猛砸了几下桌子，骂道："这些狗娘养的，我就说打下龙王镇的时候，怎么捞了那么多粮食。"

当天晚上，赵永瞧就回到了龙王镇。他命士兵开着卡车，把粮食送回了山河尖。当时他站在卡车上，就像从天而降的大神，指挥着士兵，把粮食分发给各家各户。刚开始山河尖人还没有认出他，都低着头舀粮食，在心里默念老天爷开恩。到后来，年长的人发现他是赵永瞧，都惊呼起来，有的甚至跪地磕起了响头，大呼赵家兴旺，赵家兴旺。

那一夜山河尖人做了两件事，一件是连夜生火做饭，饱餐了一顿。他们把稻子、荞麦、高粱，直接倒进锅里，也不磨面也不去皮，兑了水煮熟就吃，他们从未觉得粮食如此好吃，就连黑乎乎的荞麦皮，嚼起来都冒着香味。还有一件事就是跑到赵远望的家里，把赵永瞧抬走了。他们几个月来倏然恢复了力气，好像无处使，把赵永瞧高高地举过头顶，一路扛到了赵家祠堂里。他们说，赵永瞧是活菩萨、大将军，将来一定要在祠堂里挂上他的画像，人人祭拜，才能报答他开仓放粮的义举。

　　赵永瞧颇为得意，在众人的围观中，解下腰间的手枪给大家看："看见没，看见没，这可是外国货。"还有人试戴了他那顶军帽，试穿了他油亮油亮的皮鞋。他们在祠堂里一直疯到半夜，赵永瞧过足了菩萨瘾，才回家了。那晚，他把一包大洋塞进母亲手里，慷慨地说："这是我一年的饷银，这些年我不在家，这点钱就当孝敬您了。"他的母亲摸着那包饷银说："你出息了，就不该只想着咱家，你该往大里想，你姓赵啊。"赵永瞧明白了，他不仅是母亲的儿子，还是整个山河尖的儿子呢。

　　第二天，赵永瞧在自家的院子里大摆筵席，把全村人都请了过来，当然也包括双腿残废的赵国梁。他把自己营中的厨子都带来了，还带来了一小队士兵，为大家准备酒席。他们杀了两头大猪，还带来几坛陈年的老酒，比办喜事还要热闹。酒席上赵永瞧高谈阔论，带着一种衣锦还乡的骄傲，展现出了他精湛的口才。他不仅光耀了赵家的门楣，也给山河尖带来了希望，带来了生气，众人托他的福气，从鬼门关转了一圈，终于又回来了，便十分爱戴他，他俨然成了山河尖的领袖。赵国梁当时就坐在角落里，眼里充满了羡慕的神色。

十六

　　赵永瞧是个有志气的人，这一点很多人都知道。很小的时候，孩子们一起跑到河滩上看船桅，他就对着淮河发过誓，将来老子一定要走出去闯一闯，不能一辈子窝在这个旮旯里。他言出必行，十五岁之前他就已经离家出走过三次。第一次他走到了淮滨县东郊的岔路口，他听长辈说过，那是他先人掌过权的地方，他一定要去看看。第二次他走过了朱大寺，在一条大道上连走了五天五夜，最后心血来潮，脱光衣服，用污泥涂满全身，躺在路中间，路人经过时他突然站起身来，把路人的魂都给吓没了，最后还是赵长看骑着骡子把他追回来的。还有一次，他跟着一帮戏子跑了，他看人翻跟头、耍标枪，好厉害的样子，就想跟去学本领，谁知被母亲知道了，连夜把他追了回来。直到母亲砍去他的脚，他都是个善于走路的人，不管走多远，脚不起泡，也从不嫌累。人人见了他都说，这孩子天生能走，保不准将来天涯海角走遍天下，比咱们窝在这儿强啊。果不其然，赵永瞧虽没有走遍天下，却也转战千里走了大半个中国⋯⋯

赵永瞧共在家里住了七天，七天中竟讲了五天的故事。

他的母亲实在不敢相信，跛脚的儿子还能做营长。很多年前，她亲手砍掉了儿子的脚，为的就是叫他别上战场，却不想命里有时挡都挡不住，他还是当了兵。她问赵永瞧："你的脚跛了，连赵恩铭都不要，你怎么还当了兵？"赵永瞧听了很来劲，他把铁腿往桌子上一放，拍着铁腿说："别看我这腿跛，关键时候可有用呢。那一年我从山河尖走的时候，对着淮河发过誓，要不混出个人样儿来，我就绝不踏回山河尖一步。当时我给商船当了纤夫，赤脚在沙地上拉了纤，一干就是一年多，练出了一副铁脚掌，别说穿着鞋，就是赤着脚我都能走上几百里，歇都不用歇。说起我为啥当兵，还真是巧了，有一天我们到了蚌埠港，我第一个蹦下船去，一眼就看到一个包袱，就是这个包袱让我当的兵啊。"

说到这里，赵永瞧喝了口水，又点了一根纸烟，那纸烟是凤凰牌子的，一包二十根，抽起来滋滋作响，把家人都看呆了。他接着说："后来我打开包袱，嘿，里面包着一摞大洋，还有一封信。他娘的，我哪里认识字，它认识我，我不认识它啊。当时我就想，干脆把大洋揣了，信扔河里算了。我正琢磨呢，船掌柜过来了，他是个认字的主，以前是个落魄的账房先生，大热天也戴着瓜皮帽，嘴里整天念叨着家国天下、家国天下，好像脑子有问题。那家伙贼眉鼠眼，瞅了半天，我疑心他要抢我的大洋，就托口说家里有事不干了，给我结账。那家伙却冲我要那封信，我心想破烂东西正想扔河里呢，就给他了。谁知道那家伙一看之下，大惊失色，他把我拉进船舱里，不但给我结了账，还多给我几块大洋，千叮咛万嘱咐，要我把那封信送到河北保定，找一个姓韩的人，嚯，几块大洋啊，够我干一年的工钱了。"

这时，赵摇睁大了眼睛问："那你去了吗？"赵永瞧瞪了她一眼说："废话，当然去了，不然我哪有今天。我不仅去了，还把那封信亲手交给了姓韩的人，他见我迈着跛脚还能奔走千里，很是夸我，说我什么，哦对，说我是神行太保飞毛腿，我本以为他也要赏我大洋呢，谁知那个姓韩的拍了拍我的肩膀说，我看你也没什么去处，就留在这儿任事吧，将来也好有个功名。"

赵摇忙问："功名是什么？"赵永瞧叹息了一声说："哎，我也不知道。但是我看他们吃喝不愁，还能扛枪，好不威风，就留下了。"

赵永瞧的母亲越听越有劲，她先是抹了几把眼泪："你咋这么傻啊，我的儿啊，赤着脚走几千里，那得走多久啊？后来她抹了眼泪又高兴起来，儿啊，你比你爹还强，咱家好几代没有当官了，要是你爹还活着，该多高兴啊。"说着她哈哈哈地笑起来，她抚了抚脑后的白发问，"那你咋又回山河尖来了？"

母亲一问，赵永瞧竟站了起来，用拳头往桌子上猛击一下，把大家都吓了一跳。"别提了，说起这事我就来气，一言难尽。"他吐了一口浓痰接着说，"日本鬼子进中国无恶不作，我早就受不了这口鸟气，他娘的，早就应该跟他们干了。上头却一直不说话，要不是西安那边出了大事，到现在我们还做缩头乌龟呢。年头里，我们接到命令才从大龙山赶过来，我一看龙王镇那些鬼子，就他娘的气不打一处来，干脆让弟兄们给他来个一锅端。"

赵永瞧在外边久了，竟学会了一嘴粗话，在母亲面前也不忌口。他这个人不仅脾气大，也很健谈，说话的时候，喜欢指手画脚地比画。他把那只沉重的铁脚往地上一顿，噔的一声，平地上陷进一个坑，然后咬牙切齿地说："那场仗打得真是昏天暗地，我的千把弟兄竟然死了一半。"说到这儿，他的眼前好像又浮现出当时的情景，双眼腾地布起了血丝，唾沫直飞出五尺开外，最后他狠狠地喘了一口短气说："还好最后活捉了那个队长。"说到这儿他竟大笑起来，眨巴着眼睛问赵摇："你知道我们在哪儿捉到他个王八的吗？"赵摇茫然地摇摇头。赵永瞧得意地说："在茅坑里，哈哈哈。这个老王八，窝都被我们端了，他还在厕所里拉屎，两个弟兄把他架出来的时候，他连屁股都没擦，老子直接用子弹替他给擦了，还给他多安俩屁眼，到了阴曹地府，保证他拉屎比尿尿还快。"

全家人都瞪大了眼睛，听赵永瞧的叙述，竟比听戏还热闹。

赵永瞧夺回了龙王镇，他的部队就驻扎在那儿。清理战场的时候，有人专门做了统计，杀敌二百六十三，自损四百三十六。他虽然赢了那一仗，却也付出了惨重的代价。直到现在，他唯一感到欣慰的就是夺回了许多粮食，并挽救了绝境中的山河尖。他不免叹了口气，走了一大圈，终究还是回来了。

赵永瞧讲到这儿的时候，回头看了一眼，正巧看到曾梅从屋里出来。他呆了一呆，猛地挺直了身子。他问赵远望："这……"他的母亲似乎听出了他的迷惑，哈哈地笑了几声："你走这几年，家里发生了好多事，你都还不知道。远望结婚了，娶的是曾家的姑娘，曾梅。你看这房子都是新建的，可比你走时气派？"原本健谈的赵永瞧却突然沉默了，他看着曾梅，停了好一会儿，似乎在竭力回想着什么，然后他别过头去，对赵远望说："老三，你混得可以啊，老子在战场上杀来杀去这许多年，到现在还没个女人呢。"赵远望不好意思地笑笑，转头向曾梅看去了。他母亲却又说："家里还有好些事你不知道，你大姐被土匪抢走，死了。你二姐替她嫁给曾徒，现在都有孩子了。"赵永瞧吃了一惊，原本到了嘴边的玩笑咽了回去，他的胡须张开来，面目狰狞吓人。他手按枪柄说，到底是谁干的？老子岂能饶他。说这话的时候，他这粗犷的汉子竟虎目含泪，真要大干一场似的。他母亲却平静地说，还不是那年打劫咱家的那帮土匪，他们也没有好下场，都死在日本鬼子的手里了。

后来，赵远望带着赵永瞧到了娘娘庙，他让士兵准备了香蜡纸炮，要到祖坟上大祭一番。他的母亲本要阻拦，信了基督的人是不烧香不烧纸的，可她拦不住，这个儿子还像以前那样倔强，而且本事比以前大了，脾气也就更大了。他并未见过移坟之后的祖坟，在赵远望的指点下，才一一记下位置，父亲的、大哥的，这样威武的一个铁脚汉子，竟在夕阳的余晖里伏在父亲的坟前嘤嘤地哭了起来……

那天晚上，赵永瞧没有回军营，他在家里吃了晚饭。饭桌上，曾梅又犯了老毛病，吃到一半就呕起来。她干呕的声音特别响，像一串串鞭炮似的，拉得老长。听到的人，总疑心她的嗓子很长，里面有条黑洞洞的甬道。吃饭的时候，她总要一手捂着嘴，以防大家都不注意的时候喷出什么来。实在抑制不住了，她就起身到院里去呕。赵永瞧瞅了瞅赵远望，又看了看母亲，他拧了一下眉头说："老三你挺快啊，这就给我添大侄儿了？"他问得很轻松，却没有人接话，整个堂屋里只有咀嚼食物的声音。他是个健谈的人，最受不了沉默，他又说："怎么还不舍得说出来，怕人抢跑了不成？"这时候，年龄最小的赵小却说，不是三哥的，是日本人的。她的声音很小，就像从牙缝中挤出来一样，可是听来却像一声炸雷，把赵永瞧摔了个跟跄。他紧盯着赵远望，拿出他平日审讯敌房的威严来，抓住他的领口问："到底怎么回事？"

赵远望的脑海里又浮现出那日接亲的情景，狼藉一片的院子，破烂不堪的嫁衣，雪白的肌肤，还有那满河的尸体。其实，这个情景在他的脑海里不知已回放过多少遍了，每回忆起的时候，他都难以自已，要在自己的胸口上擂上几拳，借以抒发心里的苦闷。可他又不能不忆起，他控制不了自己的思想。尽管在一连串的不幸中，他长大了，成了一个真正的男人，学会了自己裁断事情，学会了保护女人，学会了包容和承担，但在他的心底，还是拴着一条绳子，这条绳子一头系着他作为男人的尊严，一头系着祖宗的法度。事实上，他确实很痛苦。很多个晚上，当他拥着曾梅入睡的时候，总会冷不丁醒来，疑心在他们的中间还夹着一个人，那种恐惧使他跌进一个深渊里，曾梅的身体就是一个深渊，他从不敢看曾梅的脸，不敢回想她白鱼般的赤裸的身子，当赤裸的秘密不再是秘密，就会变成一种羞耻。所以他真正接近曾梅的身体，只有一次，这一次已经够了，他再也不愿跌进那种痛苦的深渊了。

当赵永瞧提着他的衣领质问他的时候，他无奈地又把事情回想了一遍。他很坚定，看着赵永瞧的眼睛说："是的，在我把她接进门之前，日本鬼子就把她，把她……"他说不下去，这句话需要太大的力气。恐怕有生之年他都不可能拥有那么大的力量，能把这件事当一个故事讲给人听。尽管他很坚定，但他还是哽咽了。

"不行，她不能进我赵家的门。"赵永瞧虎吼了一声，起身就朝院子里走去，他的铁脚在硬地上踩过，发出有力的咚咚声。就算他不说话，赵远望也能猜到，他要去找曾梅，他要把曾梅赶出这个家门。他也能猜到这样做的结果，曾梅必死无疑，她本就不想活了，如果再承受这样的打击，那她只能选择死。所以他扑了过去，一把抱住赵永瞧的后腰，嘶吼着说："二哥，你不能那样，你不能……"赵永瞧双手都被死死地箍住，无法动弹，他怒喝一声："老三，你能耐了啊。老子平生最恨的就是日本鬼子，你还把这个女人娶回了家？你不怕人戳穿你的脊梁沟子吗？你要当一辈子乌龟吗？"他发怒的时候很吓人，眼睛瞪得血红，胡须硬如钢针，一只铁脚因为全身用力而发出当当的金属声，"我们家的人可以死，决不能丢这个脸，这是个孽种，把他生下来怎么办？你告诉我怎么办？"无论在什么时候，他都很健谈，当他把这话说出口的时候，赵远望就放了手。只有赵永瞧能说出来，大家认为重若千钧，难以启齿的话，他轻松地说了出来，连赵远望都松了口气，似乎这句话在他的心里也憋了很久。赵永瞧掉转身来，啪的就是一拳，把赵远望击倒在地上。

生下来怎么办？谁能回答这个问题呢？

十七

曾梅一个人朝淮河去了，她走得很轻，谁也没有注意到。赵永瞧和赵远望的对话她都听到了，就算他们不说，她自己也想过这个问题，怎么办？谁来回答呢？她只能死。

初春的田野生气勃勃，麦苗子一望无际，河滩上的枯草又发了芽儿。略带寒意的春风吹拂着大地，河面上不时有鱼儿跳跃着，淮河终于又醒了。无论多少沉舟，多少鲜血，多少尸体，无论把它搅腾成什么样子，淮河还是淮河，在它滚滚的波涛中，那些不过是一叶浮萍，改变不了它的流向，也阻拦不了它的奔腾。

这些天曾梅一直不好过，无论躺在床上，躲进地窖，还是在厨房里忙活，她躲到哪里也躲不开那场噩梦。回头想想，那场人人后怕的饥荒，对曾梅来说反而是件幸福的事，饥饿的时候，她不用作呕，也不怕肚子日渐隆起，她本就盼着饥荒拖得更长一点，自己再瘦一点，最好能把她的肚子饿回去，干瘪得就像从前一样，或者在某一个夜晚神不知鬼不觉地夺走她的生命，那她就不需想方设法地寻短见了。可惜，赵永瞧的到来改变了山河尖人的命运，他的正义，他的大慈悲，他的威武，像一把把钢刀，切割着曾梅的希望，她终于还是没有被饿死。

其实她很怕赵远望，怕他怒冲冲地瞪自己，怕他唾弃自己，怕他沉默不说话，怕他不碰她的身子。反之，她又怕他拦着自己不让下河，怕他对她好，她什么都怕，乱七八糟。有一天晚上，她试探着去寻找赵远望的手，想要拉住他，他却缩了回去，那晚她一夜都没有睡着，第二天醒来，崭新的枕巾都被她哭湿了。可是第二天，她看到赵远望偷偷嘱咐赵摇说，看着你梅姐，可别让她出岔子。她看着他脸上的那种坚定的关心，又问起自己，我值得他这么做吗？她又害怕了。

当日陪同赵远望去曾窝子接亲的有十几个人，他们的嘴并没那么严实，不仅不严实，连他们自己也鄙夷起曾梅来。当时只是慑于日本鬼子的恐怖，大家没有抽出工夫来嚼舌头，后来又遇上了饥荒，山河尖人连说话的力气都没有，又哪有力气去讽刺一个女人？可是到了赵永瞧大宴宾客的那个晚上，他们虽然还很孱弱，却已有足够的力气去蔑视一个人，已有足够的口水去说长道短。他们一面痛饮着赵永瞧的酒，一面拿眼睛瞅着曾梅，就像看着一头怪物，嗤之以鼻。她的脸上就像写了字，人人盯着看。那一定是个粗俗的笑话，谁看了都要面红耳赤地干笑两声，笑声里不仅带着轻蔑，还带着一股原始的欲望。

凡曾梅吃过的菜，便没人再吃，凡她用过的碗筷就没人再用。走动时，如果不巧被她挡住了去路，他们就会刻意绕过去，绕得远远的。在大家眼里她就像一块毒瘤，腐烂不堪，爬满蛆虫，恶味刺鼻，碰触不得，只要一碰说不定就传染到自己身上。她坐的那张桌子很空，大家宁愿在别的桌子上挤成一团，哪怕站着吃也行，就是不愿靠近她。

从前，大家不愿与剃头师傅同桌进餐，因为剃头的属于下九流，与他同坐实在有失身份，可是现在呢？连剃头师傅也不愿与曾梅同坐。

"你看她两腿都拢不到一块，不是叫日本鬼子弄坏了吧？"赵恩夯的老婆是个豁嘴子，说起话来不关风，可大家还是听到了。

"奶子也变大了，你们看，日本鬼子真厉害，能催乳呢！"她半掩着豁了口子的上唇，趴在她嫂子耳朵上说。说话的时候，她的眼睛也不曾离开曾梅，话一说完她就嘎嘎地笑起来。她们习惯在讪笑里说话，到最后笑声掩盖了话语，只听到一阵蚊子似的嗡嗡声。

曾梅还没有等菜上完就离座了，她偷偷摸摸地进了屋，再也没敢出来。要不是赵永瞧一直掌控着那场宴会的主导地位，那顿饭一定会变成一场口水战，他们会用口水杀死曾梅。

曾梅已经是第二次来到淮河边了，她的脑子里有两个小鬼，一个叫嚷着恶骂她："贱妇，你这被仇人糟蹋的烂货，你还有脸活在这个世上吗？"骂了一阵还不解气，它又接着骂："你这贱货，恬不知耻地嫁给赵远望，你这肚子里的孽种管他叫爹吗？"骂完就扯着她，把她往河里推。另一个小鬼却把她往岸上扯，一边拉一边劝："孽种怎么了，孽种就不是人吗？孩子有错吗？被仇人糟蹋又不是你的错，你不是贱妇，那不是你自愿的，赵远望不会嫌弃你。你有孩子了，你是个母亲，母亲有抚养孩子的天职，你自己想死也就罢了，你没有权利决定他的生死。"那两个小鬼吵了起来，互不相让，一个比一个厉害，最后厮打起来，曾梅只觉得脑子疼，她终于迷迷糊糊下了河。

河水真凉。当河水淹没了她的头顶时，凉是她唯一的感觉。她在水里仰脸看天，只觉得天在急速地下降，而她自己，四肢百骸好像突然获得了自由，她竟轻松地笑起来。这一笑，她就听到了咕咚咚的喝水声……

曾梅再次醒来的时候，睁眼就看到了赵远望。他脸上都是瘀青，嘴角还烂了一块，肿胀的双唇像个丰腴的河蚌。本就破旧的衣服被撕出几道口子，雪白的棉絮露在外面。很显然，他被赵永瞧打了一顿，他毫无还手之力，况且他本就不想还手。谁也没有想到，两个分别多年的兄弟，见面的第五天就干了一架。

赵远望正忙着，他把曾梅横扣在腿上，面朝下，曾梅的口鼻里不断呕出水来，水里还混着泥沙，水渍浸湿了院中一大块地方。她全身的肌肉都紧缩着，把力量都聚集在胸腔里，一声声咳着，连旁边的人都替她使劲，仿佛要把肺咳出来一般。在曾梅一生十七次的自杀中，这是最接近死亡的一次。不过再次醒来的曾梅反而很冷静，咳完之后，她平静地起身回到房间里，倒头就睡，既不挣扎，也未说话，她脑中那两只小鬼似被水淹死了一般，再也没有出来说话。

十八

曾梅怀孕的消息终于传了出去，好事不出门，坏事传千里，就像一阵风似的，席卷了整个山河尖。

他们自发地组织起来进行了讨论，就在十字街东的那棵大柳树下。刚开始，他们表示很惊讶，有人努力了一辈子都没有怀孕，例如赵国梁的老婆，例如赵国栋的三个姨太太，为什么曾梅一次就怀上了呢？难道说日本鬼子比中国人能生？还有一些老不知羞的寡妇问，那天你们去接亲的时候，见到日本鬼子没，他们大吗？去接过亲的人骂道："大你妈个头，你是想疯了吧。"

"确实怀孕了，我都看出来了。"赵恩夯的豁嘴老婆说，她故作神秘地在肚子上比了比，低声说，"但是跟我们怀孕不一样，我看这日本鬼子就是怪，她的肚子竟然是方的，就像个木箱了，怀的可不是个妖怪吗？"

"你说会是个男的，还是个女的？"

"这可不好说，最好能是个女孩。"赵恩夯的老婆斜着眼，狡黠地说，说话时还朝赵跑努了努嘴。

"为啥女孩就好？"赵跑不解地问道。

"女孩好啊，到时候便宜你们了。日本鬼子不是见到咱们的姑娘就疯吗，花姑娘花姑娘地乱叫，曾梅要生个女孩，那可是日本鬼子的闺女，便宜你们去弄她，也给咱中国人出出气。"

所有人都笑了，笑声尖酸刺耳，回荡在十字街上。

"那要是个男的呢？"不知是谁，不识相地问了一句。

"是个男的嘛，那就麻烦了。你说赵远望是养还是不养，要还是不要？要了那不是他的种，替日本鬼子养儿子，还不如乌龟王八呢。不养的话，孩子都落了地，总不能塞粪坑里沁死吧。就算远望舍得，曾梅呢？孩子都是娘身上一块肉，在肚子里不觉得，一旦生下来，谁也舍不得。你们说是不？"豁嘴子这几句话说得似乎很在理，大家都不住地点头，好像在给赵远望想办法。

"要是个男的，这孩子长大了咋办，谁愿意把闺女嫁给一个日本鬼子啊。再说了，他会不会跑去找他亲爹，他恨不恨他亲爹，把他娘折腾得人不人鬼不鬼的？他要是见了他亲爹不杀了他啊？要是曾梅见了那个日本鬼子，又是啥样子？"这是赵跑说的，他倒爱操闲心。

"就是，真要到了那一天，儿子杀爹，爹杀儿子，夫杀妻，妻杀夫，那才叫杀得满天飞呢。这就是个孽种，根本不应该把他生下来，现在就给流产掉，不就啥事都解决了？"豁嘴子唯恐天下不乱，就爱添油加醋。

"她就不该活着，像她这么不要脸的女人，日本人玩过的烂货，还活着干什么？给我们老赵家抹黑，对不起老祖宗。"这是赵明说的，他的声音里充满了仇恨，恨不得这就把曾梅掐死。大家都看了看他，他披着旧棉袄，蹲靠在柳树下，之前一直没有说话，这会儿一张嘴就撂了句狠的。大家也不反驳，他确实应该恨，他的老婆死了，被日本人杀的。他女儿也跟曾梅一样的命运，不一样的是他女儿早已经死了，尽管在大家心里他女儿还是清清白白，一干二净，可她毕竟死了。他是整个山河尖里最恨日本人的一个。妻女死后，家里就剩赵明一个，他也不打鱼了，整天对着淮河咒骂，他也不嫌累，骂完了就做饭吃，吃过了继续骂。这样的生活持续了很多年，据说后来他还得了骂人的病，一旦闭嘴，就喘不过气来……

"都别说了，你看那是谁？"赵跑提醒着大家，十字街上走来一个人，正是赵永瞧，他依然那么威武，铁脚走路发出嗒嗒嗒的声响。大家一见赵永瞧，都以崇敬的目光看着他，就像一场严肃的注目礼，直到他走过十字街，向西去了，大家才窃窃私语起来。

赵永瞧又从龙王镇回到了山河尖。这次回家他带了一帖中药，用纸包着，上面还系着麻绳，跟馃子包似的。进门之后，他连堂屋也不进，直接喊过赵摇，把她拉进了厨房。他压低声音说："你嫂子差点淹死，这么一整，肯定动了胎气，这是一包安胎药，你给熬了，等会儿端给你嫂子喝，知道了没？"赵摇以无比景仰的眼神看着他，狠狠地点了点头。

不大一会儿，浓郁的草药香味在院子里飘散开来，赵摇一手拿着蒲扇，一手端着药罐子，双膝跪在地上，一会儿用扇子扇，一会儿趴在地上用嘴巴吹，唯恐柴火熄灭了。熬好之后，她把药倒进了碗里，乌黑的汤汁在白瓷碗里荡来荡去，一股刺鼻的气味喷出来，就算只是闻上一闻也能感受到它的苦。她怕嫂子嫌苦，就倒了碗清水，两个碗一起端到了堂屋里。

这时候，赵远望正给新买的骡子切料，铡刀切过干草时发出清脆的、听起来极其舒服的断裂声。他也闻到了药味，不知道为什么，他突然感到一阵心慌，锋利的铡刀划过他的手指，鲜血顿时流了出来，他用嘴噙着手指，慌忙放下铡刀跑回了前院。赵摇正将黑乎乎的药汁喂给曾梅，只可惜曾梅意识模糊，连嘴也不张。而赵永瞧一直坐在门口看着，并用眼神指挥着赵摇，他看赵摇实在喂不下去，就急了，三两步跨了进去，夺过药碗，一手捏住曾梅的鼻子，一手把药碗凑过去，就要强灌。赵摇这才觉察出不对劲来，吓得哇哇地跑开了。

赵远望的母亲出来了，就站在堂屋中间。她说："麝香动胎，这是谁在喝药啊？"赵远望听了之后，顾不上手指上的伤口，立即明白了这是怎么回事。他也不知哪儿来的勇气，跑过去二话不说，一掌把药碗拍落在地上。赵永瞧回头望着他，怒不可遏，他甚至拔出了手枪，一转身就把枪口顶在了曾梅的心口上。赵远望也不甘示弱，他挤了过去，就像一片薄纸，夹在曾梅和枪口之间，他用自己的胸膛代替了曾梅。他的脸上写满了渴望，就差给赵永瞧跪下了。他说："二哥，你要打就先打死我吧。"说着他还双手握住了枪筒，朝自己的心脏处挪了挪。赵永瞧没有开枪，但他用枪座在赵远望本已肿胀的脸上补了一记，鲜血顿时喷涌而出。

"你娶了她，这一辈子都抬不起头！你他妈我打死你！"他已不是在说话，他在嘶吼。他的拳头、脚，一记记落在赵远望身上，如雨点一般。

"丢人，丢人，我让你丢人。"他每打一拳都要痛骂一声，拳打脚踢也解不了他心头的怒火。

"让她把药喝了，把孩子打了，打了我就放过你。"大概赵永瞧也绝望了，退而求其次，就算娶她，最起码要拿掉那个孩子。将来总不能替日本人养个孩子吧？

赵远望没有吱声，他紧咬牙关，强自忍受着。后来，赵永瞧也打累了，他以祈求的眼神望着他的母亲，他知道赵远望最听母亲的话。他说："娘，你就不能用拐棍敲敲这狗日的吗？"他娘惨笑了一声，在她的一生中遇到过许多坎，她都过来了，为了儿子她能亲手砍掉他的脚，女儿被劫她还有女儿，可是这次呢，她该怎么办？最后她把头沉沉地低下去，颤声说："远望，你就听你哥一次吧。"

初春的暖阳照在院子里，石磨石碌横七竖八地摆着。赵远望躺在地上，他破旧的棉袄里透出棉絮来，与赵永瞧整洁的军装相比，显得更破了。他的身上都是伤，满脸鲜血，与赵永瞧新刮得干净的脸盘比起来也更加狰狞。可是他很倔强，谁也不知道他在想什么，是因为爱到了极点，还是坚守着什么，他才这样执拗。他咬着牙说："不行，我这次不能听你的，拿掉孩子，曾梅也会没命的。娘，要么你就打死我吧。"他似乎刻意与家人为敌、与山河尖人为敌、与滚滚的淮河为敌、与天下为敌，绝不低头，更不投降。其实他打小就与别人不同，当他的哥哥们和土匪干起来的时候，他在后退；当人们敲锣打鼓的时候，他选择角落；当人们都从洪水中逃生的时候，他却回头救人。他与大家都不一样，总朝着对立面走，命中注定他要与所有人为敌。

赵永瞧再也忍受不了了，他望天开了一枪，砰，枪声震彻着山河尖的大地。然后他摔门而去，院门发出一阵酸牙的吱吱声，停在暖阳下再也不动了……

十 九

赵永瞧并没有离开山河尖。山河尖人早已成了惊弓之鸟，他们听到枪声，以为出了大事，都躲回了屋子。可是赵永瞧却挨家挨户地把他们喊了出来，他的手里提着枪，嘴里却轻松地说："都到祠堂去开会，一个都不能少，谁不去就是不给我面子，不给我赵永瞧面子，就是不给我的枪面子。"山河尖人一下子变得很积极，争先恐后地向十字街北头的祠堂跑去。

自从洪水之后，山河尖就没有开过全族大会了。再说这几年天灾人祸，山河尖人凋零了半数，竟然到了十室九空的局面。站在街上一眼望过去，几排低矮的茅屋都给蒿草掩住了，却看不到一个人，哪里还有当年的气象。就说十字街的东边吧，赵国栋一家人没了，后来赵国梁搬到了大宅子里，赵国梁自己的家也就空了。赵跑家空了，剩他一个人整天在外面闲逛，有家也不回。十字街的南边呢，赵记家空了，赵明家空了，就连赵家挥也死了。尽管赵永瞧很有威望，几乎叫齐了山河尖的所有人口，也只有一二百人的样子，而且这群人中多半都是女人。她们最喜欢叽叽喳喳地说闲话，任何消息，只要一到她们的嘴里，就会传出不一样的效果。

赵永瞧终于出场了，他毫不谦逊地把自己当成了领袖，站在祠堂门口，把手一摆，示意大家跟着他。他带着这帮人，顺着十字街，一路向西走去，回到了自己家。这个时候，赵远望刚从地上爬起来，一看赵永瞧带来那么多人，转身就往后院走。

"赵远望，你别走了，你今天必须做个决定。"赵永瞧喊住了他，把他堵在院子里。后面的人群开始起哄，赵永瞧已经跟他们介绍过情况，他们的目的只有一个，围攻赵远望，用全族的力量来说服他，要他让步，要他放弃那个孩子。

"远望，你就听你哥的话吧，这个孩子没法要。你看，你要是不要这孩子，有你哥给你撑着，你在咱山河尖可是个人物。"赵跑满心希望他答应了，将来跟着这个小老哥混，说不定也能出人头地呢。

"就是。远望，你是老赵家的人，就算不为自己着想，也该替祖宗想想，你这事做得，他们死了也不能闭眼。"赵挑的肩上还挑着担子，他附和着赵跑，也劝起赵远望来。

"远望呀，你得听你哥的，不光是你，咱山河尖人都得听你哥的，他是营长啊，他说的话能错吗？"赵国梁也来了，他是被人背来的，这会儿坐在石碾上，拿眼睛偷瞄着赵永瞧呢。

"不但孩子不能要，要我说，曾梅也不能住在山河尖，她脏，她怀了日本鬼子的孽种，还有什么脸活在世上？"赵明也说话了，他恶狠狠的样子，足能把鬼吓跑，鬼怕恶人嘛。

"孩子生下来万一有病呢？那就更可怕了。"拄着双拐的赵同，看着自己的腿，竟冒出了这句话。

"你今天必须说清楚。要么把孩子拿掉，要么你就别姓赵，山河尖容不下你这个人，你自己选。"赵永瞧做了总结性的发言，此话一出，山河尖人立即附和，还爆发出一阵雷鸣般的掌声。他点了根烟，似乎已经没有一点转圜的余地，他给赵远望下了最后通牒，马上就要赶人。有史以来，山河尖还没有把族人削除姓氏的例子，这是一条多么可怕的路，只要你走出去，你就不姓赵了，那你姓什么？姓钱，钱远望？姓孙，孙远望？姓李，李远望？作为一个人，如果连自己的姓氏都丢了，那他还剩下什么？

赵远望没有出声，他们就这样僵持着，从清晨一直对峙到午后，其间很多人站累了，就在旁边找个东西坐下来。还有人感到饿了，就回家拿了点干粮，蹲在路边啃起来。大家都在等着赵远望的一句话，是走是留，只要说出来，他们也就可以放心离开了。赵远望必须做出选择，因为赵永瞧为了确保事情的顺利，带来了一小队士兵，趁着赵远望在门口沉默的时候，他已派人架起了昏昏沉沉的曾梅。那些士兵都是忠诚的武士，跟随赵永瞧出生入死，只要他一声令下，就算前面有刀山火海，他们也毫无畏惧，更何况他们现在劫持的是一个手无寸铁的女人。他们也在等一句话，赵远望的话，是杀是堕胎，还是离开，只要一句话。

"你没有第三条路可走，我们赵家的祠堂里容不得这个女人，你看着办吧。"赵永瞧把他的军大衣猛地一甩，衣褶抖动发出猎猎声响。

赵远望仍没有说话，大家还以为他睡着了，有人走过去推了推，发现他眼里噙着泪水，这才放了心。这人一推之下，赵远望抬眼望了望曾梅，她在两名士兵的架攘下，勉力站着，脑袋耷拉下来，许久没有梳理的头发散乱地披落下来，盖住了脸。她的衣衫凌乱，光洁的小腿露在外面，在午后的阳光下显得特别白。赵远望陷入了回忆，他想起了那个初夏的早晨，井沿上那双赤裸的小腿，清凉的感觉袭上了心头。他还想起自己的父亲，他是见过父亲的，十二岁之前他的生活里都是父亲的影子，高大伟岸，双肩同时扛起犁耙，还能提上一筐草。他疼爱自己的孩子，常常在闲适的雨天里给他们做些小玩意，他把木桶的明毂抽下来，作为推圈，再用铁条弯成一个推手，插在木棍上，他最小的儿子就可以推着那个铁圈，在土路上跑一个下午；或者截一段木棒砍成陀螺，把铁珠打进陀螺的底尖上，在磨盘上抽打的时候，就迸发出一串串的火星；他心灵手巧，还会用竹篾扎风筝……他时常抱着他的孩子，坐在门前的石墩上，望着滚滚的淮河，哼着谁也听不懂的歌。当他最小的妹妹坐在父亲的腿上，父亲总是抚着她的头发说："真像个小笆斗。"他猜想，那感觉应该和他嗅到曾梅的发香时一样，是孩子让父亲成为一个父亲，是女人让他成为一个男人。

他终于做了最后的决定，抬眼望着哥哥，平静地说："我走，我不姓赵了。"山河尖人都愣住了，他们实在想不明白曾梅到底有着怎样的妖法，如何摄去了赵远望的魂魄，使他心安理得地背叛祖宗，背叛自己的家。因为这件事，之后的很多年中，曾梅都被形容成妖怪。如果谁家的孩子啼哭不止，大人们就会说："曾梅来了，曾梅来了。"孩子立马就会闭嘴，比狼来了还要管用。

赵远望已经做出决定，这个决定却让山河尖人大失所望。他们在回家的路上，互相讨论着，赵远望真不是个男人，天底下难道就曾梅一个女人吗？

傍晚的时候，赵远望牵出骡子套了一辆大车。他把被褥、衣服、几样简单的家具，以及锅碗瓢盆，特别是那个盛着新鞋的锦盒，一样样装了进去，最后他才抱起瘫软在地的曾梅，把她放在铺好被褥的大车上。然后，他转身给母亲磕头，头与地面相碰发出咚咚咚的声响，特别响，远远超过了自鸣钟的敲打声。他抬头对母亲说："娘，自鸣钟半个月要上次发条，你可别忘了，你看不见，就让赵摇上。"他的母亲一句话都不说，浑浊的老泪却顺着面颊流淌下来。起身之后，赵远望环顾四周，看了山河尖最后一眼，他似乎要刻意记住什么似的。他曾赖以为生的棺材铺，他亲手建造的房子，他曾耕种过的土地，以及他曾游弋过的淮河，他都看了一遍。就要走了，或许在他有生之年，都不会再踏上这片土地了。

天快黑的时候，赵远望低头牵着骡子，拉着他的大车，离开了山河尖。大车的木轮走在坑坑洼洼的土路上，发出骨碌碌的声音。太阳快下山了，血红的夕阳照着他，他的大车，还有大车上的女人，拖出老长老长的影子……

赵远望走了，他离开了生他养他的山河尖。可是赵永瞧并没有获得胜利的快感，相反，他也很累，浑身乏力，就像一只斗败的公鸡，低下头，点了一根烟，顺着墙根深深地蹲了下去。他在山河尖住了大半年，那段时间，他学着母亲的样子，坐在院门口的槐树下，一坐就是一天。渐渐的，他也沉默起来，越来越孤独，看什么都没意思。终于有一天，连他也受不了了，正巧他的部队接到南下的命令，他就带着他的队伍过了淮河，向山里去了。

山河尖终于归于平静了。

第三卷

很早的时候，金台安并不是一个基督徒，相反他还很迷信。行船的人都有拜神的习惯，过险滩，走深河，逢雨天，都要在船头上摆出香案，恭恭敬敬地对天磕头，以求逢凶化吉一帆风顺……

一

很早的时候，金台安并不是一个基督徒，相反他还很迷信。行船的人都有拜神的习惯，过险滩，走深河，逢雨天，都要在船头上摆出香案，恭恭敬敬地对天磕头，以求逢凶化吉一帆风顺。金台安尤其重视祭拜活动，每次行船下网之前，他都要烧香磕头请签，虽然不知道拜谁求谁，他却能拿出十二分的诚意，头磕在地上咚咚响，口中念念有词，一副虔诚的样子。

那时候，蚌埠港有个很出名的女人，四十多岁，却生了满头白发，倒像七十岁的人。据说她生有一对神目，穿墙视物如在眼前，还能看阴阳两界，被传得神乎其神。于是很多人慕名而至，有的请她看病，有的求她祈福，当然最多的还是请她带信。因为传说她能看阴阳两界，介乎人鬼之间，大家相信她能与死去的人对话，而且确实有人看到她深夜坐在乱坟岗上，嘴里喋喋不休，大有谈笑自若的意思，所以她成了远近闻名的地府信差，很多大户人家都托她给死人送信。传到最玄乎的时候，说她曾帮助一个财主到阴间问话，最后捎来口信，厨房的水缸底下埋有财宝，一挖之后，果然发了一笔。

金台安那时刚好路过蚌埠港，在那儿停船两个月之久，却一条鱼也没捕到。渔民以捕鱼为生，抓不到鱼，生活就是问题。病急乱投医，实在没有办法了，他带着礼物——两条四五尺长的窜鱼干，找到了那个女人。他说尽了好话，又是作揖又是磕头，只求女人能运起神目，在淮河里探测探测，何处有大鱼，何时能下网，将来大有捕获的时候，必定重谢。女人倒也爽快，收下了金台安的礼物，就随他来到了淮河边。金台安率领家人，众星捧月一般把那女人拥上了船头。那女人仰脸站在船头，颇为豪迈，运起两眼就像夜叉探海似的，左看右看，上看下看，最后得出结论——东去一百八十里有处河窝，群鱼聚居如赶庙会，在那儿撒下一网，至少五百斤。金台安还请女人画了一张简图——图上一条弯弯曲曲的粗线活像一条长虫，在肚子上还点了个黑点，女人说那就是聚鱼的河窝。金台安接过简图，如获至宝，当晚就起锚东去了。三天之后船行一百八十里，到了一处宽阔的河面，这里淮河急转形成漩涡，与上游六百里开外的老龙窝极其相似，金台安一看大喜，女人果然神算。那天他发动了全家人，连夜补织了巨网，那网几乎可以拦住半个淮河。一家人跃跃欲试，只等天亮。

第二天清晨，东方才露出一丁点亮光，金台安就带着全家人扯开了巨网，他与女儿扯住一头稳在岸上，他的儿子扯住一头，驾上小舟，在河中间扇面一般摆了一圈，如果真如蚌埠女子所说，这一网下去，恐怕能打出上千斤鱼来。

只可惜淮河太宽了，水流太急了，它横亘千年，岂是几个渔民就能征服的？金台安的巨网才下河，就被漩涡卷成了线球，他的儿子站在小舟上，拼死扯住一头，还想把网拉回来，结果连他自己也掉进河里去了。那艘小舟在漩涡里，就像一根指针，不住地旋转，好像被一个巨大的吸盘吸附着，一并被漩涡吞噬了。

那天金台安被滚滚的淮河吓懵了，他还是第一次看见淮河的愤怒。

他在岸边哭泣了许久，连那张巨网也放弃了。最后他用拳头擂着沙滩说，我一辈子拜了那么多神菩萨，哪怕只有一个灵光，哪怕只有一根草也把我儿子捧住了。沙滩上被他擂出许多小坑，一如他脸上的麻子。后来他开始迁怒蚌埠港的那个女人，倘若没有她的论断，打死他他也不至于如此异想天开，想把淮河鱼一网打尽，那么他的儿子也不致被淮河吞噬了。

金台安顺流而下，在下游三十里外的一处河汊子里，找到了他的儿子，这已是三天之后的事情了。这三天里，他没有吃任何东西，没有喝一口水。他觉得淮河就像个大汤锅，里面有他儿子的味道，所以他一见到河水就想吐。第三天的清晨，他划着小舟在河面上巡视，终于在河汊子里看到了一具尸体，但尸体被水浸泡已经膨胀，实在辨认不出，他仅凭尸体身上的衣物确定那是他的儿子。他用小舟把尸体拉回到岸边，拖到沙地上。怀着沉重的心情，把那具尸体埋在了河边的沙地里，没有任何仪式，也没有任何必要的殡葬用品。埋好尸体，他又起锚去了蚌埠港。那个时候的金台安再也不相信漫天神佛了，原本在他心中高高在上的神台，一夜之间全部坍塌。他带着满腔的怒火找到了那个女人，也不知哪儿来的勇气，他把女人院中摆放的各类神佛、供桌、香炉，以及人们感激她的神目所送的牌匾全部砸碎，最后又捡起一块焦炭，警示性地在那女人的脸上画了一个大圈，然后把木炭一扔扬长而去。

其实金台安也想过放弃他的船，他的淮河，上岸生活，只是长久的渔民生活，让他习惯了随波逐流，早已忘记了如何耕种如何收割，在岸上他养不活自己。失去儿子的金台安，也失去了斗志，他经常坐在船头上眺望淮河，在夕阳下看着闪烁着金光的河面，再也没有了征服淮河的感觉。他既疲惫又苍老，一点志气也没有，他以为这辈子也不可能有什么改变了。可是，他决计想不到，他伟大的传道人生才刚刚开始……

有一天，他正提着吊桶从河里打水，却听到几声呼喊。他侧目看去，岸上来了一个披着长衣的人，一身黑，鬼魅一般，大白天看起来也挺瘆人。那人双手围拢在嘴上，正呼喊着什么，只是他的话被河风吹散，实在听不清楚。这个时候，太阳刚刚升起，暖洋洋的，整条淮河平息了愤怒，一派祥和。金台安最小的女儿，正在船的另一侧把尿桶里的秽物倒进河里。他的大女儿正在船头上补着渔网，他的妻子则坐在船舱里纳着鞋底。长久萎靡的金台安抬起头来，看看河岸，看看岸上蜿蜒而去的土路，突然有一种奇怪的感觉，好像从一场漫长的噩梦中醒过来，摸到了现实世界的边，鱼的腥味、泥土的青气，随着河风扑面而来，他这才意识到自己还在船上，还在河里，还活着。

他马上做出了回应，并驾着小舟向岸边划去，看来那人是要过河。到了岸边他才发现，这个喊船的人很怪，长着一头棕色的头发，蓝眼睛，个头特别大，穿着很洁净，也很讲究，原来是个外国人。金台安是见过外国人的，农村人不如城里人，城里人不如船上人，他走南闯北许多年，毕竟是见过大世面的。可是这个外国人却说中国话，虽然听来有些别扭，却都能听懂。他说："老乡，能把我渡到对岸去吗？我有要紧事呢。"金台安点头让他上了船，那个外国人用碧蓝的眼睛看着他，他也看着那人的眼睛，不知道为什么，那对蓝眼睛似乎有股魔力，一下子开启了他的智慧之门。他说："哪里是我渡你，应该是你渡我才对啊。"他们两个一见如故，好像冥冥中注定一样，掏心掏肺地攀谈起来。

"这就是淮河吗？"外国人好似很了解这儿，他说，"过了这条河就是北方了。"

"你过河做什么去啊？"金台安问。

外国人笑了笑，然后举目眺望着滚滚河水，不无感叹地说："这块大地沉沦太久了，什么时候，福音才能传遍这块大地啊！"金台安听不懂他的话，只觉得这人很奇怪，想必是做大事的人。他们之间无话不说，说完了淮河就说捕鱼，说完捕鱼就说他的儿子，说完儿子金台安竟不能自已，伏在船舷上哭泣起来。那个外国人仿佛了解他全部的过去，用手轻轻拍着他的背，安慰着他。他说："《圣经》里写着，我即是光明，是希望，追随我就是追随光明，获得希望。"然后他扶起悲痛中的金台安，抹去了他的泪水。真的很奇怪，金台安立即止住了悲伤，好像看到了希望。

那天金台安把外国人带回自己的大船上，他的妻子给那人做了散发着腥味的醋鱼干，还有特别加了蚌肉的咸粥。外国人一边咀嚼着食物，一边对金台安一家人布道。他说："是人都有罪，就连初生的婴儿都带着原罪，上帝为了拯救世人，派他的亲生儿子来到世间，被钉死在十字架上，流尽了宝血，为世人赎罪，而世人还不醒悟。遇到我，就是遇到了光，我会让你醒来，再不沉沦……"

金台安瞪大了眼睛，他本来再也不信神了。他问："你说的上帝是什么？"外国人说，是神啊。金台安摇了摇头，叹口气说，又是神，到底是真神还是假神呢？很显然，他对神早已失去了信心。外国人一点也不着急，他举了一个例子，生动地说明了上帝的存在。他说："《圣经》里记载，人是上帝所造，他先造了亚当和夏娃，有天夏娃吃了智慧树上的果子，而且他还骗了亚当，要亚当也吞吃果子。可是亚当还没有咽下果子，上帝就叫住了他，他赶紧用手捏住了脖子，那颗果子就卡在他的喉咙中间，后来就成了喉结。不信你摸摸自己的脖子，是不是有个疙瘩，好像有个果子在里面？"金台安赶紧摸了摸自己的脖子，果然有个疙瘩在，他的眼睛瞪得更大了，他问："那女人为什么没有？"外国人笑了，他说："上帝发话之前，夏娃就已经把果子吞下去了。"

金台安信了基督，因为脖子上的那个疙瘩，他相信了基督。

外国人在金台安的船上住了整整一个月时间，后来金台安才知道，他就是替上帝传道的神父。很多个晚上，金台安带着他的妻子和两个女儿，围坐在昏暗的油灯下，听神父讲道。他们不仅学会了很多圣歌，还学会了祷告——跪在船舱里，闭上眼睛，两手相扣抵在唇边，心里默念自己的理想，向上帝一遍遍诉说自己的不幸。有天晚上，神父拿出一本厚厚的书，交在金台安手上。他抚着那本书的封面说："这就是《圣经》，我把它传给你，你可要好好去读啊。"金台安接过那本书，脸却红了，他从没进过学堂，大字不识一个，哪里会读《圣经》呢？神父拍了拍他的手背，一脸严肃地说："别灰心，神爱世人，只要你投向他的怀抱，他不会拒绝任何人，土匪、妓女、麻风病人都不例外。"神父说完，就翻开了《圣经》，一个字一个字地教他，一直教了半个多月时间。

难以置信的是，半个月之后，金台安真的能认出许多字来。他更加相信，神有大能，正如《圣经》里说的，他能叫瘫子走路，瞎子看见，压倒的芦苇不致折断，骆驼穿过针眼门。从那之后，他认真研读起那本《圣经》，渐渐成了识字儿的人。

二

金台安一生都在淮河里度过，可是淮河却给他留下了两块伤心地，这两块地方在他的心里打下烙印，在他的一生中，无论如何也忘不了。一处是蚌埠港东的大漩涡，他的儿子就葬在那里；还有一处是山河尖，他的女儿是在那儿"嫁"出去的。所以当他的船经过那两处地方的时候，他总要降下白帆，以长篙撑过。

战争结束之后，金台安从一个隐蔽的河汊子里驶出来，恢复了正常的渔民生活，又回到了滚滚的淮河主流上。他逆流而上，穿过蚌埠港，越过南照集，前面就是山河尖了，他实在不想再回到那个地方，终于把船停了下来，就在山河尖下游三十里的地方。

这个地方就叫朱家庵。

朱家庵本来是个人名，他原本住在朱大寺，不知为什么被家人赶了出来。他顺着淮河往东走，发现了一块地方，这地方就像世外桃源一般，既无人烟又无猛兽，土地肥沃，乔木成林，他就在这儿住了下来。他是第一个来到此地的人，在树林里建了一座茅屋，活像一间庙庵，这个地方也就随了他的姓名，叫朱家庵。朱家庵在淮河南岸，被长虫似的淮河绕了半圈，成了一座半岛。沿着河边的浅滩，越向南地势越高，草木越盛，到了离河二三里的地方，地表全被树林蒿草覆盖，方圆几公里，有土包有小溪，朱家庵的茅屋就在溪边的树林里。继朱家庵住进来之后，几年间相继又搬来了十几户人家。有那么几年，没有人管也没有人问，他们几乎成了野人。直到后来，住户多了起来，才有人将他们列为淮滨县的百姓，开始象征性地收租收息。他们在树林边的小溪边修筑茅屋，把树林以南的大块土地开垦出来，成了良田，在树林里搭起草棚，蓄养牲口，终于过上了正常的生活。

那天下午，金台安从船上下来，登上了这片土地。淮河两岸景致都差不多，这个地方原不稀奇，可金台安刚登上高地，就看到了一群鸡鸭，就像绿色的毯子上掉了珍珠，滚着，叫着，在远处的树林里若隐若现。特别是母鸡的咯嗒声，竟带着一股奇异的磁力，好像在召唤着什么。那一刻，金台安有一种奇怪的感觉——累，他第一次那么强烈地感觉到累。他太疲倦了，就连睁眼也嫌累，恨不得马上躺下，让身体的每一寸肌肤每一处关节，都与大地接触，有所依靠，那才好呢。

他疲于多年来水上的奔波，疲于日夜操劳居无定所，疲于风雨中与缆绳长篙的搏斗，最重要的是他疲于那两处伤心地，只要他还活在淮河里，他就绕不开那两处地方。他开始向往大地的厚重与坚实，哪怕只是在草地上躺一躺，他想，那种感觉也必定比睡在船里踏实。他不想漂泊了，所以他回身来到河边，把重达八十斤的大锚狠狠钉进土里，就像种下一棵树，要它生根发芽，咬紧大地，再也不要拔起。

他踩过细软的沙滩，穿过浓密的树林，看到了那几间低矮的茅屋，它们安静地立在那儿，檐下挂着火红的辣椒、大如磨盘的南瓜，好像沉寂了许多年也无人打扰。林边有一棵满抱粗的梨树，几个孩子正在那儿摘梨子，有的站在树下仰望，有的像蝉蜕般叮在树干上，还有几个胆肥的爬到树杪上随风摆动，正伸手够梨。金台安笑了，这种感觉很奇怪，许多年来他还是第一次有这种感觉——年少出行的游子突然回到家乡的那种踏实。当他的手抚摸过那些粗糙的树干，竟有一丝似曾相识的感觉。如果说淮河是他长久以来的羁旅，此刻他确信，朱家庵将成为他落叶归根之处。

那些孩子看到陌生人走近，也不害怕，好像要卖弄爬树的本领，哧溜一声从树上滑下来，凑到金台安跟前，看把戏似的围着他转。大概他们见人不多，更没有离开过朱家庵，一见生人，喜欢极了，竟在地上打起滚来，直翻跟头，不知道做什么才好。

"你是谁呀？"有个大点的孩子，终于忍不住问了一句。

"我？我是个打鱼的啊！"金台安呵呵地笑着，也不知为什么，他突然有一种含饴弄孙的闲适感。

孩子们扯着他，把他拉出了树林，朝林外的一片庄稼地走去。正值盛夏，庄稼地里一片碧绿，玉米已经半人多高，黄豆也已半饱，一片喜人的景象。几个戴着草帽的农人，正弯腰忙碌着。有个人恰巧起身擦汗，金台安看得一清二楚，怪了，那人不是赵远望吗？他怎么会在这儿？

这时候，赵远望锄好了地，光着膀子从地头上踱回来，抱起瓦罐子咕嘟嘟地喝起水来。他喝完水一抬眼，就看到了刚出树林的金台安。赵远望是见过金台安的，当然也见过他的女儿。他先是呆了一呆，自打来到朱家庵，他就像躲进了世外桃源，再也没有见过从前相识的人。他一直以为越陌生的地方越有安全感，毕竟这儿没有一个熟识的人，没有人知道他的过去，没有人知道他已经不姓赵，没有人知道曾梅的肚子里并不是他的孩子。所以，当他看到金台安的第一眼，竟吓出一身冷汗，他愣住了。他怕见熟人，怕人说起他的过去。

金台安的出现，让赵远望想起许多过去的事情，原本模糊的山河尖，又清晰起来……

"赵远望，你怎么会在这儿，好好的山河尖不住，怎么搬到这儿来了？"金台安走了过去，亲切地跟他打起招呼来。

赵远望却没有说话，他愣了好半天，挠挠头，撇撇嘴，好像找不到更合适的理由，又不知如何开口，最后只轻轻点了点头，算打了招呼。不过赵远望回头一想，在发洪水那一年，金台安就离开了山河尖，之后的事情，他并不知道。想到这儿，他才放下心来，渐渐表现出他乡遇故人的热情来。

到了晚上，赵远望邀请金台安到家里做客，准备盛情款待这位老相识。金台安很高兴，没想到在这块陌生的土地上还能遇到熟人，况且这又是他所钟情的土地，这样一来，定居此地的事情肯定更好办了。所以他敞开心扉，直接对赵远望说明了来意。他也想搬到朱家庵来，放弃淮河，学习耕田种地，顺便捕些鱼虾，从此定居此地。赵远望很错愕，他的轻松与健谈，与当年女儿"出嫁"时的萎靡判若两人。他不禁想，金台安究竟有何法宝，是什么力量，竟让他从困境中自救出来？难道因为他是笃信基督的虔诚教徒吗？

这时挺着大肚子的曾梅出来了，一看来了生人，慌忙把头低了下去。她自顾忙着，一句话也没说，上完了菜就躲到里屋去了。金台安惊讶地说："远望，你可真快呢，两三年不见，你都结婚了啊？咋不叫你媳妇儿过来一块儿吃啊？"赵远望抿嘴笑笑，没有接话，他殷勤地劝着金台安，又给他夹菜又给他倒酒，喝到后来，他们都忘记了过去的不幸，谈起将来的计划，如何扩建房屋，如何养殖牲畜，两人高高兴兴地吃了一顿饭。

第二天赵远望带着金台安在树林边走了两圈，最后指着一处高地说："那儿好，不受水，就在那儿建房子吧。"当天下午，金台安就带着家人搬进了树林。在赵远望的帮助下，金台安很快就建好了房子，虽说简陋了一些，住起来毕竟要比船上宽敞。他用树枝圈了一圈围墙，学着赵远望的样子养起了鸡鸭，还在树林外开垦了第一块小田，种了一点豆子。偶尔来了兴致，他还把渔网插到河里去，捕些鱼虾来改善生活。那个夏天，金台安坐在他的茅屋门口，一边乘凉，一边编织着草筐，他竟感受到一种前所未有的安宁。特别是雨天里，沉稳的茅屋让他沉醉，他再也不必担心风急浪大洪水暴涨了。他的船就停在河岸边，再也没有动过，随着淮河水位的下降，竟渐渐脱离了河水，浅在了河滩上，与大地连成了一体……

三

七月中旬的一天，曾梅挺着肚子，还在玉米地里拔草。那时她已接近临盆，行动极不方便，赵远望不让她下地，可她不依。她很勤快。一方面她固执地认为，身体的劳累可以淡化心灵的煎熬；另一方面，她也希望以自己的勤劳来弥补内心的愧疚。

　　七月中旬的时候，天气仍然大热，尤其在午后，一丝风也没有。曾梅钻进人把高的玉米丛里，全不顾天气燥热，甩着大肚子，半蹲半坐地拔着杂草。玉米地就像个大蒸笼，埋身其中还不到半个小时，曾梅浑身就汗透了，水洗了一般。赵远望则在玉米地的另一头，挑着一担木桶，给新插的红薯浇水。也就是这个时候，曾梅的肚子突然疼了起来，钻心地疼，她感觉整个身体都要撕裂开了，实在忍受不了，她就爬出玉米地，在旁边新翻耕的土地里翻滚起来。赵远望听到了，赶紧从地头上跑过来。不用说，曾梅要临盆了。

　　赵远望是见过女人临盆的。他见曾梅在泥地里翻滚，虽然有些慌乱，却并不觉得陌生。他回想起曾桃，回想起那个不住流血的巨大伤口，回想起人的来处，不禁颤抖起来，他终究不能直面一个人的由来。真的，他打心眼里是厌恶人的，包括他自己。他甚至幻想，如果真如金台安所说，人由上帝所造，干净爽利，那该多好啊。可他又喜欢鲜活的生命，喜欢那股根植在生命中的活气，喜欢活气不灭，无休止的抗争。有时，连他自己都怀疑，他所喜欢的是生命本身，而不是活脱脱的人。他太矛盾了，所以他经年沉默着。

　　曾梅生了，就在新翻耕的带着浓郁泥土气息的土地里，是赵远望亲自为她接生的。别人出生时，往往是头先出来，这个婴儿却是手先出来，他的小手攥成拳头，不住地挥舞着，竟似擂鼓一般。赵远望累得满头大汗，整个过程中，他呕吐了三次，才算安全接下那个孩子。那是一个男婴，又白又胖，身上包裹着一层湿黏的液体，也沾满了新翻耕的泥土。小婴儿虎头虎脑，半闭着眼睛，挥动着玩偶似的胳臂，扯开喉咙啼哭起来。赵远望看着他，痴痴地，竟忘记了他与曾梅尚未分割，他们之间还有脐带联结着。他已是第二次看到一个人的由来，却还是第一次看到一个鲜活的生命如何降生落地。这是个新生的婴儿，新生意味着什么呢？意味着新的开始，意味着忘记过去，在鲜活的生命面前，仇恨、苦难都显得不那么重要了，这是赵远望的第一感觉。看到婴儿的一刻，经年沉默的他竟然微笑了一下。虽然只是一小下，却是他一生中难得的几次笑容之一。他用锄头把脐带割断，以沾满泥土的双手捧起婴儿，搀扶着曾梅，慢慢地回了茅屋。那晚，金台安还曾来到他们的茅屋，一面给赵远望道贺，一面搬过他久已生疏的《圣经》，给小婴儿行施礼……

赵远望称过，婴儿重十一斤二两。按照赵远望的意思，给这个孩子起名叫朱仇。他早就想过，连他自己都失去了姓赵的资格，更何况这个孩子。他不能姓赵，又生在朱家庵，那就姓朱吧。至于名字呢，他是仇恨的化身，积结了两个国家、一个家族、几代人的怨恨，那就叫他朱仇吧。这就是朱仇名字的由来。

孩子是生下来了，可曾梅的心里却是纠结的。坐月子的那段时间，她没有一天是安宁的，噩梦纠缠，烦恼不断，她经常在半夜里惊醒，披着一身冷汗大呼救命，要不然就是突然情绪失控，嘶吼着让我死让我死。而对那个孩子，她则显得有些冷漠。一天，她看着婴儿足足看了两个钟头，在她感觉，这个孩子既熟悉又陌生。毕竟在她的身体里住了十个月，这个婴儿的身体内流着她的血，她了解这个孩子，了解他的全部，与生俱来的母性使她本能地疼惜他、怜爱他。可她始终未走出那个深渊，这孩子名叫朱仇，只要他还在她的面前，还在这个家里，她就忘不了他名字的意义——仇恨。她抱着孩子，哄他，喂他，长久地注视他，连她自己都不知道那是一种怎样的感受，是爱，是恨，还是一种本能？孩子没有出生之前，她还没那么痛苦，也许是眼不见心不烦吧。可是现在孩子出生了，只要看到他，她就会想起这个孩子的父亲，想起那场劫难，她就会焦躁，就会抓狂。

有几回，她想起这些的时候，心里竟冒出一个奇怪的念头——一把火烧了茅屋，烧了自己，也烧了这孩子，那样的话，所有问题就解决了。可她很快就想到了赵远望，他怎么办？他背弃家族，背负骂名，逃到这样一个地方，到底为了什么？这样做对他公平吗？到底应该怎么做？她不知问了多少遍，问天问地，问滚滚的淮河，也问她自己，可是谁又能给出答案？

朱仇终于满月了。月子结束，曾梅可以下床的那天，按照淮河湾的规矩，要把婴儿抱到淮河里洗洗澡，还要穿身破旧的衣服，这样孩子才好养，不怕水。那天，赵远望在地里忙活，曾梅一手抱着孩子，一手端着大木盆，来到了淮河边。也就是这天，曾梅突然做了一个决定。既然问天天不应，叫地地不灵，那就把一切都交给淮河吧。既然它孕育了淮河湾，它就该对淮河湾的人们负责。它不是亘古不变吗？它不是滚滚不息吗？不管多少鲜血，多少灾难，在它面前不都是一瞬烟云吗？好吧，那我就把一切都交托给你。

曾梅把孩子轻轻地放进了淮河，在水深过膝的浅滩上，为他搓洗，为他擦拭，脱落的胎毛、结痂的羊水，一点一点，一遍一遍，从清晨一直洗到正午。最后她取过那只大木盆，也放进淮河里，又在盆底垫起厚厚的棉衣。就是这些了，她想，我已尽了作为一个母亲的义务，孩子，你有你自己的命，你不属于这个地方，你还是走吧。从这一刻开始，你就属于这条淮河了，它把你带到哪儿，你就去哪儿吧。她为孩子穿好了衣服，在河岸边毫不羞赧地掏出乳房，给孩子喂了一个大饱。然后她噙着眼泪把孩子抱进了木盆里，那木盆真像一个摇篮，在起伏不定的水波里，摇啊摇，摇啊摇。可是她用手轻轻一推，那只木盆就像一艘小船，在宽阔的河面上飘荡着远去了。而朱仇呢？这个刚刚满月的孩子，仰脸望着天，啃着自己的手指头，竟咿咿呀呀地唱起歌来……

赵远望回到家里的时候，曾梅正在做饭，一股葱花的香味从茅屋里飘出来，使他忘记了一上午的疲惫。曾梅坐月子的这段时间，家里家外都是他一个人照料的，这个家早被他折腾得一片狼藉，此刻才一进门，就发现屋里屋外已收拾得井井有条，他心里很高兴，这才像个家嘛。在拾掇家务这件事情上，男人是要输给女人的。

他进了屋，本要去逗弄一下孩子的。可是他翻遍了三间茅屋，也没有见到朱仇的影子。他急了，转身去问正在做饭的曾梅。可曾梅很平静，一点也不担心，她继续做着饭，连头也没回。赵远望不得不扳过她的身子，看着她的眼睛问："朱仇呢？"曾梅无奈，只好放下手里的锅铲，她的脸上竟挂着微笑，仿佛要给赵远望一个惊喜似的，伸手抹去了他额头的汗珠。她说："哥，你可以回山河尖了，你这么年轻，还能再娶个媳妇儿呢。"说话的时候，她一直在笑，笑得很深，脸上的酒窝都陷成了小肉井，差点笑出眼泪。而赵远望却愣住了，他完全不理解曾梅的话，竟似傻了，过了一会儿，他嘶吼着问："朱仇到底在哪儿？"曾梅依然不说话。赵远望重重地跌坐在木凳上，叹了口气，把头低了下去。

"这样不好吗？"曾梅试探着问，她接着说，"我把他还给淮河了，没有他你就不用陪我在这儿受罪了。"

赵远望也没有接她的话，他抬起头，看着门外，看着淮河的方向，喃喃地说："我来这儿，也不是为了他……"

曾梅反倒愣住了。不是为了他，那为了什么，如果是为了她，她现在好好的啊？他刻意与山河尖人为敌，与兄弟为敌，到底是为了什么，恐怕连赵远望自己也说不清楚。赵远望垂着头，说话的声音很低，他接着说："俺娘说过，他的儿子可以伤可以死，就是不能做杀人犯，连张恨忠她都不让杀，但是现在我们俩成杀人犯了。"

再过两天就是中秋了，邻居们都在炒芝麻，搋糖滚馍，一阵阵香味飘过来，可他们就那样僵持着，连午饭也没吃。

四

傍晚，金台安端着一个大木盆来到了赵远望的茅屋前，还没进门，他就扯开破锣似的嗓子嚷起来："远望，你这个愣熊，洗个澡能把儿洗没了，你还能干个啥？"说着他进了屋，边走边说："这家伙真是命大哟，木盆篦到我网上了，要不是我到河里收网，可真就飘走了。"说到这儿，他好似想起了什么，竟哀伤起来，喃喃地说，"要是我儿子也这么命大多好啊。"

赵远望原本低垂的头猛地抬了起来，三步并作两步，抢到金台安跟前，伸手就接过了木盆。朱仇躺在木盆里，兀自吮着手指头，好像什么也没发生过。他抬眼看了看金台安，眼神里溢满了感激之情。而站在一旁的曾梅，一下子瘫坐在地上，眼泪再次喷了出来。她知道，她掉进了那个深渊，再也无力爬上来了。也不知为什么，那一刻她开始相信任何关于命运的说法。命是什么？命就是既定的现实，冥冥之中的安排，逃也逃不掉，改也改不了。

金台安在木凳上坐了下来，他再次问起赵远望："好好的山河尖你不住，跑到朱家庵来干啥？要是在山河尖，你娘还能帮你带带孩子呢。"赵远望把木盆放在一旁，沉默了好一会儿才说："朱家庵这个地方挺好的，谁想来谁就来，朱家庵在家住不下去来这儿了，我也来这儿了，接着你也来了。"虽然他平时不怎么说话，但他好像很了解金台安。他说："你看，你不想去山河尖，我也不想去，咱们搁这儿住着，不也挺好的吗？"金台安好像被触到了痛处，便不再说话，他起身回家去了。

曾梅不想做杀人犯，她更不想让赵远望成为杀人犯。可她该怎么办呢？她还在那个深渊里，关于贞洁，关于民族的仇恨，关于母亲的天性，关于世人的眼光，那个深渊就像刀山火海，处处藏着危机，而且这些危机比死亡来得更可怕。如何才能跳出这个深渊，终结这场噩梦？既然淮河不愿带走这个孩子，这一刻她所能想到的跳出深渊的唯一方法就是死，只有死亡才能结束这一切。既然我无权定夺这个孩子的生死，那我总有权决定自己的生死吧。

曾梅再次想到了死，她已不是第一次想到死亡。在此之前，她曾自杀过十六次，没有一次是成功的，而原因只有一个，那就是有个男人不要她死。男人的理由很简单，可以说没有理由，他就是不要她死，要她活着，好好地活着。然而这是个可怕的漩涡——男人不要她死，不顾一切地对她好，越对她好，她就越觉得对不起他，越想死。

金台安走后，赵远望也起了身，他开始做饭，把曾梅没有炒熟的菜炒熟，把没有烧开的水烧开。而曾梅呢，她看着这一切，总算瞅到了空子，便飞快地起了身，既没有给孩子喂奶，也没有换衣服，任何死亡之前的告别都没有，直接朝淮河跑去，她是铁了心要死的。

傍晚的淮河很平静，一点波浪也没有。西天里还剩一点残阳，血红血红的，映照在河面上，好似给整条河泼了血。曾梅跑到河边连看也没看，一头扎了进去，头朝下脚朝上，以一种决绝的、无可挽回的态度跳了进去。扑通一声，河面上激起一圈圈波纹，一层赶着一层，向四周扩散开去。虽然是秋天，淮河的最深处却已凉得刺骨，那儿可真安静，又静又冷，给人一种想要睡去的感觉。曾梅闭上了眼睛，她就要睡去了，好安静，好幸福，马上就能跳出深渊了，马上就能走出噩梦了，再也不用回忆那场劫难了，她在内心里对自己说。可是，既然命运给她安排了一个不要她死的男人，她怎能轻易死去呢，否则那就不叫命运的安排了。

又是扑通一声，赵远望也跳了进来，他的手里还提着炒菜的铲子，以更决绝更不顾一切的态度，一头扎到了淮河的最深处。他一把揪住了曾梅的头发，然后拼命地用铲子划水。他们从幽暗的冰凉的淮河最深处，一点点浮了上来。两丈多的水深，对他们来说却似一条漫长的甬道，一点点穿过去，由幽暗到光明，由冰冷到温暖，他们终于浮出了水面。赵远望揪着曾梅的头发把她拖上了岸。

曾梅的嘴里呛着水，鼻孔里滴着水，连眼睛里也流着水。她嘴唇发乌，全身颤抖，滚在河岸边的泥泞里，竟完全虚脱了，她一边呛着水一边说："让我死吧，让我死吧。"而赵远望扳过她的肩头，用额头顶着她的额头，强忍着寒冷，一字一顿地说："我不许你死。这就是命，你死了就是服软，你就输了。"这话说到最后，他是喊出来的，说完之后他就将曾梅揽进了怀里，紧紧地抱着她，两个人就这样坐着，直到天黑了下来。

这是曾梅的第十七次自杀，同样以失败结束。她是被赵远望扛回茅屋的，有那么一会儿她已经失去了意识，赵远望烧了水，给她洗澡，给她换衣服，她才慢慢清醒过来。"死了就是服软，你就输了。"她回想着赵远望的话，渐渐平静下来，她觉得她开始懂得这个一生沉默的男人，明白他为什么与山河尖人为敌，为什么与兄弟为敌，为什么要来到朱家庵了。也就是从这个晚上起，她开始从内心里接受朱仇，接受那场劫难……

那晚朱仇既不哭也不闹，睡得特别香甜。可赵远望和曾梅却失眠了，他们都坐在床沿上，怔怔地看着窗外，一句话也没有。八月十五就要到了，窗外的月亮很大，把整个淮河湾都照亮了。到了半夜时分，赵远望走出茅屋，爬到河边的高地上，借着皎洁的月光，向山河尖望去，这是他来到朱家庵后第一次望向山河尖。朱家庵离山河尖超过三十里路，凭肉眼是看不到的，他只看到滚滚的淮河，河岸边黑压压的树林。但他的眼前却又浮现出许多画面，十字街中心的老槐树快要落叶了，院中的桂花开得正香吧，也许屋后的棺材板被雨水浸泡也该腐朽了，自鸣钟正敲响十二下，年幼的妹妹可能已经熟睡，而年迈的母亲倚在土墙上，正侧耳倾听着什么……她的头发斑白，双眼深陷，她一定在思念自己的儿子，和她葬在异乡的女儿。

曾梅跟在赵远望身后，她也爬上了高坡，他们两个在高坡上坐下来，互相依靠着，在静夜里，在月光下，仿如雕塑。

"哥，你想家了吧？"曾梅轻轻地问。赵远望却不说话，他看着滚滚的淮河，也不知在想什么，只是伸出手指了指对岸。山河尖在淮河北岸，而朱家庵却在淮河南岸，虽然只有三十里的路程，对他来说却像隔着千山万水，似乎一辈子也再难到达。赵远望之与山河尖，朱家庵之与朱大寺，朱家庵注定是个流放之地。

他们在高坡上一直坐到天快亮时才回了茅屋，那时朱仇因为饥饿醒来，正嘤嘤地啼哭着……

五

又到了八月十五，月儿又要圆了。

赵问男回想起去年的八月十五，她在山河尖，一家人坐在新建成的院子里，一边吃着曾梅烙的糖滚馍，一边商量着给赵远望办喜事，是多么幸福啊。可是这一年里发生了太多事，从曾梅的不幸开始，百年不遇的大饥荒，无休止的战争，不幸的事一件接着一件。她在曾窝子住了整整一年，山河尖一次也没去过，今年的八月十五又是什么样子呢？她很想回娘家看看，看看她年迈的母亲，看看她新婚的弟弟，还有她不幸的弟媳妇——曾梅。

其实，她老早就想回山河尖看看了。发生在她家院中的那场劫难，不仅害了曾梅，也给她带来了可怕的梦魇。原本能说会道的赵问男，变得沉默了，她整日活在恍惚之中，时不时想起那日的景象，总要发疯似的哭一场。那段时间她就想去山河尖看看，可是曾徒却不允她，把她关在院子里，连门也不让出。他说："外面兵荒马乱，到处都有枪声，躲在院子里还嫌不够安全，哪敢出门去。再说了，你还在月子里，现在出去抛头露面，将来落下什么病根可怎么办？"按照淮河湾的规矩，头生孩子降生，女婿是要到丈母娘家报喜的，曾徒也不敢，他躲在院子里，把门窗都关住了，还不放心，又在窗户上钉了一层油布，生怕婴儿的哭声传出去引来杀身之祸。

曾枪、曾刀满月之后，战争的风头小了一些，赵问男也已经平静下来，她迫不及待地想到山河尖去。可是，出了大门她才发现，外面的世界已经变了，大饥荒已经来了。那时，她家的粮食也即将吃完，看着两个嗷嗷待哺的孩子，不禁皱起了眉头。没过多久她就因饥饿而断了奶，两个乳房就像枯井似的，再也挤不出一滴奶水，两个孩子虽然很小，却不得不像大人一样，吃起了红薯。可是红薯不易消化，他们圆滚滚的小肚子好似充了气，敲起来发出咚咚咚的鼓声。一天晚上，曾徒和赵问男两个人相对坐着，他们在商量一件事，他们要做出一个决定——到底留哪个孩子呢？他们实在养不活两个了。当时曾枪稍微强壮一点，正躺在床上吮指头，而曾刀则显得更为消瘦，昏昏沉沉地睡着……

一个月后，赵问男亲手埋葬了自己的孩子——曾刀，这个可怜的孩子不是被拣选的那个。之后的一段时间里，赵问男又恢复了爱说话的性格，可与之前不同，她不再说笑，只是一遍遍重复着那些不幸的事，喋喋不休。她终于有了倾诉的对象，就算曾徒听烦了她的话，她也无所谓，她有儿子了，婴儿是不会烦的。几年后，曾枪还不懂事的时候就已能理解他姑姑曾梅的痛苦，他熟知姑姑的故事，也熟知弟弟的故事，他还不会说话，但那些故事已刻在他的脑子里，擦也擦不去。

　　说完了那些故事，赵问男就跪在床前祷告，她受母亲的影响也信了基督，而且她的祷词比金台安说得还好。她说："愿我们在天上的父，愿人都尊你的名为圣，愿你免了我们的债，救我们脱离凶恶，脱离仇敌的枪口，叫我们在你的怀里得以永生……"祷告完了，她就唱些圣歌，那些圣歌都是金台安教的，据说都是一个外国神父所写，唱起来不仅铿锵有力，还能拉近与神之间的距离。每天早晨，她都不吃饭，她要禁食，因为金台安告诉她们，最好的祷告就是禁食。她原本就不胖，禁食之后就更瘦了……

　　一年过去了，饥荒也结束了。赵问男终于停止了禁食，她抱着幼小的曾枪，回山河尖去了。

　　山河尖很平静，好像什么也没发生过。赵问男走进娘家的院子时，她以为母亲必像往常一样，早就听出来了。可这次不同，她母亲并未出声。院子里一片狼藉，好像许久都没人住过，而桂花落了一地，也没人扫。她的妹妹们有的在挑水，有的在煎药，谁也不说话。她慌忙跑进屋里，这才发现，她年迈的母亲躺在草铺上，大概是活不成了。赵问男顾不上太多，把儿子往旁边一扔，就扑在草铺边哭了起来。那时她的母亲已经病入膏肓，成日昏睡，连句话也说不了，见过她的人都说活不成了。她的两个儿子都不在身边，一个在外打仗生死未卜，一个被赶出山河尖，再也不许踏进家门。垂垂老矣的她躺在床上，除了听听自鸣钟的敲打声，再也无事可做。她摸索着用手指告诉她的哑巴女儿，把她的藏青色棉袄棉裤穿齐，再把她移到草铺上来，以迎接某个夜晚突然降临的死亡。也就从那晚开始，她再也没有说过一句话，虽然每天还吃一点东西，却跟死人无异。只是，她实在放不下她的孩子们，漂泊在外的儿子，不会说话的女儿，哪怕有个儿子在床前送终，她也没有那么大的遗憾了。所以她还留着一口气在，最好能够等到儿子回来……

　　赵问男在山河尖住了下来，她陪着母亲，要陪她度过人生中最后一段时光。她为母亲煎药，给母亲喂饭，陪母亲叙话，尽管母亲从不说话，她却总是喋喋不休。这样的日子一直持续到冬天，她的母亲越来越瘦，吃的食物也越来越少，眼看着已经活不成了。却在这时候，家里来了一个人，赵永瞧又回来了。

　　赵永瞧回到家里也像赵问男一样，扑在母亲的草铺旁大哭了一场，他为自己的不孝自责，狠狠抽了自己几巴掌。然后他扶起赵问男，拍着胸脯对她说："二姐你就闪一边吧，从今往后，煎药喂饭的事儿就交给我了，包给咱娘治好。"

　　从那天晚上开始，他延请了所有能够找到的医生，为他的母亲治病。有龙王镇的，也有淮滨县的。那些医生大多提着一个箱子，来到家里之后，拿出一个小布包，往赵永瞧母亲的手腕下一放，然后抚着稀疏的胡须摇摇脑袋，这个时候，赵永瞧总要拉着医生问问如何，医生也总习惯性地说："先开副药吃吃看吧，如果不见好转，那就另请高明吧。"那段时间，她几乎吃遍了所有的药，偌大的院子里到处弥漫着中药的味道。赵永瞧确也有孝心，长年累月地奔跑于各大药铺间，到最后连他都熟悉起各种草药来。他还听取各种偏方，一一为母亲试吃。河南那边传来一个偏方叫乌鸡白果汤，他为了做汤不惜杀了二十三只乌鸡；淮滨县里有个瞎子，告诉他一个偏方——以鳖尿泡鸡蛋，能治百病，他便买了十几只鳖，全都放在木盆里，白天夜里守着鳖，只等它们撒尿。只是他母亲的病从未见好转，反而越来越严重了。她的脸孔像蜡一样黄，黄得几乎要透亮了，胃口越来越差，不管赵永瞧买来什么好吃的，她都不愿吃，反倒是那些伤水的红薯更合她的胃口，但是红薯哪有营养，吃了也不管用，她便一天天瘦下来，到最后只剩下四五十斤重，跟个孩子差不多。

　　再后来，有个逃荒的妇女，背着一包破衣服路过山河尖，到赵永瞧家讨水喝。那女人操着一口山西口音，她说老家闹了饥荒，到处都是死人，没有办法才逃了出来。她站在赵永瞧的家门口猛吸一口气，立即断言说："你家有病人呢。"赵永瞧点点头，她肯定闻到了草药味。女人说，她在老家的时候听过一个偏方，只要心诚，人肉包治百病。她还举了一个例子，据说很久以前她的老家——介休，有个很有名的人叫介子推，跟着重耳在外逃命，有一天重耳生了病，因为在路上请不到医生，介子推非常着急，就把大腿肉割了一块煮成肉汤，他太真诚了，所以重耳吃过之后，立即痊愈了。可惜赵永瞧没有念过书，并不知道重耳是谁，也不知道介子推是谁。不过听了那女人的话，他倒信以为真，让他妹妹给那女人包了好大一包粮食作为酬谢。

那天晚上，赵永瞧找到了那把曾经斩掉他一只脚的菜刀，然后找来半坛酒，坐在灶门口的木柴堆上，咕嘟嘟灌了几口酒，嘴里横咬着一截木棍，把心一横，滋溜一声从大腿上削下一片肉来。他一瘸一拐地来到堂屋里，拿秤一称，足有半斤重。来不及包扎大腿，他就把赵摇喊了过来，赶紧拿厨房去煮碗汤，越快越好。半个钟头之后，赵摇果然端着一碗香喷喷的肉汤出来了，那味道还真鲜美，比他吃过的任何肉类都要香。他抢过汤碗闻了闻，一脸陶醉地说："俺娘就是好口福，俺都没有吃过人肉。"说着他将母亲扶坐起来，把汤吹凉之后，一勺一勺喂了下去。说也奇怪，他的母亲竟奇迹般地生出一股力气，不但把肉汤尽数喝完，还说了一句话。

"这是啥肉啊，咋恁腥？"赵永瞧一听，立马来了劲，那女人不骗人，人肉汤真的包治百病，神仙一把抓，一碗汤还没吃完病就好了一半。他咧开大嘴嘎嘎地笑起来，就像一只发情的公鸭。

"娘啊，你总算说话了。我是永瞧啊，俺把大腿都割给你吃了，你再不说话我可没办法了。"他的母亲一听儿子回来了，还以为是在做梦，两只树枝般的手到处乱摸，最后停在儿子的脸上，这才喜极而泣，抱着儿子，像个孩子般哭了起来。

赵永瞧母亲患的是心病，病得重，好得也快。恢复说话的能力之后，她就对儿子说："不用给我吃药，你能帮我办好两件事，包管就好了，就算好不了，我也死得瞑目了。"赵永瞧问："是什么事，别说两件，我堂堂的营长，什么事办不成？"他母亲就说："一是到朱大寺下面的土岗上，找到一块大石头，那儿埋着赵笑的尸骨，把她的尸骨起回来；二是把赵远望找回来。"赵永瞧一听，却沉默了，过了好一会儿他才说："娘放心吧，我明早就去朱大寺，把大姐的尸骨起回来。"

六

一个没有埋葬祖先尸骨的地方，就不能算作故乡。一个人死了如不能落叶归根，葬在故乡的土地上，那他就要沦落为孤魂野鬼。山河尖的人一直这样认为。

十一月中旬的一个清晨，鸡还没有叫，自鸣钟才打过两声，赵永瞧就起身了。他揣着一条大布袋，扛着一把大铁锹，划着篷船过了河，按照母亲的指示，向朱大寺去了。朱大寺在淮河南岸，离河十多里路。据说那儿曾建有一座大庙，由朱姓人家供奉，后来人们便叫它朱大寺了。从山河尖出发，只要过了河，穿过一片湾地，再顺着斜坡爬上高地，就到朱大寺了。这段路，赵永瞧再熟悉不过了。

他终于摸到了河对岸，可是那天太黑了，而且有雾，伸手不见五指，棺材上的沥青也没这么黑。他翻过河岸边的一道小堤，正要踏上那片湾地，却突然迷了路。冬天的雾很冷，扑在脸上连眉毛都结了霜，握着铁锹的手也冻得生疼，僵了，不能熟练地控制铁锹。他在迷雾里四处寻找，就像无头的苍蝇，最后连淮河的方向也失去了，整个大地没有了高低远近，全是一马平川，没有边际。

他不得不点了一根烟，借着烟头发出的微弱的光继续向前走，可惜雾太大了，烟头发出的光亮还不如萤火虫，仅能照亮巴掌大的空间。到后来，他竟隐隐听到前面有人声，像集市一样热闹，只是不太清楚，只要他竖起耳朵仔细去听时，那声音却又没了。他大着胆子往前走，用手里的铁锹探着路，又凝起目光尽力穿透那墨汁似的黑暗。终于看到了一点事物，尽管模糊不清，而且还很遥远，可他还是看到了。他看到了一座城，在浓浓的雾气里，城头连着城墙，城墙连着角楼，城门上的兽头影影绰绰，竟比淮滨县城还要威武。细看那城头上还有人影，几排衣着工整的人物站在那儿，好像在宣读着什么。城门口挤满了人，黑压压一片，却又很安静，好似都在认真听着城头上的人说话。人群中间，有一根铁杆高耸入云，顶端悬着一面旗帜，鲜红如血，正随风飘荡。赵永瞧见过的怪事不少，这次却吓了一跳，在淮河湾的晨雾里，一马平川的河滩上，竟横躺着一座城，好似千百年来一直在那儿，如今才第一次给人看到。

赵永瞧呆了，他顺着城跑了过去，要看看那是一番怎样的繁华世界。只可惜，他跑得快，那城也退得快，直到他累得劈头盖脸一身汗，那城离他还是那么远，一点也没有靠近。这时候，东天里隐隐起了微光，四围的雾气显得更浓了，但是多少已能看到一些事物，那城头在浓雾上露出一角，就像仙境一般。过了一会儿，城里好像放出了千万只鸽子，扑棱棱地飞上天空，竟在那座城的上空盘旋起来……

很小的时候，赵永瞧也曾听那些打鱼人说过，他们曾在大湖里见到仙山，比这城池还要壮美。他也曾打听，仙山是真的还是假的，大人们总要咳两声，叫他不要多问，只有一些上了年纪的人才会笑呵呵地对他说，那是鲶鱼精哈出的热气，哈到半空里就成了仙山，各式各样呢。淮河里有条大鲶鱼，鼻子上还戴着大铁环，头枕老龙窝，尾甩淮滨城，哈口气能起阵旋风，甩下尾巴要起场地震。小时候的赵永瞧是信的，生怕被河里的大鲶鱼吃了，有那么几年，宁愿在后塘的泥坑里打泥，也不去淮河里洗澡。可是大了之后，他渐渐怀疑起来，是否真有那么一条大鲶鱼，如果真有那么大，淮河哪里盛得下它。但是今天，他却看到了一座城，与那些打鱼人嘴里的仙山一样，如真似幻，再怎么追也追不上。

有那么几次，他觉得他已经跑到了城池先前所在的地方，可惜再去看那高耸的城头，却已经飘到更远的地方去了。东方终于射来一束光，太阳就要出来了，雾气好像见了瘟神一般，刹那间都躲了起来，周围的事物终于清晰了。赵永瞧拄着铁锨，站在那儿不住喘气，雾气散尽之后，他抬眼一看，就在刚才城头所在的地方，一个大土泡子突兀在那儿，斜坡上盖着一块大石头，正是他母亲所说的地方——埋葬赵笑的土岗。

赵永瞧站在土岗上愣了好半天，他回想着刚才看到的一幕，那城那人那鸽子，若说是幻觉吧，回想起来却是那么真切，若说是大鲶鱼哈出的热气吧，他又实在难以置信。他又点了一根烟，好容易才平静下来，这才挥动手里的铁锨，挖开了赵笑的坟墓。这座坟墓很浅，不一会儿就挖开了。赵永瞧小心翼翼地搓开泥土，终于看到了一堆白骨，他抹了几把眼泪，强忍着悲痛，把骨头一块块捡到了布袋里。那天，赵永瞧背着那只巨大的布袋，是哭着回到山河尖的。

按照母亲的意思，赵笑的尸骨被装进一个陶瓮里，陶瓮封口之前，她拼着力气爬起来，哆哆嗦嗦地将一只雕着古旧花纹的镯子塞到了陶瓮里。后院的棺材多得是，都是赵远望离开之前留下的，她叫赵永瞧到后院里选了一口上好的，然后把陶瓮安放进去。她对赵永瞧说，把她葬在你哥哥旁边，也好有个伴，不受人欺负。说完她抹着眼泪回屋去了。

　　赵笑的尸骨被安葬在娘娘庙的后面，赵长看的坟墓旁。并未举行什么葬礼，赵永瞧只是随意挖了一个深坑，棺材摆好，就掩了土。可他的母亲却说，那晚她又梦见赵笑从河里上来，却不是湿淋淋的，她收拾得干干净净，提着一个包袱，像来道别，却又不说话，只是一味地笑。她还特意挥挥手，显摆似的，因为她的手腕上戴着一只雕着古旧花纹的镯子。她在梦里还仔细地端详了这个女儿，却又突然觉得她不是赵笑，而是赵问男。后来她便醒了，不管是谁，那都是个梦。

　　其实赵问男那晚也做了梦，她梦见姐姐赵笑像往常一样从河里上来，边走边笑，来到赵问男面前的时候，架起双手转了两圈，她说："妹妹你看，我的嫁衣好看吗？"赵问男这才细看起来，那果然是套嫁衣，带着裙边，经她一转，就像开了一朵花，好看极了。可她看着看着，却呆住了，那裙子竟是黑色的，不仅裙子是黑色的，连赵笑也是灰色，再看周围的事物，除了黑白二色，便是灰色，没有一点彩色。她惊呆了，醒来的时候，她的孩子正噙着她的乳头，唧唧地吸着奶……

　　说来奇怪，自从赵笑的尸骨被起回来之后，赵永瞧的母亲像换了个人，虽然还很瘦弱，却渐渐好起来，吃饭走路一如平常。她时常让哑巴女儿给她搬把凳子，坐在家门口，枯瘦的身影映在土墙上，就像一尊雕塑，历尽了人间的沧桑。她把赵永瞧叫到面前，问他为什么又回了山河尖。赵永瞧一屁股坐到石头上，点上一根烟，讲起这一年的故事来。当时他带着兵离开龙王镇的时候，到处去打仗，光淮河就来回渡了四五次，最后终于打跑了日本鬼子。他原以为从此功成身退，解甲归田，能回家过段清闲日子，谁知还没有回到家乡，新的战争就打了起来。可是这场战争很奇怪，并不如打鬼子过瘾，左右伸不开手，既累又烦，就算那时候他已经做到营长，仍觉得心灰意冷。一天夜里，他忽然梦到自己的母亲在弥留之际呼唤着他，那声音既微弱又清晰，似乎穿透了他的心，敲打着他，第二天清晨他终于下定决心，递上了辞呈，还没等上面批复，就收拾包裹回了家乡。

他的母亲听完之后，感到很欣慰，终于不用打仗了，她用拐棍点着地说，我交代的两件事情，你办好了一件，可还有一件啊。赵永瞧挠挠头，叹了口气，想到第二件事，连他也头疼起来。

七

赵永瞧是个爱面子的人，赵远望是他赶走的，要他再把赵远望找回来，那他的脸往哪儿搁呢？所以他虽答应了母亲，却没有把寻找赵远望的承诺付诸行动。

一天傍晚，赵永瞧拖着那只铁脚去喂马时，他的母亲再也忍不住了，就把赵永瞧喊到面前，在门口的土墙根上，在快要落到河里去的夕阳下，再问了他一遍："你倒是把远望找回来没有？——你在外面没有女人吗？"赵永瞧愣了一会儿，搓了搓手上的马料，呸地吐了一口浓痰。他说："我不也是你儿子吗？有我陪你不就够了，没有他我一样给你养老送终。"他的母亲不再提赵远望的事，她知道这个儿子脾气怪，打小就不听话。可她却想起另外一个问题，这也是个大问题。她说："不找赵远望也行，你得找个媳妇回来，咱们一家子总不能没个后吧？"说完她就起身回屋去了。

赵永瞧愣了好一会儿，然后又点了一根烟，坐在门口的石头上抽起来。媳妇，孩子，传宗接代，他第一次那么认真地思考起这个问题来。他不是没有尝过女人的滋味，可在外打仗的那些年，他把这件事放进了心里，从没有提起过。母亲的话，让他想起一个女人，在他的一生中也只有过一个女人，她就是曾桃。他想起多年以前的曾桃，那时她年轻，自信，胸脯拔得老高，身体丰满，够骚，会扭屁股。她无所事事，爱嗑瓜子。赵永瞧就是靠着几包瓜子勾上她的，他们在淮河边打打闹闹，他给她讲过无数笑话，每讲到关键的地方，曾桃就笑得花枝乱颤，尖亮的笑声让人振奋。那时候她的头发特别好，乌黑油亮，还带着一股香味。他时常在喂她吃瓜子时，趴在她的头发上深深地嗅几口……

那晚，他睡意全无，想了很多东西。其实他早就听人说过，在他离开山河尖的几年里，曾桃有了新的男人。他一直想去看看，哪怕只是远远地瞄上几眼，也是好的。可他太爱面子，实在不想被人看到，或被传出风言风语，也就一直忍着。可是那晚，他却有一股抑制不住的冲动，想去看看曾桃，看看他曾经的女人。所以当自鸣钟敲响八下的时候，他出了家门，顺着十字街朝东走去。

赵永瞧停在了赵国梁的院门口，那是山河尖最大的宅子，依然深不可测，只是它早已失去了昔日的热闹繁华，显得异常清冷，还透着一丝阴森和恐怖。赵永瞧先是一愣，接着跨进了第二进院子。刚进院子他就看到了一个女人，穿着鲜艳的戏服，描了眉子，戴着凤冠霞帔，妖里妖气。玲珑有致的身子款摆着，扭动着，那人就是刘青儿，她正唱戏呢。而赵国梁呢，他坐在屋檐下的一张太师椅上，盘起双腿，静静地看着。

赵国梁的双腿被枪打断之后，很长一段时间里，他都不能适应瘫子的生活。他经常看着刘青儿发呆，特别是她唱戏的时候，他想起初见她时的情景，想起一起唱戏的乐趣，再看看自己的双腿，不免哀伤起来，偶尔也掉几滴眼泪。

其实赵国梁就是因为唱戏才勾上刘青儿的。那时，赵国梁到赵国栋家里去办事，恰巧遇到了刘青儿。那天刘青儿穿着戏服，画了浓妆，款款移着步子，正在院子里咿咿呀呀地唱着，可惜没有一个人看。赵国梁是出了名的戏迷，他一见这身段，平地里喝了一声彩，好似惊雷一般，倒把刘青儿吓了一跳。她一看是赵国梁，就"哎呀"一声，以戏文里的唱腔说："我道是谁，却是大伯子上门。"说完她又甩了甩水袖，兀自唱戏去了。赵国梁问："老二呢？"刘青儿仍以唱腔似的声音回答他："他啊，放着鲜活的人儿不问，搬进别院陪牲口去了。"那时的赵国栋因为失去儿子而悲痛欲绝，渐渐脱离了家庭，已经躲到养牲口的院里去了。

刘青儿的声音很细，很悠扬，很好听。赵国梁笑了笑，进去找赵国栋了。那天他办完事情出来，搬了一把椅子，干脆坐在院子里不走了。他说："你唱，继续唱，没人听你唱，以后我来听。"

赵国梁说话算话，自此之后，几乎每天都到赵国栋的院子里听戏。他不但爱听戏，也懂戏，若给他披上霸王的铠甲，他也能吼几句。刘青儿倒也卖力，把她所会的段子全唱了一遍，有时候能唱到半夜三更鸡叫二遍。只要赵国梁想看，她随时奉陪，找个知音真不容易，对一个戏子来说，有个观众喝彩绝对是件幸运的事。后来，刘青儿不知从哪儿真弄来一套霸王的铠甲，他们两个就在院子里唱起了双簧戏。有一天晚上，赵国梁唱完戏，正要离开，刘青儿却说："光唱假的也没意思，何不唱一出真的？"赵国梁哏哏乐了："我就说嘛，假戏真做才有意思呢。"那晚他们就在赵国栋的床上唱了一出戏，这出戏其实也有观众——赵跑爬到树上抓秋凉子，不巧看到了这出戏，所以赵国梁说过，要打断他的腿。

刘青儿虽是戏子，脸皮却薄，她怕赵国栋的另外两位姨太太说闲话，就对赵国梁说："独角戏没意思，不如几个人唱出大戏有趣，你有胆扮霸王，可有胆子开弓呢？"说这话时，她在笑，笑得好看极了，像花朵一样，颤巍巍的。赵国梁刚刚喝了酒，胆子特大，就涎着脸说："这又有何不敢？"而且那晚他们提到一个人，赵国梁说："这个人对我们非常重要，她能帮我们，有了她我们就能演一出好戏，这出戏如能演成，连这座宅子也是咱们的，哈哈哈。"

后来，他们找到了曾桃。

赵永瞧走进院子的时候，刘青儿仍在唱着，他没有说话，站在一边静静地看了一会儿，然后走到赵国梁身边，轻轻地坐了下来。他想看的是曾桃，见到的却是刘青儿，而他又不好意思问，一时竟愣住了。赵国梁看看他，显得很惊讶，他看着赵永瞧的铁腿，把自己残废的双腿伸开来，带着艳羡的神色问："你那铁腿哪儿弄的？你看我这双腿，能装铁腿不？"赵永瞧笑笑说："不容易，我这条铁腿是军医给装的，当时可费了很大劲呢。"赵国梁来了兴致，把身子朝赵永瞧旁边挪了挪。他说："你能帮我弄一双不？花多少钱无所谓，真能装好了，要什么我都给。"赵永瞧转头看着他，也来了兴致，不禁问了一句："真的？就算要个人，你也能给？"赵国梁好像突然明白了什么，转头看看正在唱戏的刘青儿，神秘地笑起来。他说："能，能，永瞧，你也不小了，也该成家了。"赵永瞧却摸摸他的铁腿，平静地说："我想要曾桃。"

赵国梁却愣住了，他想说，这个我可真没办法，实在给不了，但他看着赵永瞧的铁腿，又极其羡慕。他说："曾桃就在赵记家里。"然后他把头深深低了下去，似乎有什么难言之隐。这时赵永瞧却起了身，径直朝门外走去，快到门口时，他又转头说："换腿容易，走路难，我看你坐着看戏不也挺好吗？"

赵记家在十字街中心偏南，三间低矮的茅屋，破败不堪，全不像有人居住的样子。赵永瞧在门口站了很久，想去推门，却又想起从前的曾桃，害怕见面尴尬，毕竟那么多年不见，真要见了面该说些什么呢？后来他终于下了决心，轻轻地把门推开，划着了一根火柴。可是就在这一刻，他却闻到一股奇怪的味道，像臭不是臭，像霉不是霉，刺激人的鼻子，忍不住要打喷嚏。他借着微弱的火光去看，纵然他打过仗，见过许多死人，却仍吓了一大跳，那条完好的腿肚子也转了筋。一个女人坐在一把椅子里，说是一个人，毋宁说是一堆枯骨，皮包骨头一把大，圆圆的脑袋上一根头发也没有，苍白的皮肤打了褶皱，松松垮垮地吊在脸上，就像一块破抹布。她的圆睁的眼睛里一片浑浊，那是死亡的标志。赵永瞧实在不敢相信，这个女人会是曾桃。可她的确死了，谁也不知道她是什么时候死的。

赵永瞧哭了，除了他的母亲，这是他第一次为女人哭泣。一半因为恐惧，一半因为某种情愫。他回想曾桃的样子，白皙的脸，乌黑的发，饱满的大腿，纤细的腰身，那样热情的一个女人，何时变成了这个样子？他本能地退了几步，想要逃跑，跑得越远越好。可是，当他看着女人身上的枯草，却又不忍心。一个女人，就算贱如草芥，在死亡面前也当得到尊重吧？

那晚，赵永瞧用那个曾经装过赵笑尸骨的大布袋，把曾桃背到了娘娘庙。他挖了一个大坑，连棺材也没有，直接把大布袋埋了起来。那一夜，赵永瞧跑到淮河边，趴在河滩上哭了一夜，整整一夜⋯⋯

八

滚滚的淮河啊，

你亘古不息日夜流淌。

你厌倦了男人的血，

喝饱了女人的泪。

那遭人唾弃的孩儿，

他的家又在何方？

九

赵远望在朱家庵住满了十一年时间，那时的朱仇已经十一岁了。朱仇不高，黑黝黝的，跟赵远望的性格相似，不爱说话不会笑，倒像个"木疙瘩"，朱家庵的邻居们也的确是这么喊他的。但是他很听话，又勤快，别看十一岁，他已能帮着家里做些农活了呢。

这年盛夏的一个下午，朱仇听从母亲的安排，到河里摸回了一筐河蚌，来改善生活。他用菜刀一个个地切开，取出莹白如玉的蚌肉，母亲说过生取的蚌肉才好吃，容易嚼，不皮实。他很认真，把菜刀磨快了，坐在树底下开起河蚌来。可是切到最后，一个小巧可爱的蚌儿刚一切开，就流出殷红的鲜血，而且一个鸡蛋大的蚌儿竟然流了整整一个下午。血水顺着堤坝流了老远，一直流到树林外的小溪边。河蚌有血？这还是第一次听说。这件事引起了朱家庵十几户人家的关注，听说这事之后他们纷纷来到赵远望家，围着那个可怜的蚌儿议论开来。他们认为，这一定是个成精的蚌儿，朱仇杀了一个蚌精，必定招来灾难。有个邻居叫刘海，是从西河湾搬来的，据说他还认识字儿呢。他捋着小胡子，若有所思地说："恐怕一场灾难是在所难免了。"他建议大家赶紧把这个可怜的蚌儿放回淮河，然后在河边摆上香蜡纸炮祭奠一番，或许还有回旋的余地。

可是，有的邻居却不以为然。这十一年间，金台安早已把福音传到了朱家庵，朱家庵的十几户人家里，有一小半都信了基督呢。持反对意见的，就是这些信了基督的邻居，他们决定去向金台安求救。金台安正在家里编草筐，他坐在门口的大树下，一边编筐还一边唱着圣歌。来到朱家庵的这十一年间，他不但恢复了生活的自信，也恢复了对基督的信仰。听了邻居们的讲述，金台安一拍大腿，当然不能烧纸磕头，那些都是迷信呢，越小越遭。他跑进屋里搬出了那本《圣经》，然后指点大家，应该集体禁食祈祷，或许上帝能够赦免他们因为信仰不坚定而犯下的罪，况且杀蚌流血的事情本就无须去管，不需要大惊小怪。问题又来了，只有十几户人家的朱家庵，这会儿却分成了两派。接受基督的邻居们从第二天早晨就开始禁食，在滚滚的淮河边集体跪倒，趴伏在地上祈祷，他们诵着从金台安那里学来的祷词："我们在天上的父，愿人都尊你的名为圣……"而笃信祖宗的邻居们却听刘海的，大家一起来到河边，跪在河滩上齐声号哭，点上香蜡纸炮，不停地磕头。上游的祈祷声和下游的号哭声在淮河上悠悠地传扬开去，回声在两岸间久久回荡，好似跑了调的渔歌，却找不到共同的旋律。

说也奇怪，大家的哭声和祈祷声刚停，河面上便竟浮出千万条鱼儿来。这个时候的河倒像是一条鱼河，整条河里都是鱼头在攒动，代替了本来鳞动的波光。在夕阳的照耀下，仿佛满河都是金子，闪烁不定。大家一下子都忘了流血的河蚌，为这些突然到来的鱼儿欢呼起来。据经验丰富的金台安说，这是上游往河里倒了脏东西，鱼儿受不了呛，跑上来喘气呢，淮河湾人把这种现象叫作"过鱼"。朱家庵人纷纷跑回家中，拿出各种各样的渔具，叉子、网子、钩子，没有渔具的就用厨具，灶头子、面盆、捞罩子，一起冲向滚滚的淮河来。全村人都捞了个盆满钵满，有的甚至两三年都不用再捕鱼。尤其是金台安，不愧是渔民出身，留有捕鱼的技术底子。他摊开渔网，随意箍了两圈，就拉上来两千多斤鱼。直到一百六十天之后，他家的茅屋里还能闻到一股船钉鱼的腥臭。

年纪较小的孩子们既没有渔网，又没有经验，可他们对捕鱼充满了兴趣。刘大根、朱仇两个人提着鱼叉、木桶，在河堤上奔跑着、寻找着，时不时停下来捅两叉子。

朱家庵下游二三里的地方有个新河口，与老龙窝相似，都是淮河转弯的地方。那儿河面宽阔，水流形成漩涡，不断侵蚀沿岸，岸边形成了倒立的檐坡，跟屋檐差不多，淮河湾里的人都把这种地形叫作瓦瓦檐，那可是最危险的地方。跑在最前面的朱仇发现瓦瓦檐下面有一条大青鱼，身长好几尺，估摸着也有四五十斤重，张着碗口般的大嘴正吹泡泡呢。朱仇停了下来，指着大青鱼直跺脚，多大的一条鱼啊，偏偏跑到了瓦瓦檐下面，谁敢下去抓呢？这时候刘大根跑来了，他伸出一丈多长的鱼叉探了探，可惜够不着，眼看着一条大鱼打了水漂，他也急了。他把朱仇叫了过来："你跑回去拿根绳子来，越长越好。"朱仇一听，好像得了令箭一样，一溜烟跑回朱家庵去了。

刘大根那年十六岁，十几户人家的孩子中数他最大，他可是朱家庵的孩子王。但是刘大根这个人很怪，有人说他是个二愣子，天不怕地不怕，脑子不够用，也有人说他是个天才，比一般人都聪明。甚至有人举出例子，说他是个发明家呢。例如，下雨的时候别人要把骡子牵到棚下，而他却用桐油布给骡子做了一件雨衣，披在骡子身上像模像样，也不用牵到棚下了。有段时间村子里的牛总被人偷走，别人都把牛藏在房子里，他却在大家睡下之后悄悄把牛拴在河边，结果藏起来的牛被偷了，而他的牛反而安好无恙。反正刘大根这个人很怪，不管做什么事，都与别人不一样。

朱仇抱着一捆绳子终于跑来了，他还没来得及喘口气，刘大根就把绳子的一头系到了自己腰上。他说，木疙瘩，你在岸上拉住绳子，我跳下去叉鱼，要能把这个大青鱼叉上来，咱俩一人一半。朱仇点点头，他把绳子的另一头缠到自己腰上，这下保准安全了。

瓦瓦檐可不是闹着玩的，据说那里有吸力，凡是掉进去的东西都会被吸进水底。天不怕地不怕的刘大根也有点怵，就想出了这个办法。他把腰里的绳子紧了紧，顺着河沿，小心翼翼地下了水。他的动作很轻，一点声音也没有，可那条大青鱼却极其机灵，好像看懂了刘大根的把戏，竟缓缓地隐到水下去了。刘大根没办法，只好又顺着绳了爬上了岸。那条大青鱼太可恨了，刘大根撅着屁股刚爬上岸，回头一看，它又冒出了水面，吞吐气泡，优哉游哉地摆着尾巴呢。刘大根怒了，他解下腰里的绳子，拴到了鱼叉的末端，运足了臂力，猛地攒了出去，他要隔空叉死那条大青鱼。可惜大青鱼太敏感，不然它也长不了这么大，早该被人吃了，在鱼叉入水之前，它早就隐到水下去了。刘大根拉着绳子，把鱼叉拖上岸来，依然一无所获。

刘大根是个急性子，他重新把绳子系到腰里，脑子一转，又想了个好办法。他对朱仇说："我把木桶套头上，就算潜到水底去，也得把它叉上来。"说完他提起木桶，套在了头上。这样潜入水下，木桶里还会保留一部分空气。有了空气，就不会憋死。那是一只很有年头的青色木桶，长久用来挑水，已被水浸润成湿润的青色。他对朱仇说："你可要把绳子拉紧了，万一我被吸进瓦瓦檐你就拉绳子，听到没有？"朱仇狠狠地点了点头。

刘大根头套木桶，手持鱼叉，真像个威武的大将军，扑通一声跳了下去。绳子越放越长，直到把四十米的绳子全部放完，刘大根已经潜到水底去了。这时，旁边来了几个邻居，他们也在抓鱼。看到刘大根的稀奇法子，大家叹为观止，都围了过来，就像看一场表演。就在这时，河面上冒起一串水泡，那些水泡活泼地跳到水面上，转眼就化为泡影。朱仇双手紧抓着绳子，似乎感觉到一点动静，他在心里默数着，一、二、三……六十、六十一，不能再等了，他感觉到绳子上的重量在减轻。于是他迅速往回收绳子，一米，两米，直到四十米长的绳子全部离开水面，大家看得一清二楚，绳子的另一头系着一个木桶，就是那个青色的木桶，而刘大根却奇迹般地消失了。再看那滚滚的淮河，自顾自地流淌着，对刘大根的消失完全无动于衷……

绳子不是系在刘大根的腰里吗，怎么换了木桶呢？邻居们看呆了，这是什么把戏，大变活人吗？刘大根变成木桶了？刘大根母亲闻讯赶来，扑在河沿上哭起来。哭了半天，她意识到淮河是不会把儿子还给她的，她就跑到赵远望的茅屋里，一掂屁股就上了麦芥子，活要见人，死要见尸，找不回刘大根，老娘就躺你麦芥子里，不走了。赵远望还不知道怎么回事呢，问过了朱仇才算明白，这下可真闯了大祸啊。赵远望无奈，只好带着朱仇再回到瓦瓦檐，他俩在岸上守了三天，没有喝水也没有吃饭，等着河水漩涡反转。哪怕是一具尸体，他也要把刘大根打捞上来。

到了第三天黄昏，奇迹终于出现了。河里的鱼已经不见了，阳光仍然铺洒在河面上。正在回水的漩涡沸腾了，就像刚刚烧开的锅，咕嘟嘟地往外冒。破船板、烂衣服，很多沉到河底的东西都冒出来了，到最后刘大根终于出现了，他手里还握着鱼叉，从漩涡中长身而起，腾起半人多高。据赵远望说，他比原来还要高出一头，胖出一圈，就像个威武的大将军。可是他被水泡胖了，整具尸体又软又臭，随手一撕竟碰掉一块肉。赵远望把他拖上岸时，所经之处都被尸体散发出的臭气熏染了，变得贫瘠、肮脏，很多年也没有再长出植物。很多年后，孙瘫子路过朱家庵时，村民们请他去滚过水插过桃木，也始终没有什么改变。瓦瓦檐成了朱家庵的禁地，从刘大根下葬那天起，就再也没人去过那个地方。而那个木桶也被视为不祥之物，被赵远望劈成木柴，烧锅了。

刘大根被抬回村里后，所有朱家庵人都把鼻子堵了起来。按照淮河湾的规矩，人死之后，要在家里停放三日，才入殓埋葬，朱家庵也不例外。可是刘大根已经臭成这个样子了，哪能再放三日？刘大根已经死了三日，在河水里泡胖了，又遇上三伏大热的天气，尸身散发出一股人间难遇的恶味来，隔着十几户人家都闻得到。自家人倒不见外，忍住呼吸熬过几日也就罢了，左邻右舍可就遭了霉运，跑到哪儿能避开那股恶臭呢？

　　过来帮忙的金台安想到了一个人——孙瘫子，那个无所不能的阴阳仙。尽管金台安很讨厌这个人，讨厌他那套迷信的东西，他简直就是基督的对立面，可是面对这样恶臭的尸体，恐怕也只有孙瘫子才有办法。他对愤怒中的刘海说："要不你把孙瘫子找来吧，他是有办法的。"孙瘫子在淮河湾是大有名气的，几乎所有人都认识他，包括刘海。刘海猛然醒悟过来："对的，对的，请来孙瘫子问题就解决了。"

　　孙瘫子是第二天赶到朱家庵的，接到这个活儿的时候，孙瘫子笑了，这手侍尸的手艺几乎要荒废了，没想到还有识货的，这个时候想起了我。孙瘫子进了朱家庵，直接到了刘海家。可是认识孙瘫子的人惊讶地发现，孙瘫子也老了，他的样子太古怪，已经不像从前的孙瘫子了。他竟只有四尺多高，稀疏的头发全白了，背上好似背了个大西瓜，细看才知道那是驼了的背脊。唯一剩下的那条腿，也萎缩了回去，只剩半截，且极细小。走起路来全靠两条胳膊支撑，用屁股向前挪动。因此，他换上了一条皮裤子。一些不知轻重的人，不禁躲在一边掩口窃笑起来。

　　不过当大家看到孙瘫子的真本事之后，便不再笑他，还当真敬佩起他来。

　　孙瘫子来了之后，挪动屁股吃力地爬上棺材，径自揭开棺盖，并不戴口罩之类，竟将刘大根的尸身扶了起来。众人哄一声就都散了，没人敢看。孙瘫子却不慌张，好似早在意料之内一样，闲适地从衣兜里取出一个瓷瓶，倒出些药水在尸身上洒了一遍，又给刘大根换了一件特别准备的肥大寿衣，才慢慢挪了出来。

　　说也奇怪，蛆虫灭亡了，本来胖肿的尸身变瘦了，恶味也渐次消失了。大家不禁惊诧起来，他定是天底下最坚强胆大的人，摸着死亡的边儿也不皱一下眉毛。不过大家更惊奇他那个模样古怪的瓷瓶，有人疑心那里面装着琼浆玉露之类，看起来比观世音的瓶子还要管用。像孙瘫子这样专业的侍尸已经极少，而集阴阳先生与侍尸于一身的就更少。本来侍尸专为死人洗澡剃须，穿衣打扮，或驱虫灭臭之类。与阴阳先生常合作，地位却不如阴阳先生，所做的工作也大不同。可是孙瘫子却做到了，大家也乐于请他，本来要花两个人的钱，现在只请他一个就够了。只是做侍尸的人摸了太多死人，一身的阴气，又多吸入尸身腐烂时散发的瘴气，就容易遭业报，十个倒有九个是残废的。孙瘫子的腿就说明了这一点。

处理好尸体，孙瘫子抬眼看到了赵远望。愤怒的刘海怎肯放过朱仇和赵远望，他强迫两人穿上孝服，跪在刘大根的灵前忏悔，这会儿赵远望扶着朱仇已经坚持一天一夜，又困又累，竟昏昏地睡了过去。"远望，你从山河尖逃出来，原来跑到朱家庵来了啊。"孙瘫子挪到赵远望身边，轻轻地拍着他，转眼看到了朱仇，"乖哟，这就是那个日本人的遗孩儿吗？都长恁大了呀。远望，你终究还是保了他。"说着他唏嘘几声，好像在惋惜着什么。可是他的话倒给刘海听了去。

"什么，日本人？"识字儿的刘海再明白不过了，他举起双手在原地转了一圈，大声说，"大家看啊，这个木疙瘩是日本人留下的杂种，就是这个杂种害死我儿子的。"朱家庵的邻居们都傻了，他们是见过日本鬼子的，有些人还吃过日本鬼子的亏，提起来都是恨。他们实在难以想象，在自己的身边，竟然藏着一个日本鬼子的孩子。

这件事在朱家庵传扬开去，大家都忘记了刘大根的葬礼，讨论起朱仇的事情来。刘海说："我的儿子不能白死，我要到县里去报官，我要揭发这个日本鬼子的儿子。"大家都是支持刘海的，只有一个人反对，那就是金台安。他突然想起他的女儿，想起她临上船时无助的眼神，他劝刘海说："这事儿不明摆着吗，木疙瘩难逃关系，但那是小关系。刘大根才是做主张的人，是他要木疙瘩帮他拉绳子的，这事怎能算在他头上呢？"他一力反对刘海的主张，最后他指着刘大根的棺材说：

"你看看，刘大根的尸骨还没有处理完，你就乱咬开了，他是自己跳下去的，自己跳下去的，没有人推他，没有人逼他，你想赖到木疙瘩头上，你凭什么啊？"金台安口才不错，可他从未像今天这么尽兴，他觉得他把憋了十几年的话一咕噜都说出来了……

刘海并没有急着报官，他要将刘大根的葬礼继续下去，可他在心里记下了这个满身仇恨的孩子——朱仇。

刘大根下葬之后，村里有些老人就去问孙瘫子，血蚌的不祥预兆会不会到此结束。孙瘫子看了看滚滚的淮河，却摇了摇头，他低沉地说："这就要看你们的造化了。"说完他离开了朱家庵，而且他把赵远望住在朱家庵的消息带回了山河尖。

<h2 style="text-align:center">十</h2>

刘大根有个堂弟叫刘小根，刘大根死后，他成了朱家庵的孩子王。朱家庵有十几户人家，孩子们加起来也有十几个。盛夏的午后，大人们都在茅屋里休息，刘小根就带着那些孩子在树林里游荡，掏鸟窝、摘果子、做游戏，那片树林就是他们的乐园。一天午后，他们趁着大人熟睡的空，偷偷摸进了瓜田，把大西瓜一个个滚到小溪里，赶鸭子似的，欢呼着，扑腾着，用拳头把西瓜砸开，就在小溪里吃了起来。那时朱仇也跟了过去，但刘小根不让他下水。他说："自个儿玩去，别跟着我们，我们不想跟杂种玩儿。"朱仇一个人站在岸上，看着他们搅浑了整个小溪，自己却只能眼睁睁看着。

有个孩子天生好奇，他一边啃着西瓜一边问："小根哥，你看咱们这有南瓜，有冬瓜，有西瓜，为啥没有北瓜呢？"在他们的眼里，孩子王也是最有知识的人，凡是不懂的事情都可以问。

"北瓜？你不知道吧，俺婶说了，以前俺这儿是有北瓜的，听说北瓜还甜还香，比西瓜还好吃呢。后来日本鬼子进中国，一尝咱们的北瓜，都甜哭了，哭爹喊娘地吃，吃饱了还不够，最后把咱们的北瓜全部偷跑了，运回日本去，连种子都没留。你说日本鬼子可恨不可恨？"刘小根不愧是孩子王，他朝岸上的朱仇努努嘴，"瞧见没，这货就是日本鬼子的杂种，偷跑了北瓜，却留下个木疙瘩，他妈的，太坏了。"

孩子们一听，简直怒不可遏，把啃过的西瓜皮向朱仇掷过去，有的还从溪里捞起污泥，狠狠地甩过去。他们一边掷一边骂着："你个杂种，都怪你，害我们没北瓜吃。""你爹不是有枪吗，让他来啊，看我们用泥炮打死他。""杂种，没爹的野孩子，去死吧。"

朱仇很狼狈，脸上沾满了污泥，衣襟被西瓜的汁液染红，他忍着众人的咒骂，回家去了。但是他没有哭，也没有说话。回到自家的茅屋里，他摇醒了母亲。

"娘，为啥人家都说我爹是日本鬼子？"朱仇直挺挺地站在那儿，双臂下垂，仰着脸儿，问他的母亲。自从刘大根死后，他就常听邻居们说起他的父亲，凡说起他的父亲，语气里总带着仇恨、辱骂，尽管他还幼小，却受尽了白眼。可他幼小的心，却比那些大个的孩子还要成熟，他什么都懂，所以他变得倔强、坚强，任人如何辱骂，反正不接腔就是了。只是他也很好奇，难道家里被他称为"爹"的那个男人不是自己的父亲？自己的父亲又是谁呢？这个问题几乎占据了他整个的前半生。

可是对曾梅来说，这个问题却是她一生中最不愿提起，也最难回答的问题了。她把朱仇拉过来，紧紧抱在怀里，指着赵远望说："他就是你爹，你要信娘的话，娘还能骗你吗？别人都是胡说的。"十一年了，自从第十七次自杀未遂，曾梅早就坦然接受了这个孩子，她也显露出超乎常人的母性，只要儿子还在她的怀里，就算别人指着她的鼻子痛骂，她也不在乎了。除了赵远望，她觉得自己对不起赵远望，除此之外，她什么都不在乎。

她总觉得欠赵远望的，欠了一辈子，甚至几辈子，可能下辈子也还不清了。有几次，她在深夜里对赵远望说："哥，你还是走吧，这事儿跟你没关系，你在这儿陪我那么多年，我知足了，你回去，回到山河尖去，那儿有你的家。你回去还能娶个媳妇。"说到这里，她总会望着窗外出神，喃喃地说："哪个女人都比我强。"赵远望却不吱声，他从未让这个女人失望，他总是拍拍她的背，示意她睡觉。有一回，他们正在地里干活，邻居们又拿朱仇开起了玩笑，说他是个小杂种。赵远望恼了，他把锄头往地上一扔，盯着邻居的眼睛说："你回去拿家伙吧，我要揍你。"邻居还以为他在开玩笑，没有理他，他又提示了一遍，邻居仍然无动于衷，赵远望再也忍不了了，直接把邻居扑倒在地上。揪着他的耳朵，打他嘴巴，血沫子从他的嘴角流下来，滴在土地上，赵远望仍不松手。邻居们看到后都赶了过来，可是不管邻居们怎么劝，赵远望只一味地打，直累得满头大汗，气喘吁吁，总不停手，最后那个邻居不得不求饶起来。那晚曾梅摸着他肿胀的手掌，不知道说什么才好，她用盐水给他洗了几遍，说："哥，都是为了我，我对不起你。"赵远望却说："我早就想打他了，这个家伙就是欠揍。"

为了这事，赵远望跟好几家邻居都发生了冲突，最后他们一家被孤立起来，谁也不理他们了。不过这样反倒好了，他们总算过上了自己的日子，不用听那些喋喋不休的议论了。

也就是那段时间，朱家庵迎来了一群不速之客。一天清晨，金台安到河边看他的船，他的船早就旱在河滩上，与大地连成一体了。可他刚到河边，正遇上几个穿军装的人在那儿推船，他赶忙跑过去，还以为那是偷船的强人。谁知那些身穿军装的人很客气，一听金台安自称木船的主人，就停下了推船的动作。他们说："我们是老百姓的队伍，要渡过淮河向南开，可是人太多了，必须征用一些老百姓的船只。"说着他还掏出自卷的纸烟来，递给金台安一支。他说："咱可不白用，用完还给你，还给你钱呢。"金台安原本很惶恐，生怕自己说错了话会惹祸上身，那些人的腰里可带着枪呢。听了这些话，他也就放宽了心，接过那根纸烟，在手里把玩了好一会儿，才用火柴点着，一股呛人的烟味传来，他咧开嘴笑了。这还是金台安第一次抽烟，他说："反正这船我也不用了，你们要用就用吧。"

从第二天开始，一支几千人的队伍开始了漫长的渡河过程。他们由北岸上船，赶趟儿似的，陆陆续续过了淮河。渡过淮河的人也不急着离开，在朱家庵的大树林里扎下大营，住了好些日子。

刚开始，赵远望和他的邻居们以为可怕的战争又来了，都躲进茅屋里不肯露头。后来他们渐渐发现这帮人并无恶意，除了砍些树木之外，从未侵犯他们，就连那些散放在树林里的鸡鸭也没有少一只。有天晚上，那些军人把枪围着树竖了一圈，在树林里点了火堆，也不知烤了什么，竟又唱又跳地吃起来。孩子们忍不住围过去，一个年龄稍大的军人，一边挑火一边说："小鬼，给你这个。"他手里拿着一块巴掌大的烧饼馍，塞到了孩子的手里。朱家庵人终于放下心来，看来这帮人真无恶意。

军人们很勤快，他们帮助朱家庵人开垦了更多的荒地，十几户人家每户都分到了一二亩。之后他们又把树林里多少年来积压的树叶扫了扫，然后在林边上钉了一间小木屋。木屋太小了，朱家庵人奇怪起来，这么小的屋子能住人吗？后来有个孩子忍不住好奇，终于溜进小木屋看了看，那孩子捏着鼻子跑了回来，嘴里不停骂着，奶奶的，里面是个大粪坑啊。直到这个时候，朱家庵才有了第一间厕所。因为金台安的船为他们出了力，军人们选金台安做了朱家庵村的村长。他们说，当村长是要为大家干活的，以后大家有什么难处都要找他，金台安就是大家的头头，不能推托的。金台安邴笑着，真没想到，搬到朱家庵来还混个村长当当呢。

那支队伍在朱家庵住了三个月时间，直到冬天来临，他们才拔营南去。

他们离开的那个晚上，朱家庵为之一空，连朱仇也不见了。曾梅这才想起来，午饭后朱仇跑到军营去玩，直到晚饭时还没回来。

朱仇十一岁了，他什么都懂。其实自从那支队伍开进朱家庵，他就想过去问问，他幼小的心里埋着太多问题，无论如何也想不明白。他知道，有些话要自己去问，才能问出答案，他看得出来，母亲在骗他，"父亲"也在骗他。那些调皮的大孩子是他的死敌，他们不会让他好过的。所以他跟着那支队伍走出老远，最后他跑过去，扯住一个年龄稍大的军人不放。那人还以为他要烧饼吃，就找了一块塞给他："小鬼，拿去吃吧。"可他眨巴着小眼睛问："人家都说我爹也有枪，你是我爹爹吗？"那人愣住了，过了一会儿哈哈大笑起来："我可不是有心占你便宜，小鬼，你爹在家里，吃饱了赶紧回去，我们还得赶路呢。"可惜朱仇不管，他仍扯住不放，那人没有办法，只好抱起他把他送回了家。

几天之后，刘小根知道了这件事，他当着一群孩子的面，讥笑起朱仇："人家有奶就是娘，你真是有枪就是爹啊……"

十一

过了年朱仇已经十二岁了。十二岁的他仍像个木疙瘩，而且比以前更加沉默更加孤独了。他躲在茅屋里，再也不与邻居家的孩子们玩耍，也不怎么说话。就算偶尔走出茅屋，他也只是跑到河边的一处高地上坐着，呆呆的，长久地盯着淮河，一坐就是一天。看到的人都说，木疙瘩疯了，下雨都不知道往家跑，坐在那儿像个石人。

春天到了，万物复苏，各样的野花都开了，河滩上飘着一股不知名的香味。朱仇就坐在野花丛中，他抱着双膝，面无表情，看着滚滚的淮河，陷入了沉思。

"嗨，小老弟，你知道朱家庵怎么走吗？"这时候，河里来了一条篷船，篷船靠岸后下来一个人，那人站在河边仰脸对高地上的朱仇喊着。但朱仇仍不说话。

"你不是哑巴吧？"那人顺着铺满野花的滩地爬上了高地，他盯着朱仇看了看，好像很着急，抹了一把汗说："小子，你倒是说句话啊，朱家庵咋走的？"朱仇看了看他，倒也没说话，把手抬起来，朝朱家庵的方向指了指。那人便朝朱家庵跑去了，跑的时候还嘟囔了一句："真是个怪孩子。"

赵远望正在田里锄豆子，虽是春天，却也累得满头大汗。他放下锄头，跑到地头上去喝水，便在这时候突然听到一个熟悉的声音："远望，远望，你在哪儿呢？你娘不行了，快跟我回山河尖去。"赵远望抬眼去看，树林里有个人，正像无头的苍蝇般乱撞着。赵远望认识他，他就是山河尖最皮实的人——赵跑。赵远望连锄头也不要了，他慌忙跑了过去，拉住了赵跑。赵跑太累了，上气不接下气，好不容易才把话说清楚——赵远望的母亲不行了，她想见儿子最后一面。尽管那年月不幸的消息太多，可这个消息还是令赵远望伤心欲绝。他差点晕倒在树林里，若不是赵跑扶着他，恐怕他就跟着母亲一块走了。他顾不上太多，回到茅屋简单收拾了一下，就跟着赵跑走了。进了树林，正碰上洗衣服的曾梅，曾梅问他什么事，他擦着眼泪说："俺娘不行了，还没有说完就哭了起来。"

曾梅也哭了，也不知为什么，明明不想哭，可眼泪不听话，止不住往下流。她顾不上洗到一半的衣服，丢下木盆也跟着去了。他们坐上赵跑划来的篷船，逆流而上，一路回到了阔别十二年的山河尖。篷船离开朱家庵的时候，朱仇仍坐在高地上，他静静地看着篷船离去，瘦小的身影就像个小黑点……

山河尖依然孤寂地躺在那儿，许多年也不曾改变过。

赵远望和曾梅顺着十字街南头的码头上了岸，离家还有一里路的时候，就听到了呼天抢地的哭声，那声响尖锐刺耳，在山河尖的上空铺开来。赵远望听得出来，那是他的姐姐和妹妹们的声音，特别是他的哑巴姐姐，发出一种尖锐得令人听来发毛的哭声，刺人耳膜。没听到哭声的时候，赵远望还能坚持，一旦听到哭声，他也爆发出一股强烈的悲伤，扑倒在地上，以膝盖为脚，一步步爬上了河堤，一直爬到他亲手修建的新房前，才失声痛哭起来。

赵永瞧已经脱去了军装，拖着那根铁腿，带着老少爷们正忙碌着。院子里一并排跪着哑巴、赵问男、赵闻、赵摇、赵小，哭声就是她们发出来的。而赵问男正和赵永瞧争论着，他们为了丧事的规矩问题争执起来。赵永瞧发迹之后，成了山河尖的人头，他爱面子，讲规矩，非要按照山河尖长久以来的丧葬规矩办。按照他的说法，山河尖谁不给他面子？他要给母亲办一场风风光光的葬礼，把母亲的棺木停放在祠堂里，搭设灵堂，在灵堂中央挂上一个大大的"奠"字，接待四方宾客，凡有哭灵的宾客朋友都要在灵前三叩头。他还要请孙瘫子主持大事，选坟地、扎云幡，纸人纸马无不齐备，请唢呐、烧蒲草，最好组织一场惊天动地的哭灵，那样才叫排场。可赵问男却认为，她的母亲已经信了基督，按照基督教的规矩，只要出殡的日子不选安息日，其他事情都可以从简。不叩头，不跪拜，不烧纸钱，更不要纸人纸马，简简单单地选一口棺材，直接下葬，若要热闹些，就请亲朋好友吃顿饭，既简单又大方，这才合乎母亲的心意。

"我才是她儿子，这么大的事，要听我的。你算哪根葱？嫁出去的闺女，泼出去的水，你是老曾家的人，这里有你说话的份吗？"赵永瞧气急败坏，指着赵问男的鼻子咋呼着。

"俺娘都死了，要怎排场干啥，她能看到吗？办再排场，不合她的意，也是白费。"她说到这儿，便扑到母亲身上，放声痛哭起来。她的儿子曾枪也跪在地上，无声地抹着眼泪，尽管他只见过姥姥几次面，却也表现出莫大的悲伤。

"我不管，俺娘辛苦一辈子，我不能让她就这么走了，我得叫她排排场场地走完这一程。"赵永瞧一屁股坐在草铺上，铁了心要按自己的意思办。

这时候赵远望进了屋，爬到母亲的草铺前，只顾垂泪，连一句话也没有。赵问男一看赵远望进了屋，哭得更厉害了。她摇着母亲瘦小的身体哭着说："娘，你倒睁眼看看啊，远望回来了，你不是想见他吗？你倒是睁眼看看啊。"偏在这个时候，他的母亲竟似听到了一般，虽未开口，紧闭的双眼竟挤出两行眼泪，顺着脸颊淌到了草铺上。赵远望慌忙扑到他母亲的耳边："娘，我是远望，我来看你了，你倒是睁睁眼呀。"其实他也知道，母亲早已瞎了，就算睁开眼也看不到。他的母亲仍不作声，可眼中的泪水却不停歇，好像对她的儿子们说着什么……大家这才想起来，母亲还未断气，她还听得到。他们只顾争吵，竟把这茬给忘了。

"都别哭了。老三也回来了，我们还是得商量商量，到底按什么规矩办。"赵永瞧先止住了哭声，他的脾气还是那么暴躁，若不是母亲离世，他是绝不会让赵远望踏进家门一步的。商量商量，已是他最大的让步。

"我赞成二姐，俺娘信了一辈子基督，临死不能改了念头。"赵远望擦着眼泪说，他是个倔脾气，不认同的事情，就算与所有人为敌，也不会低头。

赵永瞧一听就急了眼，挪动他的铁脚，腾的一声跺在地上，扬起一阵尘土来。"你们懂个屁。还有你，你都不姓赵了，哪有你说话的份？"他指着赵远望的鼻子说。

正在这时，他们的母亲竟发出一声呻吟，似乎在阻止他们的争吵。谁都知道，她操劳了一辈子，可她的儿女们仍不省心，到她临死的这一刻仍要替他们操劳着。赵永瞧、赵远望、赵问男，一个个都住了嘴，趴到母亲的嘴边，等着她开口说话。说来奇怪，他们的母亲不知从哪儿挣来一丝力气，回光返照般，把嘴张了张，竟说了一句话："把金台安请来。"说完她的嗓子眼里似乎塞了痰，就再也没有动静了。赵永瞧、赵远望还有他们的姐妹们，看着母亲咽了气。

那会儿，大家都哭成了泪人，只要一想到母亲一生所历的苦难，他们就止不住眼泪。就连脾气暴躁的赵永瞧，也疲软了，他顺着墙根蹲下去，哭得比谁都凶。

"娘说去找金台安，她是要按基督徒的规矩办吧？"这是曾梅的声音，她的两眼像对桃子，说这话的时候还在抹着鼻涕。

"嗯？"赵永瞧这才发现曾梅也来了，他暴跳着站起来，"谁让你来的，你不是我们赵家的人，不能进我家的门，你给我滚出去，滚出去。"说着他一把拉住曾梅的胳膊，拖着沉重的铁脚，朝门外走去。他把曾梅赶了出去，一直赶到村子西边二里之外，又安排两个人守在十字街的最西头，决不能让她踏进村子半步。

曾梅很无奈，她在村子西头的树林里守着，直到夜幕降临。她看着山河尖渐次点亮的灯火，听着庄里传来的狗吠声，再想想自己的身世，虽是春天，却忽然冷起来，脚底心冒凉气，浑身发抖。她与赵远望的母亲相处过两三年的时间，虽不是母女，却也感情深厚。再说了，她跟赵远望成了亲，赵远望的母亲不就是她的母亲吗？她是来送终哭灵的，尽尽孝，报报恩，难道这点机会也不给吗？她又想起自己的父母，他们被大水冲走，连个尸体都没见着，更谈不上送终哭灵了。想到这儿，她扑倒在树林里，呜呜地哭起来……

赶走曾梅之后，赵永瞧快步回了院子，他要将母亲入殓——给死人洗澡穿衣装进棺材里。棺材是现成的，早在十几年前，赵远望刚做棺材的时候，他的母亲就交代过，选口好的留着，大一些，厚一些，到时省得打急慌。赵永瞧喊来力大无穷的赵恩夯，皮实的赵跑，还有几个身体结实的小伙子，从后院把棺材抬了出来。然后，他又派赵跑连夜请来了大匣子。当然，赵跑出发的时候，赵远望已经回到了朱家庵，他要请的是金台安。

大匣子真是多才多艺，不但是淮河湾里有名的接生婆，还包揽了女侍尸的生意。人死之后总要洗澡穿衣才能入殓，干干净净地来，干干净净地去，可是男女有别，孙瘫子做了男侍尸，专管男尸，女尸怎么办？那就得找大匣子。她和孙瘫子真是天生一对，一个管男人，一个管女人，相得益彰。相传她也得过异人的传授，手里也有一个白瓷的净瓶，里面装着同样的琼浆玉露，就算三伏天气，只要她洒上几滴，尸身就能长存不腐。

大匣子来到了，她围着赵远望母亲的尸体转了几圈，伸手掏出她的白瓷小瓶，刚要喷洒一番，却被赵问男拦住了："我们信主，不需要你的鬼把戏，给我滚出去。"她毫不客气地把大匣子推了出去，从她干脆的动作里可以看出，她已经忍了很久。正在这时候，赵远望进来了，他的身后跟着金台安。赵远望发起了倔脾气，他一脚踢翻了草铺前的纸盆，死死地盯住赵永瞧，一字一顿地说："俺娘临死说的话你也听到了，你不能为了你的什么破面子，让她死不瞑目。"说完他学着赵永瞧拉曾梅的样子，把大匣子推出了院子。

当时院里挤满了人，大伙都是来烧纸吊孝的，一听屋里吵了起来，都直着眼睛往里看，竟把整个院子围得水泄不通。山河尖的人们很奇怪，他们喜欢看热闹，就算是一场严肃的葬礼，他们也希望办成庙会的样子，越热闹越好看。赵永瞧指着门前的人群说："你看看，你看看，这就是你们的信仰，为了狗屁信仰，让人看不完的笑话，俺娘死了也不得安宁。"

"信仰再不好，也好过你的狗屁面子。"赵问男反唇相讥，毫不让步。

他们兄妹几人终于安静下来，谁也不说话，特别是赵永瞧，他靠在门板上蹲下来，多少有些乏力。他点着一根烟，吧嗒吧嗒抽起来。这时不知谁在门外说了句："我看可能打起来，打起来才好看呢。"赵永瞧听到了，听得一清二楚，他俩眼一翻，猛地站了起来，把铁脚在地上跺了几跺，一股疯劲冲上头，把围堵在门口的老少爷们全赶了出去。他说："叫你们来是干活的，都围在这干什么？"说完他一转身就伏在那口又厚又大的棺材前哭了起来。赵问男和赵远望都听得出来，他的哭声代表着让步。

这是山河尖有史以来第一场按照基督教礼节举办的葬礼。

基督徒的葬礼说简单，其实也不简单。金台安代替了大匣子，他叫人砍来一根柳树枝丫，用彩纸扎出许多花束，挂在柳枝上，以代替扎着鹤头的招魂幡；免去了焚烧蒲草和死者生前衣物的环节，改把衣物装进口袋扔进淮河。他说这样更干净，而且安全。另外他还交代，不请孙瘫子，也不选坟地，由他随意指定一块地方就行了。葬礼上不行跪拜礼，不叩头，全都改为鞠躬。葬礼结束之后的第三天也不要圆火，更不能哭。

这场葬礼很安静，既没有鞭炮声，也听不到哭声，因为按照金台安的说法，死者已经去了天堂，享福去了，还哭什么。特别是第三天出殡的时候，送棺的女眷们跟在棺木后面，一点哭声也没有，有些不懂事的孩子甚至嬉笑起来。金台安站在旁边一边点头一边说："对，对，对！这才是基督徒的葬礼嘛。"

但是这场葬礼并不是没有一个人哭。曾梅在村子西头的树林里一直在哭，三天三夜，哭完了睡，睡完了哭，只是哭声没有传回村子罢了。她不仅在哭死去的老人，更在哭自己，哭她的悲惨身世，荒唐的命运安排，哭那滚滚的淮河，扭曲的时代……

十 二

葬礼是第三天下午才结束的。从墓地回村的路上，赵永瞧走在最前面，他的身后跟着赵远望，以及帮忙的老少爷们。

也不知为什么，赵永瞧显得特别累，也特别老。他还不到四十岁，可是看起来却像五六十岁的人，两鬓花白，胡须凌乱，那条纯铁打造的假腿也显得重起来，走起路来拖泥带水，再不如从前轻盈了。赵远望看着这位既熟悉又陌生的哥哥，竟可怜起他来，在这场葬礼中，他是屈服的那一个，心高气傲的他一定很失落。于是他快步赶了过去，与赵永瞧并肩走着。他说："二哥，你还在生我气呢？"赵远望不是善于言谈的人，更不爱流露情感，多少年来，他都没有这么说过话。他把一只手搭在哥哥的肩上，第一次显得那么亲昵。

但是这个小小的动作就像一颗精准的炮弹，适时地击中了赵永瞧的要害，使他一下子萎蔫了，顷刻间成了一个年届四十的小老头。他转头看着弟弟，竟有点想哭的冲动，若不是后面跟着老少爷们，恐怕他早就和弟弟相拥而泣了。他这才意识到，人活在这个世上就像割韭菜，一茬接一茬。母亲在的时候，不管他多大年纪，胡子多长，多么出人头地，回到家里，他感觉自己都是个孩子。偎在母亲身边，无论母亲多么瘦小，多么孱弱，就算瞎了眼睛，他仍觉得是座靠山。可是如今母亲不在了，靠山没有了，他还能偎在哪里呢？直到现在他才发现，这个弟弟远比自己坚强，比自己倔，他真想偎在弟弟身边哭一场。于是，他试探着抬起一只手，也搭上了弟弟的肩头。十二年了，还有什么气生？就算有气，也都随着母亲的死而消逝了。他说："我不气你。"说完低头向前走去。

他们互相搭着肩膀，都没有再说话，一直从娘娘庙旁边的墓地走到村西的树林里。这时赵远望停了下来，他的手依然搭在哥哥的肩膀上。他说："二哥，我得回朱家庵了，就不回去了。"赵永瞧也停了下来，他的手还搭在赵远望肩上，愣了好一会儿，他仰脸看了看天，叹了口气。后来他终于开了口："俺娘还能说话的时候，跟我说，把你找回来，我当时不答应。"说着他又仰脸看了看天，又等了好一会儿才接着说："朱家庵住得惯吗？"赵远望没有说话，他只是点了点头。赵永瞧没再说什么，他抽回那只手，一扭身往庄里去了，他的铁脚在泥地里拖着，发出嗒嗒嗒的声音。很多年后，当他再次见到赵远望，快步向他跑去的时候，他的铁脚发出了同样的声音……

赵远望不是听不懂哥哥的话，但他想到了很多东西，曾梅、朱仇，对他们来说，朱家庵远比山河尖住得惯。赵永瞧走后，他在原地站了很久，一直看着赵永瞧进了院子，才悻悻地转头离开。他在村子西头的树林里找到了曾梅，那时的曾梅栽在泥土里，就像一棵腐朽的树，哭晕过去，没有了一丝力气。她是被赵远望背回朱家庵的。

十三

赵远望怀着悲痛的心情回到了朱家庵，在经过岸边的高地时，他才发现，朱仇根本不在那儿。他赶忙跑回茅屋，推门一看，不禁傻了眼。茅屋里一片狼藉，锅碗瓢盆都打落在地上，鸡鸭也没有回圈，散在屋里，发出一阵嘎嘎的叫声。他赶紧回身朝树林跑去，边跑边喊："朱仇，朱仇。"这时曾梅已经醒转过来，跟在赵远望身后，跑到树林里喊起来。

寻到朱家庵的第一座坟墓时，赵远望和曾梅都停了下来，他们被眼前的景象吓呆了。

这儿正是刘大根的坟墓，墓上斜插着的花圈尚未腐烂，墓前的招魂幡还在随风飘摆。坟墓的周围全是人，不仅朱仇在那儿，刘海也在那，刘海的老婆，刘海的亲弟弟刘河，还有刘河的儿子刘小根，以及除了金台安之外的朱家庵人都在那儿。朱仇全身都被绑了，活像一枚刚刚出锅的粽子，跪在刘大根的墓前，真成了木疙瘩，既不哭也不叫，深陷的眼窝里憋着一股劲，倒真像他的名字，一脸的仇恨。

"乡亲们都给我做个证，这个杂种害死了我儿子，就算不是他弄死的，大根的死也跟他有分不开的关系。我要去淮滨县报官，我要揭发这个兔崽子，他是日本鬼子的种，专害咱们中国人。得把他枪毙了，还我儿子一个公道。"刘海是念过书的人，他说话的时候一点也不结巴，更没有"嗯啊"的闲言碎语，一口气就把事情说得明明白白。

"报官？官老爷能管这档子事吗？咱们不是有村长吗，让他来说说不就算了。"有史以来朱家庵人还没有报过官，实在不敢相信刘海的话，有几个邻居甚至连官老爷的样子都没见过，更不用说报官了。

"怎么不管，淮滨县成立了新政府，专给老百姓办事。像这日本鬼子的余孽，他们才不放过呢。咱们这个狗屁村长管屁用，人家就是一句话，他还真当自己戴乌纱帽了。"刘海对自己的决定很有信心，对新政府也很有信心。不过他一直看不上金台安，论时间他搬到朱家庵比金台安早，论知识他识文断字，会打算盘。真不知那帮军人怎么想的，真是有眼无珠，竟然选了狗屁不通，只会祷告的金台安来做村长。所以他从来不买金台安的账。

这时候赵远望正好到了坟墓前，他倒不想跟刘海争论什么，那都是徒劳的。别说在朱家庵，就是到了淮滨县也没人说得过刘海，他那张嘴皮子就像抹了油，上唇一碰下唇，嘟嘟嘟就是一串话。再说，早些年的时候他在淮滨县里做过账房先生，淮滨县里就没有他摸不着的地方。所以赵远望根本就不跟他说话，直接扑到朱仇身边，要把绳子解开。刘河和刘小根也不是省油的灯，两人一看赵远望来了，赶紧扑过去，连撕带打把朱仇抢了过去。刘海和他老婆拦住赵远望，指着鼻子骂了起来。

"你还想包庇这个杂种吗？他是日本鬼子的儿子，跟你半毛钱关系都没有，养着他只会给你带来耻辱，你要是个男人就该感谢我，我能给你找回尊严。"刘海太会说了，他说的这些话都很生，有些词赵远望还是第一次听说，所以他不太懂，什么耻辱啊尊严啊，他都不知道。但是赵远望很倔，自始至终他都没有说一句话，他只知道刘海要害朱仇，所以他要把朱仇抢回来，给曾梅一个交代。再说十二年都过去了，就算没有骨肉血缘的关系，朝夕相处之间，也有了感情，他可怜这个孩子，这个孩子就像儿时的自己，木讷、寡言、瘦小、善良，他不能眼睁睁看着朱仇被抓。

实在抢不回来，赵远望就动了手，他和刘河扭打在一起，两个人就在坟前的新土上翻滚着，一会儿赵远望骑在刘河的身上，一会儿刘河又骑在赵远望的身上。曾梅本想上前帮忙，却被刘海的老婆一巴掌打翻在地，扯着她的头发骂："你这个臭婊子，真不要脸，淮河湾里哪一个不知道你让日本鬼子靠了，山河尖待不下去，就跑到朱家庵来，早知道你是日本鬼子玩烂了的女人，当初就不应该叫你住下来。"她指着那座新坟说，"你看看，你看看，这都是你怀的杂种，都是他干的好事。"说完他们带着朱仇，离开了树林。

在曾梅和赵远望的一生中，已经不是第一次遇到这样的境况，他们看着朱仇被刘海带走，却一点办法也没有，在复杂多变的命运面前任由摆布，就像大海里的一片叶子，无着无落随波逐流。刘海走了，刘河走了，刘小根，还有朱家庵的十几户人都走了，阴暗的树林里只剩下赵远望和曾梅两个人。他们忘记了哭泣，唯一横在心里的意识就是后悔，既然养到十二岁也留不住他，何不在他刚出生时做个了结？既然逃到哪里都是欺辱，为何还要离开山河尖？明知活在世上是一种折磨，何不在日本鬼子的暴行之后立即死去？

夏天就快到了，四面一片蛙声，咕哇咕哇的鸣叫声让人心烦意乱。赵远望爬了起来，他扶起瘫软在地的曾梅，一步步摸回了茅屋。

他们在家里度过了漫长的两天，这两天，他们没有吃没有喝，也没有睡，几乎失去了所有意识。他们坐在低矮的茅屋里，睁着两双空洞的眼睛看着外边，既盼着这样漫长的日子早点结束，又害怕时间太快，再也等不到那个可怜的孩子。其实他们也想过后果，要么朱仇被定为死罪，当场枪毙。刘海那么会说，凭着他的三寸不烂之舌，他一定能说服那些官老爷。再说他在淮滨县干过账房，有熟人有门子，没有他办不成的事。要么朱仇罪不至死，被押进大牢，但他是日本鬼子的种，就算到了牢里，一旦传扬开去，还不是一样被人凌辱至死。就刘海的那张破嘴，恨不得全天下人都知道朱仇的身世，这消息是一定瞒不住的。

赵远望和曾梅彻底绝望了，除了唉声叹气，他们实在不知道该做什么。最后还是曾梅先说了话，或许在某些关键时刻女人反倒冷静些。她说："哥，你为了这孩子也受了十几年委屈了，你对得起他也对得起我，该去的留也留不住，他就不该来这世上走一回。"说到这儿，她作为一个母亲，天生柔软起来，忍不住抹着眼泪。她说："现在好了，没了他我也就无牵无挂了，哥，你回山河尖吧。"说这句话的时候，她回想起这十几年来所经历的十七次自杀，不由得看了看赵远望。这个男人从不多说废话，但他却在她最无依无靠的时候，被人用最不堪入耳的话语辱骂的时候，陪着她，护着她。她想过，如果某一天赵远望要她去死，她会毫不犹豫地去做，她愿意为他做任何事，任何事都不足以表达她内心的那份感激。

可是赵远望不要她死，也没有跑回山河尖去。

到了第三天，一件意想不到的事情发生了，赵远望和曾梅都没有想到，朱仇竟然回来了，是金台安把他带回朱家庵的。金台安把朱仇送进屋里，弹了弹身上的泥土，不无得意地说，新政府的官员还真是青天大老爷，真没想到我这个老渔民也能到政府里走一遭。他详尽地描绘了这次前往新政府的见闻，就像戏说一场梦游仙境的故事。原来，刘海押着朱仇确实去了淮滨县，进了新政府的大院，也把关于朱仇的事情述说了一遍，说到害他儿子的一节，简直声泪俱下泣不成声。哪知新政府的官员们对他表示同情的同时，却暗地里找到了朱家庵的新任村长金台安，要他过去协助调查。经过三天时间的询问和调查，最终新政府的官员们认为刘大根的死与朱仇没有必然关系，朱仇不必为此事负责。至于朱仇的身世，新政府的官员说，现在是新社会，不论出身如何，只要拥护新政府，都是好老百姓。金台安还描述了那些官员的样子，他们都穿着军装，一点架子也没有，见到金台安的时候还给他倒了一杯茶，一脸错愕的金台安当时就感动得流下了泪水。

事情太突然了，赵远望和曾梅竟不知如何是好，当天晚上他们宰了几只鸡鸭，做了一桌丰盛的饭菜款待金台安。金台安也不客气，虽然他还不知道作为村长具体要做些什么，却心安理得地做起了村长。

十四

朱仇回来了，可是从淮滨县回来之后的朱仇，却更加孤独了。他时常把自己关在茅屋里，四五天也不出门。实在饿了，他就到厨房里做点吃的，吃饱之后，就到树林里去游荡。

他对那片树林太熟悉了，他记得每一棵树的位置，知道每一棵树结什么果子，也知道树林里住着几只兔子几只斑鸠。没有人的时候，他还会与兔子和斑鸠说话。有一回他吃完饭到树林里闲逛，正好遇到一只兔子，他就说："你也落单了吗？"那只兔子与他碰过几次面，竟不怕他，仍在那儿吃着豆叶。时间久了，他甚至怀疑自己也是一只兔子，一只落单的兔子，一只怕生的兔子。他害怕见人，害怕外面的世界。真的，他宁愿做一只孤单的兔子，永远活在这片树林里，不要与人接触，不要学会说话。

再后来，他走出树林，来到滚滚的淮河边，坐在那处高地上，就像从前一样，看着过往的商船，还有船上的白帆，一看就是一天。有一回，他坐在高地上，一连坐了四天。四天时间，不吃不喝不睡，下雨的晚上也没有回茅屋。曾梅看不下去了，那时她又怀孕了，她摸了摸日渐隆起的肚子对赵远望说，该走的留也留不住，该知道的瞒也瞒不住，他迟早是要长大的。说完她起身出了茅屋，顺着泥泞的土坡，爬上了高地。她做了一个决定，她必须告诉朱仇，他们的耻辱来自哪里，他们为什么要来到朱家庵。

"你不是想知道你爹是谁吗？"曾梅鼓足了勇气，终于说出了这句话。说这话时，她想了许多事情，从曾窝子开始，到山河尖，再到朱家庵，她回忆了自己的一生以及一生中的十七次自杀。她的内心里就像忍受着千刀万剐一般，但她的脸上却看不出任何表情，没有羞耻，也没有痛苦。然后她抹了抹脸上的雨水说，你爹是谁，其实连我也不知道。

"我就要嫁给你这个爹爹的时候，来了一群日本鬼子，其中一个就是你爹。后来我们被人从山河尖赶了出来，就来到了朱家庵这个地方。我曾经寻死过十七回，但是因为你，因为你这个爹爹，我都没有死成。后来日本鬼子被打跑了，去了什么地方谁也不知道，你那个爹爹是死是活，谁也不知道。"她很冷静，就像讲述别人的故事，"最好是死了。"说完她转身下了高坡，回茅屋去了。回去的路上，她一直抚摸着自己的肚子，不知为什么，那一刻她感到特别轻松，就像完成了一件不可能完成的任务，经历许多痛楚终于脱去了一层茧缚，获得了一次新生。

朱仇也很冷静，他静静地听完母亲的话，一句话也没有说。他依然坐在高地上，孤零零的，像雕像一样。第二天清晨，一艘挂着巨大白帆的商船经过那儿，迎着初升的旭日向东航行。朱仇终于站了起来，他敏捷得像一只猴子，顺着斜坡滑了下去，一直滑到河边上。不知他对船上的人说了什么，那船竟然缓缓地靠了岸。他终于登上了那艘不知开往何方的商船，站在船头上，他看着遥遥远去的朱家庵，心里很清楚，他要走出淮河湾，去一个没人叫他杂种的地方。

那天赵远望起得很早，他习惯性地朝高地看了看，却发现朱仇不见了。他飞快地朝淮河跑去，站在高地上大声地呼喊着："朱仇，朱仇。"响亮的呼喊在滚滚的河面上扩散开去，在两岸的高地间回荡着。远处一艘挂着巨大白帆的商船越行越远，不一会儿就消失在他的视线里……

许多年后，当朱仇登上巨大的海轮面对茫茫的大海时，他不禁回想起那艘挂着白帆的商船，心里暗暗发笑，与巨大的海轮相比，那哪叫船啊，简直就是个小木盆嘛。还有那条淮河，是一条多小的河流啊，与无边无际的大海相比，简直就是一条小长虫嘛……